Título del original inglés: The sixth symphony

Traducción: Giovanna de la Hoz

Impresión y editorial: BoD – Books on Demand
info@bod.com.es - www.bod.com.es
Impreso en Alemania – Printed in Germany
ISBN: 9788411747554

Nota de la autora

Esta novela puede ser leída de tres maneras diferentes:

1) tal y cómo ha sido impresa;
2) siguiendo primero los números arábigos (incluyendo el prólogo y el epílogo) y después los números romanos; o
3) siguiendo primero los números romanos y después los arábigos (incluyendo el prólogo y el epílogo).

Sea cual sea la opción elegida, te garantizo que podrás seguir la historia sin problemas. Es cierto que podría sugerirte una manera de hacerlo, pero no quiero condicionar tu elección. No obstante, si finalmente te has decantado por obtener la copia física y decides leerlo tal y como se indica en los números 2 y/o 3, entonces igual te interesa añadir un marcador a la página del índice, ya que recurrirás a él a menudo.

Espero de corazón que disfrutes leyendo mi novela debut.

Atentamente,

Giovanna.

Índice

Prólogo

El calor sofocante que llevaban sufriendo desde principios del verano era algo a lo que no estaba acostumbrada. Llevaba poco tiempo viviendo en esa ciudad, todavía desconocida y emocionante a partes iguales. Y es por eso por lo que, en su último día de trabajo antes de las vacaciones, aún se estaba planteando qué hacer en su primer verano como mujer adulta trabajadora. Acababa de cambiarse a su nuevo piso, del que esperaba no tener que mudarse antes de que acabara su contrato.

Hasta ese momento había compartido piso con una muchacha amable y cordial, pero con la que no había terminado de congeniar del todo. No obstante, y a pesar de las pocas veces que habían coincidido en las zonas comunes del pequeño apartamento, sus encuentros siempre habían sido, eso, cordiales.

Determinada, por lo tanto, a vivir una experiencia mucho más agradable con su nueva compañera de piso, había decidido mudarse un par de días antes de lo previsto. Pero la primera noche en su nueva casa no había resultado tan acogedora como ella se la había imaginado. Al sofocante calor que estaban experimentando y que impedía conciliar el sueño por la noche; hubo que añadirle el comienzo, aquella misma mañana, de su período. Todos esos factores combinados hacían que tener que madrugar al día siguiente para ir a trabajar doliera, si cabía, un poquito más. Pero aquello no la iba a amedrentar; sino todo lo contrario. De hecho, esperaba que el saber que al día siguiente no tendría que madrugar le ayudase a sobrellevar aquel último día de trabajo.

Había tenido que mudarse a una nueva ciudad por razones laborales. Cuando le habían ofrecido el puesto de trabajo no se lo había pensado dos veces. ¡Todo parecía tan idílico! Tanto, de hecho, que la emoción de dejar de ser una estudiante para comenzar a valerse por sí misma la había llevado, sin quererlo, a olvidarse de cuánto echaba de menos a su familia. Y, aunque no había pasado un solo día en el que no se hubiera acordado de ellos, la realidad había sido que la mayor parte del tiempo había estado de aquí para allá, lo que le había impedido llamarles por teléfono. Por ello, tan pronto como llegó a casa de trabajar aquel día, cogió su teléfono móvil y marcó el número de su abuelo.

–¡Abuelo! –gritó Eileen, aliviada, al oír, al fin, la voz de su abuelo al otro lado de la línea. Y es que, a pesar de que estaba bastante ágil para su edad (mucha gente más joven que él desearía tener su vitalidad), el hecho de haber estado, probablemente, trabajando en el huerto, había hecho que tardara más de lo normal en contestar la llamada. La espera había impacientado tontamente a Eileen, aunque, por suerte, todo había terminado ya. –¡Por fin contestas! Estaba comenzando a preocuparme. ¿Todo bien?

–Claro que sí, Eileen. ¿Por qué no debería estarlo?

–Nada, simplemente… déjalo. El calor me está afectando demasiado –dijo Eileen tratando de restarle importancia al asunto. Siempre había tenido una conexión especial con su abuelo, por lo que la simple idea de que algo le pudiera pasar era suficiente para que se preocupara. –Pero bueno, cambiando de tema, hoy nos han dejado salir antes del trabajo, ¡así que podré ir hoy mismo a Pitlochry! Aunque creo que antes me voy a echar una siesta; esta noche no he dormido muy bien. Aun así, creo que llegaré para la hora de la cena. ¿Qué te parece?

–¿De verdad? ¡Eso es estupendo! –dijo Alick dejando pasar, a propósito, el primero de los comentarios de Eileen. Prefería centrarse en las buenas noticias. –Tu abuela se va a poner muy contenta cuando se lo cuente. En cuanto termine de regar las plantas, iré a decírselo. Pero Eileen, por favor, no corras. Ten cuidado en la carretera.

—Desde luego, abuelo —dijo Eileen, haciendo todo lo posible por que las lágrimas que se le agolpaban en los ojos no terminasen por salir. Si su abuelo supiera lo mucho que le alegraba el, por fin, poder volver a casa… —En un principio pensaba ir mañana, pero he decidido que lo que me queda por hacer aquí, lo puedo hacer después de las vacaciones. Además, ya sabes cuál es nuestro lema, ¿no?

—La familia siempre lo primero —dijo Alick por toda respuesta.

—Siempre —dijo Eileen, incapaz, esta vez, de mantener las lágrimas a raya. Se las secó con el dorso de la manga y esperó a que su abuelo añadiese algo. Pero ninguno de los dos se veía con fuerzas para hablar; así que, haciendo de tripas corazón, Eileen terminó por añadir: —hasta luego, abuelo.

Había tratado de poner todo su empeño en que la voz no le temblara, pero no estaba segura de haberlo conseguido. Su abuelo siempre había parecido tener un sexto sentido para con ella, por lo que hacía tiempo que había desistido en intentar guardarse secretos de él. Sin embargo, la determinación positiva con la que quería empezar aquel verano le ayudó a pasar página rápidamente. Y, tras ponerse una alarma, se echó en la cama.

En un primer momento, la intención había sido de dejarlo todo sacado de las cajas y colocado antes de irse de vacaciones, pero tenía tantas ganas de volver a ver a sus abuelos, que el debate interno sobre qué hacer no había durado mucho. Al fin y al cabo, su ropa de invierno podía esperar metida en cajas hasta que volviera a Dundee después de las vacaciones de verano.

No le gustaba conducir. Nunca le había gustado y nunca lo haría, pero la independencia de la que gozaba le obligaba a hacer cosas que, de estar con alguien más, nunca haría. Y precisamente era ese amor-odio hacia los coches lo que siempre le llevaba a planear los viajes con mucho tiempo de antelación, asegurándose de que siempre llegaría a su destino antes de la puesta de sol, pasase lo que pasase durante el camino. Y es que, verse obligada a conducir de día era una cosa, pero hacerlo de noche, era otra muy diferente. Así que, como era de esperar, y a pesar de la hora de siesta que se había echado antes de salir, llegó a Pitlochry antes de que el sol comenzara a ponerse.

Recorrió los casi ochenta y cuatro kilómetros que separaban sus dos hogares sin darse cuenta. Detestaba conducir, pero tenía la estrategia perfecta para hacer cualquier trayecto más ameno: cantar. Nunca se atrevería a hacerlo en público, pero cuando estaba sola, la cosa cambiaba. Era plenamente consciente de lo mal que lo hacía, pero cuando sus oídos eran los únicos que tenían que escucharlo, era en lo último en lo que se paraba a pensar.

Como científica de profesión, encontraba el arte de crear cualquier cosa desde cero harto complicado. Ella nunca había tenido mano para nada artístico, ya fuese pintar o tocar cualquier instrumento, por lo que siempre había admirado a quienes sí que habían sido bendecidos con ese don. Algo en lo que ella destacaba, sin embargo, era en recordar citas de libros y las letras de las canciones. En realidad, cualquier cosa que implicase palabras. Aunque su timidez siempre le había llevado a guardarse aquel aspecto de su personalidad para ella misma, convirtiendo a las palabras, por tanto, en su pequeño gran secreto.

—El número de cosas que podemos expresar a través de las palabras es infinito. Ser capaz de ponerlas en el orden correcto es también un don en sí mismo, —se había repetido a

sí misma al montarse en el coche, lista para comenzar con buen pie las vacaciones de verano.

El pueblo estaba lleno de todos aquellos veraneantes que habían decidido pasar sus vacaciones en el interior del país. Tan lleno, de hecho, que tuvo más problemas de los esperados para poder aparcar su viejo coche de segunda mano. Estaba comenzando a desesperarse cuando la suerte le sonrió la tercera vez que pasó por la calle principal del barrio. Tan habilidosamente como pudo, aparcó el coche a dos manzanas de la casa de sus abuelos, recogió sus cosas del maletero y se dirigió hacia allí.

–¿Hola? –saludó Eileen tras abrir la puerta de entrada. –¡He vuelto! –añadió mientras dejaba su equipaje junto a la alacena debajo de la escalera. Acto seguido, se quitó las deportivas y se puso sus viejas zapatillas de andar por casa de la selección escocesa de rugby. Al darse la vuelta, se dio cuenta de que su abuela había salido al recibidor para saludarla: –¡Buenas tardes, abuela! ¿Qué tal estás? Estoy tan contenta de volver a casa. Os he echado tantísimo de menos… –Nunca había estado tanto tiempo lejos de sus abuelos, así que todas las emociones se apoderaron de ella al volver a ver a su abuela Leagsaidh. Tanto fue así, que no pudo contener las lágrimas cuando su abuela le contestó.

–¡Oh, cariño! Qué alegría verte de nuevo. Ven a abrazar a esta anciana, ¡anda!

El fuerte acento de su abuela terminó de darle la bienvenida a casa. Acto seguido, recorrió los pocos pasos que las separaban para besarla y abrazarla por todas las veces que no había podido hacerlo en los últimos siete meses. La situación las llevó a derramar lágrimas de emoción, lo que creó la impresión de que no se alegraban en absoluto de verse de nuevo. O, al menos, esa fue la sensación que tuvo su abuelo cuando entró en el recibidor.

—¡Cualquiera diría que os alegráis de reencontraros! —exclamó Alick desde debajo del marco de la puerta del salón. Ni Eileen ni su abuela se habían percatado de su llegada hasta que había hablado. Al hacerlo, sin embargo, deshicieron el abrazo en el que estaban fundidas para que Eileen pudiera ofrecerle sus brazos a él para que se les uniera. Sin dudarlo, Alick acortó la distancia que lo separaba de ellas y las rodeó con sus brazos.

A día de hoy no pueden afirmar durante cuánto tiempo mantuvieron vivo aquel abrazo, pero sí que son capaces de expresar la conexión que sintieron mientras duró. Eileen era la única nieta del viejo matrimonio Bruce, por lo que la alegría que su retorno a casa generaba era desbordante. Lo completamente opuesto sucedía cuando se iba, pero los tres evitaban pensar en ello antes de tiempo.

Tras separarse y recomponerse, se prepararon para cenar. Ninguno de ellos estaba acostumbrado a cenar tan tarde, pero eso no fue una excusa para evitar hablar durante horas. Hablaron de todo y de nada, poniéndose al día de sus vidas, olvidándose de que el tiempo es un alma libre imposible de ser detenida. Tanto es así, que acabaron yéndose a la cama pasada la medianoche.

—¿En serio ha pasado tanto tiempo? —exclamó Eileen tras ver la hora en el reloj de la pared. —No me puedo creer que no tenga sue… —dijo, mientras un bostezo se apoderaba de ella y le hacía perder toda credibilidad. —Déjame que te ayude a recoge…

—No, déjalo. Tú vete para la cama ya —la interrumpió Alick. —Ya termino yo de recogerlo todo.

—Nos llevará la mitaaaad… de tiempo si lo hacemos entre los dos —dijo, bostezando de nuevo.

—No puedes ni hablar, Eileen. Estás muy cansada. Por favor, vete para la cama, —dijo Leagsaidh mientras le acariciaba el brazo.

Consciente de que discutir con sus abuelos no iba a cambiar nada, decidió darles un beso de buenas noches antes de subirse para su habitación. A mitad de camino se dio cuenta de que todas sus cosas aún seguían en el recibidor, pero dado que aún guardaba ropa vieja en los armarios, consideró que no merecía la pena arriesgarse a bajar de nuevo. Al igual que toda su ropa de invierno en Dundee, todo lo que se había traído a Pitlochry podía esperar donde estaba hasta el día siguiente.

Una vez arriba, fue directa al baño para lavarse los dientes y desenredarse el pelo. De los tres baños de la casa, aquel era su favorito. Situado en la segunda planta, tenía un tragaluz a través del cual se tenía una vista privilegiada del cielo nocturno escocés. Incluso cuando llovía las vistas eran espectaculares. Además, permitía la entrada de luz natural a la casa, lo que hacía que todo adquiriese un aspecto único.

Una vez terminó, se fue a su habitación. Se había hecho la fuerte delante de sus abuelos, pero lo cierto era que estaba exhausta. Tanto era así, que no fue capaz de percatarse del número de cosas extra que había en su habitación hasta que encendió la luz. Tras hacerlo, se quedó perpleja. Incluso tuvo que parpadear varias veces para cerciorarse de que lo que estaba viendo era real. Pero sí, lo era: su habitación estaba llena de globos.

Había globos de diferentes tamaños y colores, pero ninguno de ellos parecía tener una nota que explicase por qué estaban allí. Y, justo cuando estaba a punto de bajar a preguntarle a sus abuelos, se dio cuenta de que había un sobre encima del escritorio. Fue hasta allí y lo cogió en sus manos. Al hacerlo, reconoció la estilosa letra de su abuelo.

–Me conoces como ningún otro, abuelo, –dijo Eileen al darle la vuelta al sobre. Su abuelo había dibujado pequeñas letras sueltas y libros por toda la superficie.

Sacó la carta contenida dentro del sobre y se tumbó en la cama para leerla.

1

El día después de su llegada a Pitlochry se despertó casi a la hora de comer. La habían mandado para la cama hacia media noche, pero no había conseguido dormirse hasta pasadas las dos de la mañana. Después de haber leído la carta que le había dejado su abuelo, se había pasado casi dos horas pensando en qué era aquello que siempre había querido hacer, pero para lo cual nunca había encontrado ni la determinación ni la inspiración. En consecuencia, aquella mañana se había despertado muy cansada.

Su vida en la costa le gustaba, pero no había nada como volver a las raíces para cargar las pilas de nuevo. Nadie había conseguido inventar todavía nada tan maravilloso como las comidas de su abuela. A Eileen le gustaba cocinar, y lo hacía siempre que podía, pero los platos de su abuela eran, simplemente, espectaculares. Era incapaz de recordar ni una sola vez en la que algo que hubiera preparado Leagsaidh no le hubiera gustado, mientras que cuando lo había hecho ella… digamos que en más de una ocasión se había tenido que comer cosas que, de no ser porque las había preparado ella, nunca se las hubiera comido.

–*Las ventajas de vivir sola,* –pensó mientras se levantaba de la cama y abría la ventana para ventilar la habitación. Disfrutó la brisa mañanera un par de segundos antes de llegar a la conclusión de que lo único que conseguiría despertarla sería una buena ducha. Se dio la vuelta hacia el armario para coger algo que ponerse, y justo cuando estaba a punto de abrir uno de los cajones, vio la carta de su abuelo tirada en el suelo junto a su cama. Consciente de que debería habérsele caído tras quedarse dormida, se arrodilló para cogerla:

Querida Eileen,

¡Bienvenida de nuevo!

Tu abuela y yo habíamos pensado en decorarte la habitación como sorpresa por tu retorno a casa ya, oficialmente, como trabajadora. Nunca volverás a experimentar esta primera vez, así que disfrútala al máximo. El simple hecho de que vuelvas a casa es razón suficiente para festejar. Al fin y al cabo, eres nuestra única nieta, de modo que no podemos estar más que felices de tenerte de nuevo con nosotros. Esperamos que disfrutes estos días en el Campo.

Con cariño,

Tus abuelos.

PD: sé que eres una joven con mucho talento, y que cualquiera en su sano juicio querría tenerte a su alrededor. Pero también sé que eres muy reservada. Aun así, creo que deberías dejarle ver al mundo lo que tienes dentro. Deja que todos disfruten de eso por lo que tu corazón ha latido desde que tienes uso de razón. Trae a esa soñadora de vuelta; hazlo por este viejo anciano.

Nunca había sido una persona muy emocional, pero todos pasamos por esa fase en algún momento de nuestras vidas. Las lágrimas que se le habían agolpado en los ojos al coger la carta entre sus manos encontraron, como era de esperar, la manera de salir cuando terminó de releerla de nuevo. Nunca se le había dado bien mostrar sus emociones en público, pero todo cambiaba en la privacidad de su habitación. Y es que, cuando sabía que nadie la veía, sentía que podía ser ella misma. El silencio que le proporcionaba su habitación le permitía que su yo racional perdiera control en favor de su yo emocional, de manera que era entonces cuando lloraba, bailaba o cantaba tanto como su cuerpo le pedía.

Devolvió la carta a su sobre todavía gimoteando, cogió ropa limpia del armario y se fue hacia el baño. Su estómago comenzaba a protestar por llevar tanto tiempo vacío, pero primero necesitaba darse una ducha.

El tragaluz del baño le dio la bienvenida permitiendo la entrada de unos rayos de sol, lo que hizo que sonriera. Un día que empezaba como aquel no podría terminar mal. Acto seguido, se dio una ducha rápida, se puso unos pantalones de deporte y una camiseta, y bajó para unirse a sus abuelos.

—Estabas cansada, ¡eh! Ven, siéntate aquí con nosotros, cielo, —dijo Leagsaidh mientras se levantaba para servirle a su nieta un buen plato de tradicionales haggis escoceses. —Y no te podrás levantar hasta que no te lo acabes —la advirtió, imitando el tono que usaba cuando Eileen era una niña. Por desgracia para sus abuelos, siempre había sido muy mala comedora.

—Oído, abuela. Y gracias, —dijo Eileen mientras se sentaba en su sitio. Desde que tenía uso de razón, siempre se había sentado en ese extremo de la mesa. —Por cierto, muchas gracias por los globos de bienvenida. Era lo último que me esperaba, pero conseguisteis sacarme una sonrisa ayer por la noche —añadió antes de tomar un buen bocado de su comida.

Sus abuelos se miraron cómplices antes de que Alick respondiera: —eres tú quien nos hace sonreír todos los días, cielo. Y bueno, dime, ¿has pensado en *ello*? —añadió, consciente de que Eileen entendería perfectamente de qué estaba hablando.

—Por supuesto. ¡Y desde luego que estoy de acuerdo! De hecho, llevo pensándolo un par de meses ya, sino años. Pero últimamente me he visto envuelta en una espiral de siempre tener algo que hacer, que me ha alejado de lo que, de alguna manera, me hace ser yo –dijo, entristeciéndose momentáneamente al darse cuenta de que no había sido consciente de cuánto lo había echado de menos hasta que lo había dicho en voz alta. –De hecho, hace semanas que tengo una idea rondándome por la cabeza. Ojalá fuera capaz de convertirla en realidad –añadió, más para sí misma que para su abuelo.

–¿De qué se trata? Si no me equivoco, tienes tres semanas por delante para trabajar en ello –dijo Alick, guiñándole un ojo a Eileen.

–No lo sé, abuelo… la verdad es que creo que, si fuera capaz de hacerlo realidad, sería un libro maravilloso. Nunca he leído nada parecido a lo que tengo en mente. Pero aún tengo dudas sobre la historia. Además, nunca he sido capaz de escribir nada tan complejo –añadió, desanimada.

–¡Deja de pensar así, muchacha! –replicó Alick. Antes de continuar, se tomó un par de segundos para reordenar sus argumentos: –¿Y qué tal si me cuentas qué se te ha ocurrido? Me encantaría poder ayudarte. –Acto seguido, y consciente de que así podría persuadirla, si cabe, un poco más, se acercó a ella y le acarició el brazo. Era sabedor de que a ella no le gustaba que le tocaran así porque sí, pero también sabía perfectamente que había excepciones para quienes quería de verdad.

Permitiéndole hacer, Eileen consideró las opciones que se le presentaban y, sobre todo, el hecho de si contarle sus ideas a su abuelo era la mejor de ellas. Podía intentar explicarle qué era lo que tenía en mente, aunque probablemente eso le estropearía el efecto sorpresa. También se planteó contarle cómo había llegado a forjar aquella idea, deseando que él fuera capaz de entenderlo, pero lo desestimó tan pronto como se le vino a la cabeza. La conclusión a la que llegó, por lo tanto, fue a que solamente tenía una opción viable: escribir el manuscrito y dejar que su abuelo lo leyera para que le diera su opinión al respecto. De esa manera, además, acabaría por convertirse en una pieza clave durante el proceso de escritura, ya que sus comentarios ayudarían a darle forma a la historia.

Lo consideró durante un largo rato, pero no llegó a ninguna otra conclusión, de manera que acabó por contarle a su abuelo que, oficialmente, sería su ayudante. Y, tal y como Eileen lo había previsto, Alick aceptó tan pronto ella terminó de proponérselo. Así que, entre risas, añadió: —abuelo, no tienes por qué estar siempre de acuerdo conmigo.

—No te confundas, jovencita. No he aceptado porque me lo hayas propuesto tú —dijo él, a la defensiva. —Es, simplemente, que creo que es una idea estupenda. Además, será lo más cerca que esté nunca de escribir una novela yo mismo —añadió, consciente de que no había sonado en absoluto convincente.

—¿Seguro que es solo eso? ¿De verdad? ¡Pestañea si es mentira! —le retó Eileen, suspicaz. Como nieta única, era plenamente consciente de que simplemente necesitaba poner cara de niña buena para salirse con la suya. Ante la ausencia de pestañeo por parte de su abuelo, y asumiendo que eso significaba que había dicho la verdad, Eileen decidió creerle. —Como muy bien has dicho, tengo tres semanas libres para centrarme en este proyecto. Creo que lo mejor será que acordemos un calendario de trabajo. Bueno, mejor dicho, dos; uno para mí para escribir, y otro para ti para que revises lo que yo haya escrito. Si los dos somos estrictos en ese sentido, deberíamos poder acabar antes de que tenga que volverme a mi casa.

—Me parece bien —dijo Alick.

Por toda respuesta, Eileen se levantó de la silla y fue directa a su habitación para coger su ordenador portátil. Era consciente de que estaba siendo tremendamente optimista pensando que sería capaz de escribir una novela entera en apenas tres semanas, especialmente por el hecho de que llevaba muchos años sin escribir nada. Y, más aún, cuando lo poco que había escrito no era lo suficientemente largo como para recibir otra denominación que *cuentos*. Sin embargo, tenía la sensación de que aquel verano iba a ser diferente. Tenía, al menos, que intentarlo. Hacía meses que una idea le rondaba la cabeza y no tenía ningún otro plan mejor que hacer mientras estaba en Pitlochry, ¿qué podría ir mal?

Eileen y su abuelo acordaron que la redacción se llevaría a cabo por las mañanas, mientras que las revisiones las harían por la tarde dos o tres veces por semana, todo en función de cuántas páginas nuevas hubiera escrito Eileen. Aquel primer día, sin embargo, y como consecuencia de lo tarde que se había levantado Eileen, decidieron que lo mejor era ir a dar una vuelta por el vecindario, ya que eso podría ayudarle a tener ideas frescas.

−Eres consciente de que el pueblo parece otro cuando todo el mundo está trabajando, ¿verdad? −dijo Alick al poco de comenzar su paseo. −Me refiero a cuando todos los veraneantes están en sus lugares de residencia habitual. No atraemos a los empresarios. La región está condenada − añadió, entristecido.

Eileen era consciente de que su abuelo tenía razón. Ella misma, que había nacido y crecido en la zona, había tenido que partir para buscarse un sustento. A la edad de 17 años (había nacido a finales de noviembre) se había mudado a Edimburgo para estudiar en la universidad. Tras graduarse, había conseguido un trabajo en Dundee. Trabajo que, dicho sea de paso, estaba disfrutando mucho. Pero, a pesar de que se encontraba muy a gusto allí por todas las oportunidades de desarrollarse que se le ofrecían, le entristecía el hecho de saber que no podría volver a su ciudad natal para trabajar.

–Cuando te conviertas en una escritora famosa, entonces, podrás volver. No te preocupes por eso –dijo Alick, tras haber sido, al parecer, capaz de leerle la mente a su nieta.

–Me tienes en muy alta estima, abuelo –dijo Eileen, sonrojándose. Cuando había comenzado a escribir a la edad de nueve años, había soñado con ser capaz de escribir historias tan trepidantes como las de su autora favorita, JK Rowling, anhelando poder convertirse en una escritora tan famosa como ella. Pero era consciente, sin embargo, de que la diferencia entre ella y JK, era que a JK no había habido con quién compararla, por lo que el cielo había sido el límite.

–Simplemente veo lo que hay –dijo Alick, risueño. –De cualquier manera, sé que hemos acordado que iría leyendo el manuscrito a medida que lo vayas teniendo listo, pero ¿podrías adelantarle a este anciano algo de lo que se va a encontrar? Tengo curiosidad por saber cómo vas a trabajar.

–Supongo que no hay ningún problema en que te cuente cómo me planteo trabajar, la verdad. Al fin y al cabo, siempre que vemos un libro en una librería podemos leer el resumen de la contraportada para crearnos expectativas –dijo Eileen. –Así que, allá voy. Mi intención es, en primer lugar, leerme una historia que escribí cuando estaba en bachillerato, de manera que pueda recordar el contexto para así poder utilizar algunos de los personajes en la nueva historia que quiero escribir. En definitiva, primero tendré que releerme esa historia para poder tomar notas sobre las características principales de cada personaje. Una vez hecho eso, estaré en disposición de empezar con la nueva –añadió.

–¿Podría leer yo también esa historia? Tengo curiosidad por saber cómo reflejaste a cada personaje cuando los creaste –sugirió Alick. Disfrutaba tanto de sus historias, que no podía evitar faltar a su palabra e intentar sonsacarle información con antelación.

Eileen no había previsto que su abuelo le pidiera aquello, por lo que tuvo un momento de reflexión antes de contestarle. No quería arruinarle el final de la nueva historia, pero el hecho de que él leyera lo que, de alguna manera, había sido su origen, no tendría por qué hacerlo. Además, ¿y si su abuelo tenía razón y eso le podría ser de alguna utilidad? ¿Y si el hecho de que su abuelo se leyera aquella historia podía darle a ella nuevas ideas de cómo enfocar la nueva? –Sí, supongo que puedes. Aunque antes tengo que corregir algunos pequeños errores.

–Vale, lo entiendo. ¿Y crees que podrías tenerla lista para esta noche? –preguntó Alick, algo nervioso por su atrevimiento.

–Sí, supongo que sí –contestó Eileen entre risas. –Aunque para eso tenemos que darnos la vuelta ya, si no, tendrás que esperar hasta mañana por la mañana.

- I -

Nora disfrutaba de las vacaciones de verano tanto como cualquier otro quinceañero. Era una buena estudiante que sacaba muy buenas notas en el colegio, pero eso no significaba que no deseara con todo su ser que los veranos llegaran lo antes posible.

Quería ser una chica normal, y lo cierto es que lo era en muchos aspectos, pero había algo que la hacía diferente: era una prodigio tocando el piano. Tocaba el piano desde que tenía uso de razón y, a pesar de que le encantaba, en ocasiones le llegaba a resultar agotador…

Provenía de una familia humilde del norte de Escocia, pero se había mudado a Londres para poder dar clases con uno de los mejores profesores del momento. De hecho, cuando se enteró de que el Profesor Ross quería ser su mentor, no pudo esconder la ilusión que le hacía. Tanto había sido así, que en el momento en el que sus padres le habían trasladado la buena noticia, había comenzado a preparar todas sus cosas para la mudanza. Pero la realidad que se había encontrado en el sur no era el cuento de hadas que se había imaginado. Al cabo de unos meses, su entusiasmo había descendido enormemente; al contrario que su horario, que se había visto repleto de actividades que disfrutaba en solitario, pero que habían comenzado a ser más y más tediosas a medida que saltaba de una a otra a diario.

A menudo se preguntaba qué hubiera sido de ella si no hubiera sido hija única, o si no hubiera sido una niña prodigio tocando el piano, pero era ya demasiado tarde para averiguar qué hubiera sido de ella en esos supuestos. Sin embargo, y afortunadamente para ella, todavía era capaz de experimentar la libertad de la vida sin horarios cuando podía ir a visitar a su abuela a Escocia. Era consciente de que a sus padres no les hacía mucha gracia que dejara completamente de lado sus quehaceres, pero tenía a su abuela de su parte, lo que significaba que cualquier discusión siempre acababa resolviéndose en favor de sus intereses. Como aquella vez unos años atrás cuando había bajado hambrienta a la cocina para coger algo para picar, pero se había quedado escuchando desde el pasillo, ya que su abuela y sus padres estaban teniendo una conversación bastante agitada en la cocina. Necesitó poco tiempo para darse cuenta de que estaban hablando de ella. Ni siquiera le hizo falta oír su nombre. Pero no pudo continuar escuchando mucho rato más. En el momento en el que se dio cuenta de que había alguien que estaba sollozando, corrió hacia su habitación, con lágrimas en los ojos, y se encerró allí. Lo único que deseó fue que la discusión que estaba teniendo lugar en la planta baja, acabara lo antes posible.

No fue hasta un par de horas después que su abuela Mary la encontró tumbada en su habitación. Siempre habían tenido una relación muy estrecha, por lo que una simple mirada les bastó para darse cuenta de qué era lo que la otra estaba sintiendo. Su unión era tan especial, que a Nora no le hizo falta verbalizar ninguna de las preguntas que se le agolpaban en la cabeza para conseguir todas las respuestas que necesitaba. Cuando Mary terminó de darle las explicaciones oportunas, ambas tenían los ojos anegados en lágrimas, lo que les impidió continuar hablando. Pero, aunque los sollozos no les permitieron hacer uso de la palabra, no les impidió abrazarse fuertemente. Y es que hay veces en las que no se necesitan palabras para expresar lo que uno siente.

Ese abrazo que compartieron aquel día duró lo suficiente como para fortalecer aún más el fuerte lazo que las había unido desde que Nora tenía uso de razón. Como consecuencia, desde aquel día habían decidido continuar fortaleciéndolo activamente, para lo cual se enviaban frecuentemente cartas en las que expresaban abiertamente sus sentimientos. Tal y como la que Nora había recibido aquella mañana:

Debido al tiempo que tarda el correo físico en entregarse, aquella carta había llegado apenas un par de días antes de finales de la semana, que era cuando tenían pensado salir de viaje. Nora la había leído ya más de diez veces, ansiosa por intentar averiguar si su abuela había dejado alguna pista que pudiera ayudarle a saber qué era exactamente aquella sorpresa. Pero como tras el décimo intento aún no tenía nada, había decidido dejar de intentarlo. Aunque reticente, se había visto obligada a aceptar que seguir intentándolo era, únicamente, una pérdida de tiempo. Aceptando que su abuela se lo revelaría nada más llegara a Escocia, decidió guardar la carta junto con todas las demás, archivadas en una caja que había decorado para tal efecto. Acto seguido, bajó a la planta baja para comer. Era plenamente consciente de que a sus padres no les gustaba mucho la situación, pero no estaba dispuesta a que nada se interpusiera entre ella y fuera lo que fuese que su abuela tenía preparado para aquel verano. Por ello, antes de entrar en la cocina, tragó saliva y abrió la puerta lo más relajadamente posible que pudo. Con sumo cuidado de no dejar entrever nada de lo poco que su abuela le había escrito, les preguntó si ya le habían avisado de cuándo llegarían. Tenía el presentimiento de que era mejor que ellos no supieran nada al respecto de la sorpresa.

—Oh… no, lo siento, Nora. La verdad es que no he tenido tiempo. Los últimos dos días nos los hemos pasado saltando de reunión en reunión. Pero te prometo que la llamaré por teléfono después de comer —le dijo su madre, haciéndole el gesto de promesa con el dedo meñique. —Por cierto, cuando acabes de comer, ¿podrías terminar los ejercicios de francés? He recibido un email de la academia pidiéndolos para poder dar por finalizado el curso.

—Sí, claro, mamá —dijo Nora. Estaba tan acostumbrada a que le pidieran que hiciera cosas, que hacía tiempo que había aprendido a que ello no determinara su estado de ánimo. Al fin y al cabo, ¡apenas quedaban unos pocos días para volver a Escocia!

El trayecto en coche hasta la casa de la abuela Mary les llevó más de medio día, pero a Nora no le importó en absoluto. Para ella, todo aquello estaba más que merecido: durante las próximas dos semanas, iba a poder hacer lo que quisiera, cuando quisiera. Si quería, iba a poder quedarse despierta hasta tarde, no madrugar, saltarse el desayuno o, simplemente, disfrutar del paisaje. Y es que el paisaje escocés era algo que siempre le había encantado. El norte de la isla era muy distinto al sur; allí arriba, incluso el aire se sentía diferente.

A medida que se iban acercando al pequeño pueblo, la emoción por llegar y el agotamiento por el viaje se iban intensificando a partes iguales. Nora comenzaba a notar las piernas cansadas del viaje, y cómo el estómago le rugía de hambre. Estaba acostumbrada a viajar largas distancias, pero eso no significaba que le gustaran los últimos tramos de cada viaje. Al fin y al cabo, es entonces cuando uno se encuentra más cansado, demasiado, incluso, para protestar; pero también emocionado por finalmente llegar al destino.

—Ese nuevo cartel ¡es casi tan grande como el propio pueblo! —exclamó el padre de Nora, haciéndola descender de su burbuja ensoñadora.

Nora llevaba ya un rato debatiéndose entre si estaba más emocionada que cansada. Tanto, que no se había dado cuenta de que, desde dónde estaban, ya se podían ver las primeras casas del pueblo. Miró a través de la ventanilla del coche, pero se maldijo por su miopía. Tendrían que acercarse aún más para que ella pudiera leer lo que ponía.

Cuando ya pudo leerlo, sin embargo, pensó que sus ojos le estaban jugando una mala pasada. Estaba tan cansada que tenía la sensación de que, si hubiera estado en un desierto, hubiera visto oasis allá donde hubiera mirado. Abogando porque su yo racional tomara las riendas de la situación, se frotó los ojos y esperó a que la imagen se formara de nuevo. Pero lo que vio no difirió en nada con lo que había percibido antes, por lo que se inclinó a pensar que no había ilusión óptica ninguna. Estaba viendo lo que se suponía que tenía que ver.

El cartel al que su padre había hecho referencia unos minutos antes, y que se encontraba justo al lado del que indicaba el nombre del pueblo, era tan grande como simple. Apenas contenía cuatro palabras: ¡Bienvenida de nuevo, Nora! Sabía que su abuela le tenía una sorpresa preparada para cuando llegara, pero no se había imaginado que esa sorpresa incluyera al pueblo entero. Aunque lo cierto era que uno nunca sabía qué esperarse de la abuela Mary. Por loco que pareciera, ella siempre encontraba la manera de llevarlo a cabo.

Una vez pasado el enorme cartel que les había dado la bienvenida, Nora se dejó llevar por la emoción. Se reclinó para atrás, cerró los ojos y recorrió en su mente el camino para llegar a casa de su abuela: *—la primera, a la izquierda. Luego, seguimos recto. Cuando hayamos pasado tres casas, de nuevo a la izquierda. Pasamos otras cinco casas y giramos a la derecha...* —Había notado cómo con cada intersección le aumentaba la frecuencia cardiaca, pero se obligó a mantener los ojos cerrados hasta que notó que su padre había apagado el motor del coche. ¡Por fin había vuelto! Se apresuró a quitarse el cinturón al ver a su abuela esperándoles sentada en el banco de la entrada. Acto seguido, saltó del coche y fue corriendo hacia ella. A pesar de todo el sentimiento que su abuela Mary le ponía en las cartas, no había nada como un cálido abrazo. Y es que no se trata de cuántas veces le digamos a alguien que le queremos, sino de cuánto se lo hacemos sentir.

–Cielo, mañana nos vamos a Berlín –dijo el padre de Nora, dejando su maleta junto a la puerta de la entrada. –Creo que no hace falta que recalque que te portes bien, ¿no? –añadió, dándole un suave beso a su hija en la frente.

–¡Pensaba que al menos hoy os quedaríais! –exclamó Mary mientras buscaba las llaves de casa en el bolsillo de su falda.

–No, mamá, no podemos. Tenemos varias reuniones de negocios en Alemania, así que hemos reservado una habitación de hotel en Glasgow para esta noche. Mañana por la mañana tenemos el vuelo a Berlín –añadió la madre de Nora, cerrando la puerta detrás de sí. –Nos quedamos a cenar, pero nos iremos justo después. Y, por cierto… ¿sería posible que antes pudiéramos hablar con tu amiga Abby? Nos gustaría agradecerle en persona que le permita a Nora practicar en su piano. Además, me gustaría ver con ella si el horario que he hecho le viene bien…

–Ya lo hemos hablado cientos de veces, –dijo Mary, claramente haciendo un esfuerzo por sonar lo menos vacilante posible. –Nora no solo está de vacaciones, sino que además está en mi casa. Hará lo que yo diga. Y no quiero discutir, –añadió al ver que su yerno quería tomar la palabra.

Nora fue testigo del encontronazo entre su abuela y sus padres. Era consciente de los muchos sacrificios a los que sus padres habían tenido que hacer frente para que ella tuviera todo lo que tenía, y les estaba tremendamente agradecida por ello, no penséis que no. Pero le costaba comprender que sus padres no entendieran que, poco a poco, la estaban privando de disfrutar de su adolescencia. Era responsable por naturaleza, por lo que sabía que lo mejor era que descansara de vez en cuando.

No obstante, quitando ese pequeño momento incómodo, la tarde se desarrolló con normalidad. Dieron buena cuenta de la cena, lo que permitió a Nora y a sus padres recuperarse del largo viaje. Pero por mucho que quisieran alargarlo, la realidad era que los padres de Nora tenían que irse a Glasgow por motivos de trabajo.

–La cena estaba deliciosa, mamá –dijo la madre de Nora, cogiendo el bolso del perchero de la entrada. –Ojalá pudiéramos quedarnos un poco más para poder disfrutar de más comidas así, pero el deber nos llama. ¡Nos vemos en un par de semanas! –añadió con la voz teñida de una tristeza que denotaba la pena que le daba irse apenas unas pocas horas después de haber llegado.

Mary y Nora se despidieron de ellos desde el jardín de la entrada. Una vez vieron cómo el coche desaparecía en el primer cruce de calles, cerraron la puerta de la verja y volvieron al interior.

Por primera vez en seis meses, Nora no tenía nada planeado. Bueno, eso sin contar con las pocas prácticas de piano que tendría que hacer, por supuesto. Pero más allá de eso, ¡no tendría ninguna otra actividad en dos semanas! Deseaba poder quedarse en casa de su abuela por ello más tiempo, pero era muy consciente de su realidad. Al fin y al cabo, únicamente tenía dos opciones: podía pasarse las dos semanas protestando de que era muy poco tiempo, o podía intentar sacarles el mayor provecho posible. Y lo cierto era que únicamente dependía de ella el aceptar la situación y aprovecharla al máximo, o lamentarse por no haberlo hecho.

–¿Debería deshacer la mal...? –intentó preguntar Nora.

–¿Y si nos vamos a dar un paseo? Dejemos el *ser una niña buena* para cuando vuelvas a Londres. Hacer travesuras de cuando en cuando es hasta beneficioso, ¿sabes? –le interrumpió Mary, acariciándole suavemente la cara.

Nora solamente había podido visitar a su abuela en las vacaciones escolares ya que, antes de mudarse a Londres, ella y sus padres habían vivido en Glasgow por el trabajo de ellos.

No obstante, y a pesar de que la había visitado todos los años de su vida, lo cierto era que, allí, ella no tenía ningún amigo cercano. Y es que, desde que se habían mudado a Londres, no había podido pasar tanto tiempo en el pueblo como le hubiera gustado, ya que durante las vacaciones había tenido que viajar al extranjero junto con el Profesor Ross para actuar en los certámenes que este último había, cuidadosamente, elegido para ella. Por lo que sí, estaba abierta a hacer nuevas amistades.

No hacía ni cinco minutos que habían salido de casa cuando Nora fue, por fin, capaz de encontrar el coraje suficiente para preguntarle a su abuela por la sorpresa que le había mencionado en su última carta. Por la manera en la que Mary había reaccionado al comentario que sus padres habían hecho durante la cena acerca del enorme cartel de bienvenida, Nora había deducido que aquella no era la sorpresa que aguardaba. O, mejor dicho, no era todo lo que había planeado para ella.

–¡Ah, eso! ¡Pensaba que nunca lo preguntarías! –exclamó Mary entre risas. –Tengo algo para ti… –añadió, ofreciéndole un paquete rectangular envuelto en papel de regalo. Desde que habían salido de casa, Nora se había preguntado por qué su abuela había traído consigo una bolsa tan grande, pero no había considerado oportuno comentarlo. Una vez hubo abierto el regalo, Mary continuó hablando: –es un libro que recopila un buen número de leyendas escocesas. Soy consciente de que no es un ejemplar nuevo, pero tranquila, hay una explicación. Reconozco que me estaba quedando sin ideas para sorprenderte, hasta que se me ocurrió que igual estabas interesada en explorar un poco. Mi padre me lo regaló cuando tenía tu edad, por lo que creo que ha llegado el momento de que lo tengas tú. Creo que no te sorprenderá que te diga que una de las leyendas está ambientada en este pueblo.

2

*T*oc, toc...

–Adelante, –dijo Eileen. A pesar de que la noche anterior se había ido tarde a la cama, aquella mañana se había levantado temprano. Había estado trabajando en corregir las erratas que tenía la historia original de Nora para poder enviársela a su abuelo. Una vez hecho eso, podía ponerse, por fin, a trabajar en el nuevo proyecto. Hacía tiempo que una idea nueva le rondaba por la cabeza. Le había gustado desde el principio, pero tenía muchas dudas de si iba a ser capaz de ejecutarlo todo como se lo imaginaba. No paraba de pensar en diferentes escenarios y tramas, lo que hacía que se sintiera verdaderamente emocionada por escribir; aunque no estaba segura de si sería capaz de traducir todo aquello a palabras.

–Sé que habíamos acordado que charlaríamos por las tardes, pero necesito comentar contigo una cosa ahora, –dijo Alick desde debajo del marco de la puerta. Cuando su nieta le dio permiso para entrar con un leve movimiento de cabeza, accedió a la habitación, dejando la puerta entreabierta.

–¿Cuánto has leído, abuelo? –le preguntó Eileen entre risas. Se trataba de una historia que había escrito hacía tiempo, y, a pesar de lo orgullosa que estaba de ella, no creía que tuviera mucho sobre lo que se pudiera discutir.

–Nora acaba de recibir el libro –le respondió Alick. Al ver que Eileen iba a protestar, la silenció con un gesto de la mano y continuó hablando: –soy consciente de que apenas estoy al principio, pero quería decirte que, hasta donde he llegado, me ha gustado mucho. Lo cierto es que tengo unas expectativas muy altas por lo que vendrá después.

Eileen apreciaba las palabras de su abuelo, pero sospechaba de sus verdaderas intenciones. Se planteó el volver a someterle al reto del guiño, pero al ver el brillo que se apreciaba en sus ojos, se dio cuenta de que le estaba hablando desde lo más profundo de su ser.

–Sé que lo único que quieres hacer es ayudarme, abuelo, pero necesito seguir trabajando. Tengo que seguir tecleando en ese portátil, –dijo, señalando con el pulgar hacia su escritorio, –tanto como pueda. Si no, no podré entregarte algo nuevo cada día. Solo de pensarlo, me da vértigo adentrarme en el mundo de la escritura, –añadió entre dientes, más para ella misma que para su abuelo.

–Pero hoy podremos charlar, ¿no? –preguntó Alick, con un tinte de tristeza en la voz. Estaba muy emocionado con la posibilidad que se le brindaba de poder participar en lo que él esperaba fuese el nuevo top ventas escocés.

Eileen se levantó de su silla del escritorio y le confirmó que, tal y como habían quedado, más tarde sí que tendrían tiempo de charlar sobre el primer capítulo. Mientras tanto, había ido dirigiendo a su abuelo fuera de su habitación. A continuación, se dio la vuelta y se quedó mirando a su escritorio. Tenía mucho trabajo por delante.

- II -

A pesar de que el pueblo en el que vivía la abuela Mary no era muy grande, para Nora, la percepción del tiempo y del espacio había sufrido una leve alteración desde que había recibido su ejemplar de *Todas las leyendas escocesas*. En lo único en lo que podía pensar era en volver a casa para comenzar a devorarlo.

Y eso fue, precisamente, lo que hizo una vez que hubieron vuelto. Tan pronto como entraron en el vestíbulo, se quitó las zapatillas y corrió escaleras arriba hacia su habitación. Y es que, aunque en casa únicamente estaban ella y su abuela, sentía una fuerte necesidad de estar a solas.

Una vez en su habitación, cerró la puerta y se arrodilló. Era la primera vez que tenía en sus manos un libro tan antiguo, de modo que sentía curiosidad por ver cuál era su estética, o de si sería capaz de averiguar cuán antiguo realmente era. Es por ello por lo que intentó pasar las hojas rápidamente para ver, de un simple vistazo, si había o no imágenes en su interior; pero, para su sorpresa, el libro se lo impidió. Encontró aquello bastante extraño, pero eso no fue nada comparado con lo que ocurrió a continuación. Justo en el momento en el que dejó de forzarlo para que se abriera, el libro saltó de sus manos, impulsado por una fuerza que parecía haber surgido de su interior. Acto seguido, cayó al suelo, donde rebotó varias veces antes de quedarse abierto por la primera página. Y, aunque aquel movimiento repentino del libro la asustó, para su desgracia, aún hubo más sorpresas. Tras quedarse finalmente quieto, sus páginas, en origen blancas, comenzaron a ser escritas por una mano invisible. Nora lo miraba todo desde lejos, aterrorizada, incapaz de leer qué decía el texto que poco a poco había ido apareciendo. Tras varios minutos en los que nada más extraño sucedió, decidió acercarse lentamente al libro para poder leer el manuscrito:

Querido intrépido lector,

El hecho de que tengas este libro en tus manos significa que alguien piensa que eres digno merecedor de él. Te damos la enhorabuena por ello, aunque debemos reseñar que quien sea que abra este libro ha de estar dispuesto a explorar. Y es que no hay nada peor que contener la curiosidad hacia lo desconocido. Como muestra de ello, te diremos que las Leyendas que se recogen en este libro son tan ciertas como el origen de la vida, sea cual sea la versión que decidas creer.

Como pago por esta carta que libremente te ofrecemos, te pedimos, no obstante, que si te encuentras a kilómetros de distancia de donde ocurrieron las Leyendas, por favor, no las leas. Debido al origen extraordinario de algunas de ellas, cada vez que son leídas, puede que todo vuelva a comenzar de nuevo para sus protagonistas. Y estamos seguros de que no te sorprenderá saber que hay verdadero sufrimiento en algunas de ellas.

No podemos prometerte que no sufrirás ningún tipo de consecuencia si decides formar parte de ciertas Leyendas. Además, debes tener en cuenta que, una vez decidas adentrarte en alguna, no habrá marcha atrás. Los comportamientos dubitativos y evasivos no tendrán cabida en

Después de leer aquella advertencia, porque realmente no había otra manera de describirlo, o por lo menos a Nora no se le ocurría otra, comenzó a temblar. ¿En qué estaba pensando su abuela para regalarle un libro tan potencialmente peligroso? Los cuentos de hadas no eran lo suyo. ¡Ni siquiera le gustaba la magia! No a su edad, desde luego. Pero el hecho de que el libro hubiera saltado de sus manos era tan real como que ella era pelirroja.

Una vez se hubo recompuesto, decidió que se reuniría con su abuela para hablar muy seriamente del tema. Sabía perfectamente que el libro no era nuevo. Su propia abuela le había dicho que había sido su padre quien se lo había regalado a ella, por lo que existía la posibilidad de que la propia Mary hubiera estado involucrada, de alguna manera, con las Leyendas. ¿Era una de los autores? ¿O se trataba de un libro escrito mucho tiempo atrás? ¿Le había mentido su abuela al decirle que a ella se lo había regalado su padre? ¿Había conseguido desentrañar los misterios que se ocultaban? Se le agolpaban preguntas a tal velocidad en la cabeza, que dudaba que fuera a ser capaz de recordarlas todas una vez terminara de bajar las escaleras.

–Lo mejor va a ser que escriba en un papel todas las preguntas –pensó Nora. Al darse cuenta de que aquella sería la mejor de sus opciones, se giró y fue directa hacia la mochila que había dejado junto al armario. Se había traído consigo un estuche y un par de cuadernos de música por si se le ocurría alguna melodía nueva mientras estaba de vacaciones en casa de su abuela. En ausencia, por tanto, de cuadernos normales, arrancó un par de hojas con pentagramas y comenzó a escribir tan rápido como le fue posible.

Y cuando no llevaba escritas ni la mitad de todas las preguntas que se le habían agolpado en la cabeza, escuchó un sonido que parecía proceder del libro. Si minutos antes no hubiera sido testigo de las capacidades extraordinarias de las que gozaba aquel libro, estaba segura de que aquello le hubiera pasado desapercibido. Pero todo era tan extraño, que incluso las cosas más triviales conseguían asustarla.

Tras doblar el papel en el que había escrito las preguntas y guardárselo junto con el bolígrafo en el bolsillo de su pantalón, se giró lentamente para dejar de darle la espalda al libro. Si bien era cierto que el sonido no había durado mucho, y que había parado tan repentinamente como había comenzado, Nora tenía la sensación de haber reconocido una melodía tocada con un arpa que le resultaba tremendamente familiar, la cual no conseguía identificar.

Se quedó mirando fijamente al libro, preparada para intentar reconocer cualquier otra melodía que pudiera sonar, pero nada nuevo sucedió. El libro permaneció quieto, abierto por la misma página por la que había quedado abierto después de saltar de sus manos, como si fuera un libro normal. Lo observó desde la distancia durante un rato, hasta que se dio cuenta de que había en él algo diferente. Se acercó lentamente y, en el momento en el que pudo ver con nitidez qué era lo que había llamado su atención, comenzó a temblar. Desde ese momento supo que tendría pesadillas con todo aquello.

Tal y como había percibido desde la distancia, las páginas del libro no estaban exactamente como antes. Habían aparecido algunas notas musicales justo debajo de la firma. Para alguien que no entendiera nada de música, aquello seguramente no tendría ninguna importancia, pero Nora tenía la impresión de que esa simbología jugaría un papel vital en su propio devenir. Algo le decía que no habían aparecido así porque sí.

–También te daremos información valiosa. Así que, por favor, no desesperes –dijo entre dientes antes de encontrar valor para atreverse a tocar el libro. Tras cerrarlo, lo agarró con dos dedos para tener la menor superficie de su cuerpo en contacto con él, y salió de su habitación como una exhalación.

3

Eileen se pasó toda la mañana encerrada en su habitación, pero no fue capaz de avanzar mucho. Y, aunque no quería admitirlo, aquello estaba empezando a desesperarla. Tenía una idea muy clara en la cabeza de qué era lo que quería hacer, pero no era capaz de encontrar las palabras adecuadas para plasmarlo sobre el papel. La sensación de que estaba avanzando más lentamente de lo que quería y le permitían sus circunstancias, estaba comenzando a apoderarse de ella, por lo que decidió cortar con todo y bajarse a comer algo.

Pero justo cuando entró en la cocina, donde sus abuelos ya estaban sentados a la mesa para disfrutar de la comida, se dio cuenta de que no estaba hambrienta. O, por lo menos, no en el sentido fisiológico de la palabra. Su subconsciente la había llevado directamente hacia su abuelo, con quien sabía que podía hablar largo y tendido.

—Solamente los autores bien alimentados son capaces de escribir grandes novelas. Ven a comer; iremos a dar un paseo después, —dijo Alick sin siquiera darse la vuelta como si, de nuevo, hubiera sido capaz de leerle la mente a su nieta. Sin lugar a dudas, aquel parecía ser su superpoder.

—Abuelo, la verdad es que estoy teniendo problemas para escribir. Sé qué es lo que quiero contar, pero no soy capaz de hacerlo de manera que suene tan emocionante como la idea que yo tengo en mi cabeza. No sé si me explico, —dijo Eileen mientras cerraba la puerta de la verja.

—No seas tan dura contigo misma. Nadie dijo que escribir fuera fácil, —dijo Alick. —Eres ya mayorcita como para saber que las cosas que merecen la pena llevan un gran trabajo detrás, así como que ningún comienzo es sencillo. Es normal que tengas dudas. Y ten por seguro que tendrás más a lo largo de todo el proceso. Tendrás tus momentos buenos y tus momentos malos. Pero sé que lo conseguirás; siempre lo has hecho, –añadió, mirándola directamente a los ojos.

–Lo sé, lo sé. Quiero mantenerme positiva y con los pies en la tierra, pero tienes que reconocerme que algo condicionado sí que estás, abuelo. Y lo estás porque me quieres –contestó Eileen. Pero viendo la reacción de su abuelo, se apresuró a añadir: –la cuestión es que siempre he escrito para mí. Nunca nadie ha leído la mayor parte de todo lo que he escrito. Y tampoco es que esté rodeada de literatos precisamente. Todo lo que sé, lo sé porque lo he aprendido sola. Puede que simplemente esté intentando llegar más alto de lo que realmente puedo llegar.

–¿Y quién dijo que soñar grande fuera algo malo? Este viejo que tienes aquí delante nunca ha ido a la universidad, ni tampoco ha salido del país, pero sí que es capaz de reconocer el talento cuando lo tiene delante. Y no estoy diciendo que seas buena porque seamos familia, ¡sino porque es verdad! Y cuanto antes te des cuenta de ello, antes serás capaz de alcanzar el éxito. Además, ¿qué necesitas saber sobre escribir? –le preguntó. Quería que Eileen se diera cuenta de que había sido bendecida con el don de escribir, y quería que se diera cuenta por sí misma. Es por ello por lo que, para conseguirlo, añadió: –solo cayendo y levantándote serás capaz de encontrar el camino correcto. Además, tampoco tienes que intentar escribir el próximo *best seller* o, por lo menos, no desde el principio. Permítete el lujo de sorprenderte con tus propias habilidades, y no seas demasiado dura contigo misma. Lo que tenga que ser, será. Hazme caso.

–¿Y si el abuelo tuviera razón? ¿Y si estuviera siendo demasiado pesimista demasiado pronto? –pensó Eileen para sí. Nunca nadie le había obligado a escribir y, sin embargo, siempre había sido la manera en la que mejor se había expresado.

Ella nunca había sido de coger el teléfono y llamar a un amigo para contarle sus problemas durante horas. Ni tampoco era del tipo de persona que disfrutaba alardeando de sus logros. Ella era, simplemente, alguien a quien le gustaba disfrutar del momento y que se emocionaba por las cosas más insignificantes.

Pero siempre le había resultado tremendamente complicado tratar de esconderle cualquier cosa a su abuelo. Desde bien pequeña había sentido la libertad de poder ser ella misma cuando estaba con él. Su abuelo siempre había tenido esa capacidad sobrenatural de parecer poder leerle la mente con tan solo mirarla a los ojos, por lo que hacía mucho que Eileen había dejado de intentar esconderle nada. Y, si bien no era algo que siempre le hubiera gustado, especialmente durante su adolescencia, lo cierto era que había aprendido a apreciarlo. Muchas veces había soñado con que sus pensamientos no fueran tan fáciles de leer, pero en la actualidad, aquella conexión especial que compartía con él era algo de lo que estaba tremendamente agradecida.

—Soy consciente de que no es fácil para ti, Eileen, no pienses que no, —dijo Alick después de permitirle pensar durante unos minutos. —Pero ya sabes lo que significa tu nombre…

—Luz brillante y reluciente —dijeron ambos al unísono.

Y, acto seguido, comenzaron a reír como si no lo hubieran hecho en mucho tiempo, lo que les resultó tan reconfortante como extraño a ojos de los demás. Pero lo cierto fue que les dio exactamente igual. Si bien habían comenzado a reírse sin un motivo aparente, era a sí mismos a los únicos a quienes tenían que rendir cuentas.

—¡Ven…ga ya, aaa…buelo! —exclamó Eileen casi sin aliento a causa de la risa. —¿En serio me vas a decir que mi nombre es la razón de que pueda hacer las cosas que hago?

Estás hablando con una científica de formación que no se va a creer nada de eso, lo sabes, ¿verdad?

—Vosotros, los científicos, sois un poco cortos de miras a veces, —dijo Alick, dejando de reír tan repentinamente como había empezado. —Le quitáis toda la chispa a la vida. Necesitáis una explicación para todo. Vosotros…

—Simplemente fuimos agraciados con otro tipo de aptitudes, abuelo —le cortó Eileen. —Además, no podrás negarme que mis queridos colegas han hecho que tu vida sea más fácil. No le quitamos la chispa a la vida; de hecho, a veces, somos quienes se la añadimos, —dijo, algo herida y tan seria como su abuelo. —Y con eso no quiero decir que seamos mejor que nadie; sino, simplemente, que vemos la vida a través de un prisma diferente. Vemos cosas que otros no ven.

—Ahí lo tienes —añadió Alick, recuperando su sonrisa.

—¿A qué te refieres con *ahí lo tienes*? —preguntó Eileen, algo contrariada.

—Piensa en lo que acabas de decir —fue todo lo que obtuvo por respuesta.

Camino escaleras abajo, Nora comenzó a pensar en cuál sería la mejor manera de abordar el tema con su abuela. Siempre le había estado muy agradecida por todo lo que había hecho por ella, especialmente cuando había establecido límites para con sus padres. Pero aquello era demasiado. ¿En qué momento se le había pasado por la cabeza la idea de involucrarla en algo que le pudiera reportar consecuencias, fueran de la índole que fueran? ¡Los Protagonistas lo habían dejado sumamente claro en su advertencia! ¿Se le habría ido la cabeza?

–Oh… hola, Nora. –Al darse cuenta de que a Nora le había pillado por sorpresa que no estuviera sola, Mary se apresuró a añadir: –él es Mark. Mark, ella es mi nieta, Nora.

–*Genial*, –pensó Nora. Necesitaba tratar el tema urgentemente con su abuela. Tanto era así, que no se veía con ganas de tener que hacer el esfuerzo de conocer a alguien nuevo. Y eso que estaba deseando hacer amigos. Pero es que aquel momento no era el más idóneo. Haciendo de tripas corazón, se secó la mano libre en el pantalón y le dedicó un tímido *hola* a Mark. Acto seguido, se dio la vuelta hacia su abuela: –Esto… abuela…, la verdad es que quería… ehmm… comentarte una cosilla. ¿Podríamos ir a la cocina, por favor?

–Me temo que eso no va a ser posible, –dijo Mary. No lo había dicho en un tono maleducado, ni mucho menos, pero a Nora le sentó como si le hubieran vaciado un cubo de agua fría sobre los hombros. –Siempre dices que tienes muchas ganas de hacer buenos amigos aquí, ¿no? Pues venga, ¡no pierdas la oportunidad! Salid a la calle y divertíos –añadió Mary, dedicándole una mirada furtiva al ejemplar de *Todas las leyendas escocesas* que Nora tenía en su mano.

Aquel gesto no le pasó desapercibido a Nora, lo que hizo que tuviera aún más ganas de hacerle a su abuela todas las preguntas que tenía para ella. Sin embargo, era plenamente consciente de que, si su abuela había dicho que *no*, entonces no había nada más que hacer. Y aunque lo encontraba tremendamente frustrante, sabía que Mary no era la persona idónea para llevarle la contraria. De modo que, muy a su pesar, desechó la idea de seguir intentándolo.

—Lo cierto es que iba a ir a dar una vuelta con mis amigos, y bueno, como tu abuela le había dicho a la mía que ya habías llegado, me preguntaba si querrías unirte, —dijo Mark, rompiendo el incómodo silencio que se había instalado entre ellos. Por raro que pareciera, a Nora se le había olvidado por completo la presencia de Mark allí. Hubiera preferido que su primer encuentro hubiera sido en unas circunstancias muy diferentes. Tenía miedo de haberle asustado al haberse comportado un poco borde debido a que no estaba de humor para conocer a nadie.

—Esto… bueno, supongo que sí. Espera aquí. Voy a dejar esto arriba, —dijo mientras levantaba su brazo derecho, en cuya mano se encontraba su copia de *Todas las leyendas escocesas*. —Y bueno, creo que también necesito ir a buscar unas zapatillas, —añadió, señalándose los pies.

—Yo que tú me llevaría el libro conmigo, —dijo Mary mientras se daba la vuelta. Y, sin dar pie a que le hicieran ninguna pregunta, salió del salón dejándolos a los dos allí.

Nora miró alternativamente el lugar que hasta hacía unos segundos había ocupado su abuela y a Mark, quien estaba tan desconcertado como ella. Esperaba que algo sucediera y le permitiera entender la situación, pero nada cambió.

—Bueno, creo que voy a ir a por mis zapatillas y a por una mochila. No tardo nada, —dijo Nora.

–He de reconocer que ha sido una situación un poco rara, pero eso no quita que tu abuela no sea una abuela enrollada. Hace años que es amiga de la mía, –dijo Mark mientras aguantaba la puerta de la valla para que pasara Nora. Al darse cuenta de que la había cogido por sorpresa, preguntó entre risas: –no tienes ni idea de quién soy, ¿verdad?

–Me temo que no. Lo siento, –contestó Nora algo avergonzada por el hecho de que se hubiera dado cuenta con solo mirarla. A veces le resultaba muy complicado controlar sus expresiones faciales.

–Soy el nieto de Abby, –dijo. –El dueño del piano que supuestamente ibas a tocar este verano… –se apresuró a añadir.

–¡Oooh! Vale, ahora ya sé quién eres. Encantada de conocerte. Y… bueno, yo… lo siento por lo de antes, –dijo, apuntando hacia atrás con sus pulgares. –Aunque, ¿a qué te refieres con *supuestamente*? –añadió. Le desconcertaba un poco que hubiera utilizado esa palabra.

–Nuestras abuelas tienen planeado para nosotros algo… diferente. Sí, creo que esa es la palabra correcta. Di-fe-ren-te, –dijo, haciendo énfasis en cada sílaba de la palabra. –Pero tranquila, en casa de mi abuela eres bienvenida para tocar a cuatro manos cuando quieras. Aunque no creo que tengamos tiempo para ello, la verdad. Pero bueno, la oferta está ahí. Además, ¿no estás cansada de tocar? He oído que has estado de gira por Europa. Es bueno tomarse un descanso de vez en cuando, ¿sabes?

Nora hizo amago de contestar, pero al darse cuenta de que Mark llevaba razón, cerró la boca antes siquiera de emitir ningún sonido. Tocaba el piano porque a ella le gustaba, no porque nadie la obligara. Era consciente de que tenía un don innato para ello, pero lo cierto es que sus clases se habían vuelto más y más demandantes. Además, lo cierto era que, a sus quince años, la posibilidad de hacer algo fuera de lo ordinario sonaba demasiado tentador. Tanto era así, que notaba cómo poco a poco se le iba el mal humor. ¿Qué podría salir mal?

–Esto…, Mark, la verdad es que tienes un acento muy marcado. ¿Eres escocés? –preguntó. Hacer preguntas para romper el hielo era uno de sus puntos fuertes.

–Aunque nací en Belfast, toda mi familia proviene de Inverness, así que sí, podríamos decir que soy escocés, –dijo él. Aquella pregunta era lo último que se esperaba, pero le gustó el hecho de que Nora comenzara a relajarse. –¿Por qué lo preguntas?

–¿Para romper el hielo? –respondió entre risas. –Cambiando de tema, ¿qué sabes acerca del libro que mi abuela me ha sugerido que trajera conmigo?

–¿Te refieres a *Todas las leyendas escocesas*?

–Sí, así es. Me lo acaban de regalar. ¿Te lo has leído ya? –preguntó Nora, expectante por si él tenía más información al respecto. Al fin y al cabo, ella en ningún momento había mencionado el título del libro y, sin embargo, él sabía de cuál estaba hablando.

–No, aún no, –respondió Mark. –A mí también me lo han regalado hace poco; al igual que a Theresa y a Gabe. Ya sabes, los mellizos que viven en frente de casa de tu abuela… –añadió, esperando que aquello le pudiera servir como pista para recordar quiénes eran. No obstante, al ver su cara de desconcierto, decidió continuar hablando: –todas nuestras abuelas son amigas, ¿sabes? Así que creo que quieren que la descendencia de su descendencia haga piña igual que ellas.

Aquella ocurrencia de Mark hizo que Nora se echara a reír. Lo cierto es que no solo era tremendamente fácil hablar con aquel muchacho, sino que además era divertido. Tenía una gran habilidad para hacer comentarios graciosos en momentos tensos, lo cual ayudaba bastante a relajar el ambiente. Pero, sin duda, lo que más le gustaba es que sentía que estaba encajando perfectamente. Había soñado tantas veces con hacer buenos amigos en el pueblo de su abuela, que sentía un poco de presión por no ser capaz de disfrutarlo tanto como deseaba.

Siguieron charlando de camino al parque que estaba junto al río. Al parecer, Mark había quedado allí con los mellizos.

—Os presento a Nora, nieta de Mary y famosa pianista, —dijo Mark mientras hacía una reverencia al puro estilo de los bufones. Exageró tanto la reverencia, que para cuando volvió a ponerse de pie, la cara de Nora estaba tan roja como su pelo. Para sorpresa de ella, sin embargo, aquello no hizo sino provocar que Mark se echara a reír.

—¡Serás bobo! —exclamó Theresa. Le fulminó con la mirada mientras dejaba su ejemplar de *Todas las leyendas escocesas* en el banco. Acto seguido, se levantó y le tendió la mano a Nora. —Theresa, encantada de conocerte al fin. —A continuación, agarró a su hermano por el brazo para que se levantara y añadió: —y él es mi hermano, Gabriel.

—Como me vuelvas a llamar Gabriel, puedes considerarte mujer muerta, —le dijo Gabe a su hermana mientras se levantaba del banco. Después, se giró y, al igual que su hermana, le ofreció su mano a Nora: —Gabe.

—Encantada de conocerte a ti también —lo saludó Nora mientras le tomaba la mano. La manera en la que él la miró a los ojos mientras se apretaban las manos hizo que Nora se sintiera intimidada e intrigada a partes iguales. Aunque el hechizo se deshizo en el momento en el que Gabe decidió seguirle el juego a Mark. —Entonces, dime... ¿en cuántos países has estado ya?

—*Si no hubiera utilizado ese tonito...* —pensó Nora, apartándole la mirada. Al hacerlo, se percató de que Theresa no estaba aprobando ni el comportamiento de su hermano ni el de Mark, de manera que le compartió una mirada de complicidad antes de continuar: –pues lo cierto es que he estado en casi todos los países de Europa, así como en Estados Unidos y en China. La próxima gira la haré por Oceanía. Pero dejemos de hablar de mí; soy el centro de atención con demasiada frecuencia. Es mejor que invirtamos nuestro tiempo en esto, –dijo mientras sacaba su ejemplar de *Todas las leyendas escocesas* de la mochila.

El tono serio que había utilizado hizo que tanto Mark como Gabe dejaran de reírse de inmediato. O puede que simplemente fuera la consecuencia de tener en frente aquel libro. En cualquier caso, Nora se lo anotó internamente como una victoria. Ella también podía ser una bufona si se lo proponía.

Y, de repente, Nora notó cómo la felicidad iba abandonándola poco a poco, a la vez que sentía una creciente necesidad de sentarse en el suelo, cruzar las piernas y abrir su ejemplar del libro de leyendas por la única página por la que podía ser abierto: la página que contenía la advertencia de Los Protagonistas. No levantó la mirada en todo el proceso, por lo que no pudo constatar si Mark, Theresa y Gabe estaban haciendo lo mismo que ella. Aunque algo en su interior le decía que ellos habían experimentado el mismo cambio repentido de sentimientos que ella. Además, a pesar de que acababan de conocerse, de alguna manera, estaba completamente segura de que sus libros contenían la misma advertencia que el suyo. En cuanto a los extraños eventos de los cuales había sido testigo justo antes de que la carta apareciera por arte de magia, dudaba de que hubieran sido iguales para todos. Algo le decía que tendrían que compenetrarse muy bien para trabajar como si fueran uno, por lo que comenzó a relatarles su experiencia. Mencionó cómo había intentado pasar las hojas del libro y cómo estas se habían resistido, así como que acto seguido el libro había salido disparado de sus manos para, a continuación, quedarse abierto por la primera página. También recalcó cómo, apenas unos minutos después, el libro había parecido emitir un extraño sonido y que, tras ello, se había percatado de que habían aparecido unos pequeños dibujos de notas musicales junto a la firma, al final de la página.

Los otros la escucharon con interés, como si el hecho de hacerlo pudiera servirles para entender mejor sus propias experiencias. Así pues, una vez que Nora hubo terminado su relato, todos se quedaron mirándose los unos a los otros, esperando que fuera otro quien tomara la iniciativa de continuar. Después de unos segundos algo tensos, fue Theresa quien se atrevió a cogerle el relevo a Nora. Comenzó hablando con voz temblorosa, pero al cabo de unos pocos minutos consiguió controlar su voz y relatar su propia experiencia con el libro. Les contó cómo, justo después de haber retirado el papel de regalo en el que había estado envuelto el libro, había sentido una terrible necesidad de irse a su habitación para comenzar a leerlo. También mencionó que no fue consciente hasta después de haber cerrado la puerta de su habitación, de que la portada del libro tenía unos cortes. En aquel momento no le había parecido algo que mereciera su interés, pero era algo que cada vez le preocupaba más. Además, el recuerdo de cómo el libro había salido despedido de sus manos se volvía más y más intenso a medida que continuaba con su relato. El libro había saltado de sus manos justo en el momento en el que había estado a punto de tocar uno de los cortes. Después de aquello, su libro se había comportado del mismo modo en que lo había hecho el de Nora, lo que la había asustado sobremanera; tanto, que se había puesto a gritar. Además, creyó necesario indicar, que siempre había tenido la sensación de que nadie había sido capaz de oírla gritar, por lo que había intentado salir de su habitación en busca de su hermano. Para su desgracia, sin embargo, no había sido capaz de abrir la puerta, por lo que no le había quedado más remedio que hacerle frente al libro.

–Dado que no podía salir de mi habitación, decidí arrodillarme sobre la moqueta para poder leer lo que fuera que había aparecido en el libro. Me quedé tan lejos como pude de él, pero mi miopía jugó en mi contra, –dijo mientras se señalaba las gafas. –Os juro que estaba asustadísima. Hubiera sido capaz de desmayarme si hubiera oído cualquier ruido, cuanto si más una melodía, –añadió. Al relatar su experiencia, se estaba dando cuenta de cosas que le habían pasado completamente inadvertidas. Sin lugar a dudas, el hecho de saber que no era la única que había sido testigo de experiencias extrañas la estaba ayudando a aclarar sus pensamientos. Tras unos segundos que le sirvieron para recuperar el aliento, continuó hablando: –al final me decidí a leer la carta con la advertencia y, tras hacerlo, concluí que no quería formar parte de ello, que le devolvería el libro a mi abuela y que tendría un verano en paz, por favor y gracias. Pero mientras estaba pensando todo eso, vi cómo una mano invisible comenzaba a realizar nuevos trazos sobre la página que contenía la carta. Y fue entonces cuando me derrumbé y me puse a llorar. Estaba encerrada en mi habitación y no podía conseguir ayuda, así que no pude controlarme más. Me llevó un buen rato recomponerme y, para cuando lo conseguí, el dibujo estaba ya terminado, –dijo, señalando unas siluetas de pisadas que estaban situadas justo en el mismo sitio donde estaban las notas musicales en el ejemplar de Nora.

Nora y Mark se inclinaron para poder ver más de cerca lo que les estaba mostrando Theresa. Ambos se percataron de que los trazos en sus ejemplares parecían haber sido hechos por la misma mano, ya que todos tenían la misma imperfección en los bordes redondeados.

–En mi libro los dibujos son de unos árboles, –dijo de repente Gabe, rompiendo así el silencio establecido. –Quiero decir, mi experiencia previa ha sido parecida a las vuestras, así que, ¿qué sentido tiene que lo cuente? Al fin y al cabo, lo que importa es que mis dibujos representan unos árboles, ¿no?

–Tengo la impresión de que todos los detalles cuentan, –dijo Mark mientras les ofrecía su libro para que los demás pudieran echarle un vistazo a su dibujo. Después, añadió: –¿alguien tiene alguna idea de qué puede ser eso? Yo sigo sin ser capaz de averiguarlo.

Comenzaron a mirarse entre ellos de manera alternativa, como si el hecho de mirarse los unos a los otros les pudiera ayudar a resolver el misterio. Pero las miradas que recibían trasladaban la misma incertidumbre que las que ellos ofrecían. Lo que les comenzó a asustar, pues sabían cuál era su única alternativa si de verdad querían averiguar qué significan aquellos trazos.

4

El paseo que Eileen había dado con su abuelo después de comer la había dejado con más preguntas que respuestas. Era plenamente consciente de que respondiendo aquellas nuevas incógnitas sería capaz de encontrar exactamente lo que necesitaba, pero su verdadero problema era que no sabía por dónde empezar.

–Piensa en lo que acabas de decir, –habían sido las últimas palabras de su abuelo. Alick había forzado entre ellos una pequeña discusión de la nada, la cual había cogido a Eileen completamente por sorpresa. No obstante, y a pesar de que había terminado tan repentinamente como se había iniciado, Eileen tenía serias dudas de que su abuelo estuviera, en absoluto, preocupado por ello. Además, en lo más profundo de su ser esperaba que su abuelo hubiera hecho aquel comentario que tanto le había dolido por una buena razón.

–Si fuera consciente de que no necesita hacer ese tipo de comentarios para que me dé cuenta de las cosas... Podría ser más directo y no hacer de todo un rompecabezas, –pensó Eileen mientras subía las escaleras. Habían estado alrededor de hora y media caminando y, más allá de esa pequeña discusión, había resultado un paseo tremendamente reconfortante. Se habían cruzado con familiares y amigos a los que no veían desde hacía meses, pues ellos, al igual que Eileen, también habían tenido que emigrar al sur del país para encontrar un sustento.

Ya de vuelta en su habitación, cerró la puerta tras de sí, se puso el pijama y encendió su ordenador portátil. A pesar de estar físicamente cansada, acababa de tener una idea para su novela que no podía esperar al día siguiente.

–¡Buenos días, jovenzuela! ¿Quieres un café? –le preguntó Alick según entró por la puerta de la cocina a la mañana siguiente. La noche anterior había estado trabajando sin descanso desde que habían vuelto del paseo hasta que su abuelo le había subido la cena a su habitación y le había deseado buenas noches. Había perdido por completo la noción del tiempo, de modo que había terminado echándose a dormir muy tarde. Completamente incapaz de dejar de bostezar, se sentó en su sitio y le dio un gran sorbo a su taza de café.

–No esperaba que estuvieras despierto a estas horas. Tú también te fuiste a la cama bastante tarde anoche, –dijo Eileen mientras cogía una galleta casera de la fuente. En realidad, no le gustaba mucho el café, por lo que siempre que se bebía uno, necesitaba algo que compensara su sabor amargo. Pero había ocasiones en las que era lo único que conseguía despejarla lo suficiente para que pudiera afrontar el día.

–Cierto es, –dijo Alick. –Pero necesitaba hablar contigo antes de que empezaras a trabajar, –añadió como quien menciona que dan lluvia para por la tarde.

–Abuelo, eres consciente de que ya me supone un ejercicio mental el hecho de escribir una novela, ¿verdad? No puedo además estar a tus acertijos –le dijo Eileen, terminando de comerse una de las galletas.

–No te pongas a la defensiva, jovencita. Si estoy haciendo lo que estoy haciendo, es para ayudarte, –dijo Alick. –Pero vayamos al grano: lo que quiero decirte es que esta nueva versión me gusta mucho más que la anterior. Ahora sí que se nota que hay un adulto detrás. ¿Por qué has decidido cambiarlo?

Eileen se terminó su café y respiró lentamente antes de echarse a reír. Había tenido la impresión de que su abuelo le iba a echar la bronca por algo, a pesar de que estaba completamente segura de que no había hecho nada malo.

–La verdad es que nuestra conversación de ayer me dejó pensativa. Le estuve dando vueltas a la cabeza, y decidí que podría ayudarme adaptar algo que ya daba por finalizado. Además, no solo me pone a prueba como autora de novela de misterio, sino que también me permite desarrollar un poco más la personalidad de los personajes, –dijo. A pesar de que apenas iba por la mitad de la adaptación de la novela protagonizada por la pelirroja Nora, había decidido enviarle por email a su abuelo los primeros capítulos para que él pudiera ir leyéndoselos.

–¿Ves cómo este viejo tenía razón? –dijo Alick, acariciándole la mejilla a su nieta. Simplemente por el brillo en sus ojos se podía adivinar lo orgulloso que estaba de ella. –Aunque… creo que no estamos siguiendo la planificación esa que habías hecho, ¿no? –añadió entre risas.

–¿Y qué esperabas? –exclamó Eileen. –Habíamos acordado que trabajaríamos con un horario para así asegurarme que tendría horas sin interrupciones. Pero bueno, imagino que no pasa nada si no le hacemos mucho caso.

–Cuidado con esa boca, –dijo Alick. Era cierto que siempre habían tenido una relación muy cercana, pero le costaba hacerse a la idea de que los jóvenes no fueran más respetuosos con sus mayores. Aceptando la expresión de arrepentimiento de Eileen por toda respuesta, decidió continuar: –volviendo a lo que nos concierne… te juro que tengo la sensación de que tu redacción es mucho más madura. Nadie puede negar la esencia de la historia original, pero me gusta mucho más cómo, en la nueva, juegas con los parones en la narración. Realmente haces que el lector se sienta identificado con los personajes. No me ha dado la impresión de que sea una historia lenta o aburrida, a pesar de que te has esmerado en alargarla considerablemente. Siento verdadera curiosidad por leer lo próximo que me mandes.

Aquellas palabras, a Eileen, le resultaron realmente reconfortantes. La historia de la que hablaban la había escrito con diecisiete años y, al igual que le había pasado a su abuelo, a ella también le gustaba mucho más la nueva versión en la que estaba trabajando. Cuando había escrito la historia original no le había llevado mucho tiempo hacerlo, principalmente porque estaba muy acostumbrada a escribir. Siempre había sido su creación más preciada, pues había sido la más larga que había escrito hasta la fecha. Y no es que la extensión de una obra le otorgue su valía, pero lo cierto era que, al escribir aquella historia, había sido capaz de exprimir su capacidad como nunca antes lo había hecho. Había sido capaz de crear un universo en torno al personaje principal; pero ahora que estaba volviendo a leérsela de nuevo, estaba de acuerdo en que la forma de escribir no resultaba muy madura.

—Todavía tengo mucho trabajo por hacer. Además de reescribir el final de esa historia, ahora tengo que actualizar las notas que había tomado. Necesito un archivo al que pueda recurrir cuando tenga dudas de qué ha sucedido y qué no. De esa manera, no tendré que volver a leerme todo el manuscrito para recordar qué ha pasado ya. Esa estrategia está bien cuando apenas tienes un par de hojas, pero no cuando lo que quieres es escribir una señora novela, —dijo Eileen.

—Veo que vas entrando en razón, —le respondió Alick. —Me alegra ver que te estás dando cuenta de que no necesitas que nadie te enseñe cómo escribir. Lo tienes dentro de ti. En cualquier caso, cuéntame cómo tienes intención de hacerlo —le sugirió.

—Sabes lo mucho que me gusta programar hojas de cálculo en Excel, ¿verdad?

—¿Te refieres al programa verde ese para hacer cuentas? —preguntó Alick. Para un hombre de su edad, era bastante bueno con los ordenadores. Después de que Eileen se hubiera ido a la universidad, había heredado su antiguo ordenador de mesa. Estaba viejo e iba bastante lento, pero a él le resultaba útil.

–Ese mismo, sí, –dijo Eileen. –Aunque te aseguro que puede utilizarse para mucho más que para hacer cuentas. En cualquier caso, lo que tengo intención de hacer es actualizar la tabla que ya tengo con los nuevos datos. Si consigo programarlo todo como lo tengo en mente, entonces tendré un acceso muy rápido a toda la información. ¿Qué te parece?

–No estoy seguro de estar entendiéndote. Pero confío en que me lo enseñarás cuando lo tengas listo, –dijo Alick.

Eileen no conseguía comprender por qué mostraba su abuelo tanto interés en ver aquel archivo, pero, aun así, asintió. Nunca había dado clases de informática, por lo que no estaba completamente segura de poder conseguir lo que quería. Sabía lo que sabía porque lo había aprendido por internet, aunque el verdadero empujón lo había dado al empezar en su nuevo trabajo. Una de sus compañeras era una auténtica experta y, de alguna manera, había hecho que sintiera curiosidad por explorar las infinitas posibilidades que ofrecía. Tanto era así que, antes de conocerla, Eileen rara vez había utilizado el programa, pero el haber empezado a utilizarlo había hecho que comenzara a disfrutarlo. Para ella era como si estuviera programando. Resolver problemas que se le planteaban era tan retador como interesante.

Tras recoger los restos del desayuno, le dio un beso a su abuelo en la frente a modo de despedida y volvió a su habitación para continuar trabajando.

- IV -

Continuaron durante un largo rato mirándose los unos a los otros, esperando que, al hacerlo, pudieran descubrir qué era lo que estaban pensando los demás. Todos tenían miedo de ser el primero en exponer sus hipótesis. Fue Nora quien, tras unos segundos de vacilación, decidió tomar la iniciativa:

–La idea me gusta tan poco como a vosotros, pero la única manera que tenemos de descubrir qué es eso, –dijo, señalando el dibujo en el ejemplar de *Todas las leyendas escocesas* de Mark, –es decidiéndonos a formar parte de las leyendas. Así que… ¿quién se apunta? –terminó preguntando, ofreciendo su mano hacia el centro del círculo para hacer un saludo grupal al más puro estilo deportivo.

–Yo… bueno… sí que tengo curiosidad por descubrir qué representa el dibujo, la verdad. Pero decidirnos a formar parte de las leyendas es algo muy serio. Ya he sido testigo de lo que ese libro puede hacer y, honestamente, aprecio mi vida…, –dijo Mark, dubitativo de si unirse o no a Nora.

Theresa y Gabe dejaron de mirar a Nora y a Mark para mirarse el uno al otro. Y, como si alguien hubiera colocado un espejo entre los dos, ambos respiraron hondo mientras cerraban los ojos y entrelazaban sus manos para reafirmarse entre sí antes de llevarlas al centro del círculo para tomar la de Nora.

–Oh, ¡venga ya! –exclamó Mark, quien también extendió su mano hacia las de sus amigos.

Si bien todos se quedaron expectantes, ansiosos por descubrir qué sería lo que sucedería después de decidirse a formar parte de las leyendas, ninguno de ellos se esperaba que comenzaran a suceder cosas fuera de lo normal justo en el momento en el que sus cuatro manos entraron en contacto. En cuanto la mano de Mark tocó las de Nora, Theresa y Gabe, los libros comenzaron a levitar hasta situarse en frente de sus respectivos dueños. A pesar de tenerlos delante de los ojos, todos eran todavía capaces de ver a los demás, pero ninguno se atrevió a apartar la mirada del libro que tenían en frente, ya que en todos ellos estaban apareciendo nuevos trazos.

Ninguno de ellos fue consciente, pero sus expresiones faciales pasaron a parecer estar controladas todas por una misma mano invisible. En el momento en el que fueron conscientes de que estaban apareciendo nuevas inscripciones, la boca de todos ellos adquirió la forma de una *o* minúscula, la cual fue aumentando de tamaño hasta que se convirtió en una *O* mayúscula. Y, cuando ya no pudieron continuar abriendo más la boca, comenzaron a gritar. Todos emitieron un grito corto y estridente, a la par que tremendamente aterrador; el cual, además, estaban seguros de que únicamente ellos habían sido capaces de escuchar. Pero lo que más les asustó fue que la emisión del grito pareció ser la causa de que la fuerza que había hecho levitar a los libros, cesara por completo.

Toda su experiencia con los libros se resumía a cuando los habían abierto, por lo que ninguno se consideraba un experto en la materia. Sin embargo, sabían que los nuevos trazos que habían aparecido en todos los libros estaban relacionados, aunque no eran idénticos.

—¿Pero qué co…? —exclamó Gabe, pero no pudo terminar la frase, ya que su hermana le dio un codazo en las costillas.

—¡Ni se te ocurra! No nos han educado así, —dijo Theresa. Viendo que su hermano hacía el amago de responder, añadió: —no Gabe, ¡por favor! Soy consciente de que todo esto es muy raro, pero deja las palabrotas para cuando seamos adultos. Ya tenemos suficiente con qué lidiar;

como, por ejemplo, el hecho de que los libros sepan a quién pertenecen.

Nora estaba tan asustada como Theresa y los chicos. Sin embargo, cuantos más momentos extraños vivía con el libro, tanto más empecinada estaba en intentar comprender la situación. Al principio se había molestado con su abuela por haberle regalado algo que pudiera resultarle potencialmente peligroso. Se había molestado mucho, de hecho. Pero… cuantas más vueltas le daba, menos la enfadaba la situación. Era consciente de que su abuela siempre había querido lo mejor para ella, por lo que el hecho de que le hubiera regalado aquel libro debía tener alguna razón oculta que no estaba sabiendo ver.

–No creo que la abuela permitiera que algo peligroso me sucediera, –pensó Nora mientras, inconscientemente, acariciaba los nuevos trazos que habían aparecido en su ejemplar de *Todas las leyendas escocesas*. Se forzó a que su yo interior continuase repitiendo aquello. Necesitaba reafirmarse en ese pensamiento positivo para hacer frente al terror que le causaba el leer su nombre.

Parpadeó un par de veces para evitar que las lágrimas se le escapasen, y miró hacia arriba mientras mantenía el libro cogido en sus manos. A continuación, respiró hondo e intentó abrirlo por cualquier otra página que no fuera la que contenía la advertencia de Los Protagonistas. No le sorprendió el hecho de que el libro ya no parecía oponerse a ser abierto, al contrario que antes de que su nombre hubiera aparecido escrito como por arte de magia.

–Vuelve a hacer eso, –le sugirió Gabe, de repente.

–¿El qué? –preguntó Nora, sacudiendo la cabeza para centrarse en lo que le decía.

–Pasa las hojas de tu libro, –dijo Theresa, –y, después, mira a los nuestros.

Nora hizo lo que le pedían. En el momento en el que se dio cuenta de que los otros libros estaban haciendo lo mismo que el suyo, no pudo evitarlo y se echó a reír. Aunque no fue una risa de alegría. Se trató, más bien, de una risa profunda que ella no reconoció como propia, pero sobre la que no sentía ningún tipo de control. Cuantas más hojas pasaba, más se reía. Estuvo así alrededor de un minuto, hasta que Mark la agarró del brazo, provocando que se asustara y que el libro se le cayera de las manos.

Estaban comenzando a acostumbrarse a que pasaran cosas extrañas cuando los libros estaban cerca, por lo que ninguno hizo ningún amago de echar a correr, gritar o cualquier otra reacción que mostrara lo realmente asustados que estaban. De hecho, más bien hicieron todo lo contrario. Todos se quedaron quietos, mirándose los unos a los otros para, a continuación, echarse a reír. Se trató de una carcajada nerviosa que cesó cuando se dieron cuenta de que los libros habían comenzado a vibrar.

Los libros continuaron vibrando hasta que la última de sus carcajadas se extinguió por completo para, a continuación, elevarse en el aire y comenzar a moverse en círculos en medio de todos ellos. Los libros fueron acercándose progresivamente más y más hasta que terminaron por colapsar, generando una fuente de luz y fuerza de repulsión que hizo que todos se tumbaran y se cubrieran las cabezas con las manos. Cuando la fuerza hubo cesado, todos intentaron levantar las cabezas, pero les resultó imposible debido a que la fuente de luz seguía siendo muy intensa. Tanto, de hecho, que no eran capaces de dilucidar qué era lo que la estaba emitiendo hasta que sus ojos se hubieron acostumbrado. Y, cuando por fin pudieron descubrir cuál era el origen, todos se sintieron tremendamente abrumados por una avalancha de sentimientos.

Porque, de nuevo, tan repentinamente como todo había empezado, se acabó.

–Os dije que no era una buena idea. ¿Os lo dije o no os lo dije? –dijo Mark, tapándose la cara con ambas manos. No podía esconder lo asustado que estaba.

–En ningún momento te hemos apuntado con una pistola a la cabeza para que aceptases, ¿o me equivoco? Te has unido a nosotros porque, en el fondo, es lo que querías hacer, así que no nos eches la culpa a nosotros, –respondió Gabe, hostilmente.

–Vosotros dos, ¡basta ya! –dijo Theresa con voz autoritaria. –Honestamente, creo que ninguno de nosotros tenía mucha capacidad de decisión…

Mark y Gabe miraron a Theresa como si ésta se hubiera vuelto completamente loca; pero, justo cuando estaban a punto de replicar, Nora se levantó y cogió el único ejemplar que quedaba. El libro en el cual se habían fusionado sus cuatro copias.

–Lo cierto es que estoy de acuerdo con Theresa, –dijo Nora mientras pasaba su dedo por el lomo del libro. Por fuera parecía ser el mismo libro que le habían regalado por la mañana, pero, en el fondo, sabía que eso no era verdad. –Yo también tengo la sensación de que hemos sido atraídos a todo esto sin que se haya tenido en cuenta nuestra opinión. Es cierto que todos hemos confirmado que queríamos formar parte de todo esto, y que ha sido en ese preciso instante en el que el libro nos ha mostrado justo lo que necesitábamos saber: que nos aceptaba. Sin embargo, tengo la impresión de que hubiéramos llegado a esta situación más tarde o más temprano, tanto si hubiéramos querido como si no, –añadió, todavía recorriendo el lomo del libro de arriba a abajo.

–¡Claro que sí! ¡Estupendo! Entonces, ¿por qué no lees la leyenda a la que supuestamente hemos sido atraídos? Porque asumo que el libro únicamente te dejará que lo abras por esa página…, –respondió Mark. No estaba haciendo ningún tipo de esfuerzo por mostrar cuánto le molestaba que sus amigos pareciesen haberse puesto de acuerdo en llevarle constantemente la contraria.

Nora le fulminó con la mirada, pero decidió que no discutiría con él o, al menos, no en ese momento. Por el contrario, cogió el libro y lo abrió por la única página por la que permitía ser abierto:

La leyenda del Monstruo Miedo

Hacia el año 1000 d.C., justo después de que muchos se quitaran la vida ante la idea de un inminente fin del mundo el 31 de diciembre de 999, se documenta la aparición de un monstruo en las cercanías del bosque que forma la frontera natural entre las regiones de Highland, Aberdeenshire y Moray, al norte de Escocia. No existen registros de su aspecto físico, ya que nunca nadie ha reportado haberlo visto. La única prueba que se tiene de su existencia son unas enormes huellas que aparecieron en las lindes del bosque. Quienes no decidieron quitarse la vida comenzaron a acusarlo de ser el causante de la histeria colectiva, por lo que comenzaron a llamarlo Monstruo Miedo.

Temerosos de ser atacados por él, los habitantes de los alrededores se decidieron a construir murallas de piedra que protegieran sus casas y sus campos. También consideraron oportuno instruir a los individuos más jóvenes y fuertes para defenderse en caso necesario. Pero dado que nadie se había enfrentado nunca a nada parecido, les llevó años ponerse de acuerdo en cómo deberían hacerlo. Y, para cuando lo consiguieron, ya no salían de la zona amurallada, luego no tenían de qué preocuparse.

Tanto fue así, que las generaciones venideras comenzaron a no tomárselo en serio, y dejaron de instruirse. No volvieron a atribuirse más ataques al Monstruo Miedo, de manera que la historia se convirtió en leyenda; y la leyenda, en una fábula para educar a los más pequeños.

Sin embargo, en torno a unos quinientos años después de haber sido nombrado por primera vez, hubo un nuevo ataque atribuible al Monstruo Miedo. Una fría noche de invierno del año 1500, dos extranjeros se atrevieron a adentrarse en el bosque en cuyas lindes habían aparecido las huellas siglos atrás. Habían llegado a la región huyendo de la justicia, de modo que consideraron que esconderse en el bosque era la mejor de las maneras para que se perdiera su rastro. Y, para uno de ellos, eso fue precisamente lo que sucedió.

Los habitantes del asentamiento más cercano, descendientes directos de quienes antaño habían temido al monstruo, relataron haberse sentido mareados y somnolientos durante un corto período de tiempo, tras lo cual se vieron sorprendidos por un fugitivo que aseguraba que su compañero había sido engullido por el mismísimo bosque. Por aquel entonces, la leyenda era ya muy poco popular, así que nadie le creyó. Enfadado, cansado y sin ningún otro lugar al que ir, el fugitivo decidió volver al bosque para intentar salvar a su amigo. Nunca más volvió a verse a ninguno de los dos.

A pesar de que no volvieron a atribuirse nuevos ataques al Monstruo Miedo, los curiosos continuaron acercándose al lugar para tratar de demostrar su existencia, lo que llevó a la propagación de nuevas teorías conspiratorias cuando, en las inmediaciones del bosque, aparecieron unos grandes socavones en 1950. Los documentos oficiales los atribuyeron a bombas caídas durante la Segunda Guerra Mundial, pero el debate continúa abierto, ya que nunca se encontraron restos de bombas, pero tampoco parecían ser huellas de pisadas.

5

—¡*N*unca pensé que sería capaz de hacer algo así!* –pensó Eileen con entusiasmo cuando apagó su ordenador después de otra mañana productiva. Todavía no había comenzado a trabajar en su nueva novela, pero aquello no le preocupaba demasiado. La idea para esa nueva novela aún le rondaba la cabeza, pero cuanto más trabajaba en su historia sobre la pelirroja Nora, más lejos veía el momento de ponerse a trabajar en la nueva.

Al contrario que su abuelo, ella nunca había visto todo el potencial que realmente tenía. Y no era que no creyese en sus capacidades, sino que prefería no airear mucho sus intenciones. Puede que fuese aquello lo que hacía que tuvieran una relación tan estrecha. Se complementaban a la perfección. Aunque, ¿qué otra opción tenía? Sus abuelos eran la única familia que le quedaba.

Era hija única y nunca había conocido a sus padres. De hecho, no fue hasta que tuvo nueve años que descubrió que quienes ella pensaba que eran sus padres eran, en realidad, sus abuelos. Y cada vez que rememoraba los acontecimientos de aquel día, no podía evitar emocionarse.

Todo había ocurrido en un día lluvioso. Su abuelo había ido a recogerla del colegio, pero, en lugar de llevarla al entrenamiento de kárate al que debía ir, la había llevado directamente a casa. Ella había protestado mucho al respecto, pero todos sus intentos de convencer a su abuelo de que condujera en la dirección opuesta resultaron en vano. Él mantuvo un gesto serio durante todo el trayecto, pero en ningún momento la reprendió por su mal comportamiento.

Una vez en casa, Eileen se había negado a colaborar llegando, incluso, a encerrarse en el interior del coche. Cada vez que Alick había desbloqueado las puertas con su llave, ella las había vuelto a bloquear desde dentro. Estuvieron así alrededor de una media hora, hasta que la abuela de Eileen llegó a casa del trabajo. Al llegar, Leagsaidh no necesitó que nadie le dijera qué era lo que estaba sucediendo, ya que había sido idea suya el contarle la verdad a Eileen aquel día.

Alick no había sido partidario de contarle nada a Eileen hasta que ésta no fuera algo más mayor, pero no había sido capaz de encontrar argumentos de peso que hicieran cambiar de idea a su mujer. Le había resultado tremendamente duro lidiar con su nieta en aquella situación, de manera que, en cuanto Leagsaidh llegó a casa, se hizo a un lado y le permitió tomar la palabra:

–Eileen, cielo, –había dicho ésta, golpeando con los nudillos en la ventanilla del coche. –No te enfades con papá, soy yo quien quiere contarte algo.

–¡Podrías habérmelo contado después de mi entrenamiento de kárate! –había dicho Eileen, cruzándose de brazos.

–Hay cosas que no pueden posponerse, –había dicho Leagsaidh, más para ella que para Eileen. –Entra en casa, por favor. Cuanto antes empecemos, antes acabaremos. Confía en mí, Eileen.

Asumiendo que aquel día no iba a tener entrenamiento de kárate, Eileen se había desabrochado el cinturón de seguridad, había desbloqueado las puertas del coche y se había bajado de él. Tras rechazar la mano que le había ofrecido su abuela, había recorrido sola el camino que separaba el garaje de la puerta de entrada. Una vez dentro de casa, había dejado tanto su chubasquero como sus botas de agua en el cuarto al lado de la entrada para, a continuación, dirigirse al comedor, la habitación más caliente de la casa, hasta donde sus abuelos la habían seguido apenas unos segundos más tarde.

–Esto Eileen… créeme cuando te digo que he intentado hacer esto muchas veces. He practicado delante del espejo en infinidad de ocasiones; tantas, de hecho, que pensaba que cuando por fin llegara el día, no me resultaría tan difícil. Pero está claro que me equivocaba, –había dicho Leagsaidh mientras se sentaba justo en frente de su nieta. A continuación, había compartido una mirada cómplice con Alick, a quien, acto seguido, había tomado de la mano antes de continuar hablando. –Eres una niña muy buena, a la que queremos con todo nuestro corazón. Llegaste a nuestras vidas hace ya nueve años. Aquel día fue uno de los más felices de nuestras vidas; solo comparable al día del nacimiento de nuestra otra hija.

Después de que Alick hubiera cogido la dirección opuesta al polideportivo, Eileen se había visto inmersa en una lucha de sentimientos que habían ido desde la pura sorpresa hasta la más absoluta desolación. En lo único en lo que había sido capaz de pensar hasta que hubo comprendido lo que su abuela le estaba diciendo, había sido en el entrenamiento de kárate que se había perdido. En ese momento, su mente había dejado de vagar libremente y había vuelto, de repente, a la habitación en la que se encontraba. Hasta donde siempre había sabido, ella no tenía hermanos ni ningún otro pariente.

–¿De qué estás hablando, mamá? ¡Yo no tengo hermanos! Solo somos tú, papá y yo. –A continuación, había mirado a su abuelo, a quien, sin palabras, le había suplicado que la ayudara.

–Lo que tu madre te está intentando decir es qu… que…

–¿QUÉ? –había gritado Eileen, saltando de la silla en la que había estado sentada todo ese tiempo. Aquel sinsentido había conseguido ponerla de los nervios.

–Eileen…, –había murmurado Alick. Apenas le había quedado voz para hablar en voz alta. Él nunca había sido partidario de esconderle nada, pero las circunstancias se le habían ido de las manos. –Lo que tu madre está intentando decir es que ella no es realmente tu madre, sino tu abuela. Nuestra "otra hija" era tu madre.

–¡Demuestra lo que dices! –había dicho Eileen entre lágrimas. De todas las cosas que podrían haberle dicho en ese momento, aquella era la última que se había imaginado. En su casa nunca había habido fotos de personas a quienes ella no hubiera conocido personalmente, a excepción de las de los padres de sus… abuelos. Qué raro se le había hecho comenzar a pensar en Alick y Leagsaidh como sus abuelos.

Pero se había negado a creer nada que no le pudiesen demostrar. En aquel momento no había sido consciente de cuánto determinaría eso su carrera profesional. En aquel entonces, no sabía que se convertiría en científica. Es por ello por lo que, cuando Alick le tendió la mano, ella no vaciló ni un segundo; se la cogió y se dejó llevar. Todavía de la mano de su abuelo, había salido del comedor, había atravesado la sala de estar y había subido las escaleras hasta llegar al altillo.

A Eileen nunca le habían permitido subir a aquella zona de la casa. Cada vez que había preguntado si podría explorar, la respuesta siempre había sido la misma: en los altillos nunca se guardan cosas para niños. Pero, tan pronto hubieron llegado a la tercera planta de la casa, Eileen adivinó las intenciones de su abuelo, y supo que el único altillo que no contenía cosas para niños era el de su propia casa.

Una vez arriba, pasearon entre cientos de cajas de cartón hasta que encontraron unas amontonadas rotuladas como '*Nora & Aksel*'.

–Yo me bajo, pero tú puedes quedarte aquí y abrirlas todas, –había dicho Alick, bajando la primera caja y dejándola en el suelo para que Eileen pudiera investigar por sí misma.

–No te vayas, por favor, –le había rogado Eileen. –Quédate aquí conmigo.

- V -

Una vez hubo terminado de leer la leyenda, Nora cerró el libro con manos temblorosas. Se había quedado pálida. Había intentado hacerse la valiente para evitar pensar en todos los peligros a los que podrían enfrentarse ella y sus amigos, pero el hecho de que continuaran presenciando situaciones raras cada vez que hacían algo relacionado con el libro, no estaba ayudando en absoluto.

–Os dije que no era una buena idea. ¡OS LO DIJE! –gritó Mark, levantándose de repente y comenzando a andar en círculos, como si eso le ayudara a poner en orden sus pensamientos.

–Por el amor de Dios, Mark, ¡PARA! –le gritó Gabe. –Ya te lo he dicho antes: nadie te ha puesto una pistola en la cabeza para que aceptaras. Nosotros también estamos asustados, créeme que sí; pero te advierto una cosa –dijo, colocándose justo enfrente de Mark y apoyando sus manos en los hombros de éste, –solamente el valor nos sacará de esta. No tenemos más alternativa que mirar hacia delante y enfrentarnos a lo que sea que tengamos que enfrentarnos. Estamos juntos en esto.

Nora los había conocido aquel mismo día, por lo que agradeció mucho que Gabe se hubiera decidido a calmar a Mark; no quería discutir con ninguno de ellos. Y es que a ella también le había puesto de los nervios. Aunque aquello no parecía ser nada comparado con el estado en el que se encontraba Theresa.

Mientras dejaba el libro entre ella y Theresa, Nora le preguntó: –¿qué opinión te merece todo esto?

–Yo… yo n… no sé, –dijo Theresa, gimoteando. Tras un momento de vacilación para poder controlar su respiración, continuó hablando: −ya lo he dicho antes: creo que nunca hemos tenido una opción real de negarnos. Todo esto me da mucho miedo, pero confío en mi abuela. O, mejor dicho, quiero confiar en ella.

−Te entiendo, −dijo Nora, reposando su cabeza en el hombro de Theresa.

Permanecieron en esa posición durante unos minutos, hasta que Nora se percató de que todavía no habían descubierto a qué hacía referencia el dibujo en el ejemplar de Mark. Había estado un rato pensando en cuáles habrían sido las razones de su abuela para involucrarla en algo así, pero una vez que se hubo dado cuenta de que aquello era un gasto de energía absurdo, y que la única manera de saberlo sería preguntándole a Mary directamente, había decidido invertir sus esfuerzos en pensar cuáles eran sus opciones reales con respecto la leyenda.

Los Protagonistas les habían dejado muy claro que les irían revelando la información a su debido tiempo. Hasta el momento, habían sido capaces de ir comprendiéndolo todo, a excepción de aquel dibujo. Tras haber leído la leyenda, Nora sentía que seguía igual que antes de haberlo hecho: no tenía ni idea de a qué hacía referencia el dibujo de Mark.

−Chicos, −dijo, haciendo que tanto Gabe como Mark se acercaran a donde Theresa y ella estaban sentadas, −¿os habéis dado cuenta de que todavía no sabemos a qué hace referencia el cuarto dibujo?

Al ver la reacción de Mark cuando terminó de formular su pregunta, Nora se percató de que él no le había dedicado ni un solo segundo a aquello. Después de que Gabe le hubiera conseguido sacar de su negatividad, había sido capaz de comenzar a respirar con tranquilidad y dejar de culparles de su involucración con la leyenda. Pero la pregunta de Nora había hecho que volviera a pensar en todo aquello, haciendo que volviera a levantarse y comenzara a culparles de todo.

Ante aquello, Gabe había respirado hondo para controlar su impulso, pero decidió no levantarse. En su lugar, se quedó sentado junto a su hermana.

–Al igual que él, –dijo, apuntando con su dedo pulgar hacia atrás, donde Mark estaba hablando consigo mismo, –yo tampoco había caído en ello. ¿Qué creéis que puede ser?

–Las huellas de pisada y los árboles son fáciles de conectar con la leyenda. Las notas musicales tienen que estar relacionadas con la melodía que Nora escuchó salir de su ejemplar. Pero el cuarto dibujo…, –dijo Theresa, rascándose la cabeza, –no tengo ni idea. Aunque me gustaría volver a verlo, ¿puedo?

–Por supuesto, –dijo Nora, cogiendo el libro y abriéndolo por la página que contenía la carta con la advertencia de Los Protagonistas.

Los tres miraron los cuatro dibujos de nuevo, intrigados por saber el motivo por el cuál uno de ellos era tan difícil de conectar con la historia. Se les había proporcionado información, por lo que todos tenían la impresión de que era mejor descubrir qué significaba antes de continuar. Si les habían revelado aquello, sería porque era entonces cuando les resultaría útil. De lo contrario, no les habrían dicho nada.

Mientras tanto, Mark continuó andando en círculos y hablando para sí, ajeno a qué se traían entre manos sus amigos. La idea de explorar con ellos le había emocionado cuando su abuela le había regalado el libro por su cumpleaños, justo un mes antes de que Nora llegara al pueblo. La primera vez que lo había sostenido en sus manos, también había sentido la imperante necesidad de estar a solas, tal y como habían experimentado los demás. Pero lo cierto es que su experiencia con el libro había ido más allá.

Tal y como les había pasado a Nora, Theresa y Gabe, su ejemplar también había salido disparado de sus manos para caer y quedar abierto por la página que contenía la carta con la advertencia de Los Protagonistas. En el momento no se había parado a pensar en ello, pero desde que Nora lo había mencionado, él también estaba seguro de haber escuchado una melodía que parecía haber provenido del libro. Todo había sucedido muy rápido; tanto, de hecho, que para cuando se hubo dado cuenta de que estaba escuchando algo, la melodía había cesado. Pero, a pesar de todo, él también había tenido la sensación de que ya había escuchado esa melodía anteriormente. Dándole vueltas a la cabeza, se había sentado en la silla del escritorio y había cogido el libro con manos temblorosas. Éste había permanecido abierto todo el tiempo, y dado que no había sido capaz de quitarle el ojo de encima en ningún momento, había sido testigo de cómo las páginas se habían ido rellenando como por arte de magia, tal y como había ocurrido con sus nombres.

Pero lo cierto era que los demás no habían mencionado nada parecido, lo que le había dejado pensativo. ¿Tenía aquello algo que ver con que él hubiera sido el primero en recibir el libro? ¿Había vuelto a la vida el libro en ese momento? ¿Estaban los dibujos relacionados con las personalidades del propietario de cada ejemplar? ¿Por qué su dibujo guardaba cierta relación con una montaña, o una colina, o una…?

–¡Cueva! – gritó. –¡Creo que es una cueva!

–¿A qué te refieres con que crees que es una cueva? – preguntó Gabe, quien se estaba conteniendo para no correr hacia él y hacerle callar.

–A ver, no estoy cien por cien seguro de que sea una cueva, pero podría serlo, ¿no? –dijo, sentándose entre Nora y Gabe. –Estaba allí, pensando, cuando la idea me ha venido de repente a la cabeza. No os lo he contado antes, pero al contrario de lo que habéis experimentado vosotros, la primera vez que yo abrí el libro, vi cómo una mano invisible escribía la carta con la advertencia de Los Protagonistas. Cuando el libro salió despedido de mis manos y se abrió, la página por la que lo hizo estaba completamente en blanco. Sucedió todo muy rápido, pero justo en el momento en el que empezó a sonar la melodía, empezaron a aparecer palabras en la página, no sin que antes hubiera aparecido una línea que parecía marcar los márgenes. Acabo de darme cuenta de que lo que vi entonces era una versión ampliada del dibujo que apareció a continuación. Desapareció tras unos pocos segundos, pero ahora que me paro a pensar en ello, tenía la misma forma.

Los demás escucharon con atención a Mark, reconociendo que la hipótesis que había lanzado se sustentaba. El hecho de haber averiguado aquello no hizo que sintieran menos miedo, pero lo cierto es que sí que consiguió levantarles un poco el ánimo.

–Entonces, supongo que si descubrimos si hay o no una cueva escondida en este bosque, sabremos hacia dónde dirigirnos una vez que comencemos a explorar. ¿Habéis estado ya alguna vez en él? –preguntó Theresa, determinada a dejar el miedo atrás.

Pero todos negaron con la cabeza.

–La única alternativa que nos queda es preguntarles a nuestras abuelas, –dijo Nora. –Son ellas las que nos han metido en todo esto y, técnicamente, no estarán desvelándonos nada. Estamos seguros al noventa y nueve por ciento de que todo lo que hemos inferido es correcto. Será tan sencillo como una pregunta de sí o no. Vamos, –añadió, poniéndose de pie y metiendo el único ejemplar que quedaba dentro de su mochila, antes de emprender el camino de vuelta a casa de su abuela.

6

Secándose las lágrimas, Eileen sonrió al reflejo de sí misma que le ofrecía el espejo que estaba colgado detrás de la puerta de su habitación. Su mirada, sin embargo, no estaba centrada en su reflejo, sino en la foto que su abuelo había colocado en la pared de su habitación hacía ya quince años.

No podía evitar sentirse culpable porque cada vez que miraba aquella foto, no les echaba de menos. Pero ¿cómo iba a hacerlo? Nunca los había conocido en persona. Ellos ya no estaban allí cuando el primero de sus recuerdos había quedado grabado en su memoria.

Tras cerrar la puerta de nuevo y darse la vuelta, se colocó justo en frente de la foto y dijo: —sé que nunca nos hemos conocido, pero espero que estéis tan orgullosos de mí como lo está el abuelo. No sé si os lo he dicho alguna vez, pero me llevó mucho tiempo acostumbrarme a llamarles abuelo y abuela de manera natural. Lloré muchas veces en mi habitación sin que ellos lo supieran. Imagino que ellos superaran sus propias guerras, pero aquella fue una carga muy pesada para poner en los hombros de una niña de nueve años.

»No solo tuve que hacerme a la idea de que aquellos a los que siempre había conocido como mis padres, eran en realidad mis abuelos. También tuve que enfrentarme a los cotillas. Y creedme cuando os digo que fue a estos últimos a los que más me costó acostumbrarme. Desde la perspectiva que me proporciona ahora la edad adulta, sé que no debería haberles prestado atención ninguna, pero eso es algo que no sabía por aquel entonces. Aunque supongo que todo ello hizo que me volviera más fuerte, —añadió, acariciando el marco de la foto en la que unos sonrientes Nora y Aksel sostenían a una durmiente Eileen de bebé.

- VI -

De camino a casa acordaron que pondrían todos los huevos en la misma cesta. Habían llegado a la conclusión de que, si estaban todos juntos, conseguirían presionar más a quien fuera que decidieran preguntarle. Sin embargo, a pesar de que se habían puesto de acuerdo en eso, estaban teniendo problemas en concretar a quién deberían preguntar primero. De alguna manera, todos querían que su abuela fuera la elegida.

–En mi opinión, la elegida debería de ser mi abuela, ya que yo fui el primero a quien le regalaron el libro, –dijo Mark. –Además, creo que es lo justo, ya que yo no estaría dentro si no hubiera sido por todos vosotros –añadió, dándose la vuelta y apuntándoles a todos con el dedo.

–Ni se te ocurra volver a empezar, Mark, –le advirtió Gabe. –En cualquier caso, creo que deberíamos preguntarle a mi abuela, al fin y al cabo, es también la abuela de Theresa, de modo que está emparentada con dos de nosotros…

Theresa miró alternativamente a su hermano y a Nora, deseando que éste dejara de hablar. Era cierto que había sido él quien había bajado a Mark de su cabezonería, o quien, por lo menos, lo había intentado. Pero no estaba de acuerdo con él en el hecho de que tuvieran que ir a hablar con su abuela por el simple hecho de que estuviera emparentada con dos de ellos. Al fin y al cabo, había sido Nora quien había tomado la iniciativa y había propuesto que fueran a hablar con ellas. Además, tenía la impresión de que los libros no se habían fusionado en uno solo al azar, sino que todos ellos habían sido, de alguna manera, absorbidos en el de Nora.

Pero no sabía cómo decírselo a los chicos. Se trataba solamente de un presentimiento que había tenido, aunque sospechaba que Nora había llegado también a la misma conclusión. Así, intentando cambiar parcialmente de tercio, decidió hacerles partícipes de sus pensamientos:

–Tienes razón, Gabe…

–Pero…, –dijo éste, dándose cuenta de que su hermana no había terminado de hablar.

–Pero creo que deberíamos ir a casa de Mary, –contestó ella. –Si no recuerdo mal, la abuela dijo que todo esto había sido idea de Mary, así que creo que debemos hacerle a ella todas las preguntas que se nos ocurran. Además, puede que no te hayas dado cuenta, pero el único ejemplar que nos queda es el libro de Nora, –añadió, sacando las manos de los bolsillos de su pantalón para señalar la mochila de Nora.

Por la manera en la que los chicos reaccionaron, quedó claro que ninguno de los dos le había prestado atención a ese detalle. Parecía tremendamente insignificante, pero teniendo en cuenta a lo que se tendrían que enfrentar, incluso los detalles más nimios iban a pasar a jugar un papel muy importante. Nora, por el contrario, sí que había considerado la opción que estaba proponiendo Theresa.

Cuando había cogido el libro después de que estos se hubieran fusionado, había tenido la sensación de que había cogido el suyo, aun cuando no había habido más ejemplares en el suelo. Pero no era capaz de explicar por qué había tenido esa sensación. Al contrario de lo que pensaban los chicos, estaba tan asustada como ellos, a pesar de que hubiera asumido el papel de líder.

–¿Qué te hace pensar eso, Theresa? –preguntó Mark después de haber considerado su argumento unos segundos.

–Mientras tú estabas diciendo barbaridades, volvimos a mirar el libro, y me di cuenta de que nuestros dibujos, –dijo, señalándole a él, a Gabe y a sí misma, –eran más débiles que el de Nora. Al principio no le di mucha importancia, pero ahora que me he parado a pensar en ello, es como si el libro la hubiera elegido a ella como la líder. Además, todos nuestros ejemplares siguieron al suyo cuando estuvo pasando páginas. Puede que no, pero cabe la posibilidad de que tenga razón.

–Veo a dónde quieres llegar, pero… ¿por qué yo? –preguntó Nora. Los otros tres se asustaron cuando rompió el silencio. Había estado tan abstraída, que pensaban que no les había estado escuchando.

Echándole un cable a su hermana, fue Gabe quien respondió: –puede que el libro haya visto que tienes madera de líder. ¡Qué sé yo!

Theresa afirmó con la cabeza, disculpándose con la mirada al darse cuenta de que Nora se sentía abrumada. Le costaba entender que la sorpresa a la que su abuela había hecho referencia incluyera los últimos acontecimientos. Para ella, todo parecía haber sido sacado de una película de ciencia ficción, o algo por el estilo.

Tras ese momento de vacilación, terminaron por decidirse a ir a casa de Mary. Cuando llegaron, no se sorprendieron al encontrarse allí a todas sus abuelas. Ya se estaban empezando a acostumbrar a que ocurrieran ese tipo de eventos inusuales.

Una vez estuvieron dentro de la casa, todos siguieron en silencio a Mary hasta el salón, donde la mesa estaba preparada para la cena. Había siete sillas colocadas alrededor de la mesa redonda de madera que el abuelo de Nora había hecho a mano al poco de casarse con Mary. Debido al alto valor sentimental que tenía, era una mesa que solamente utilizaban en ocasiones especiales, por lo que Nora no pudo evitar poner cara rara al ver el festín que tenía delante de sus ojos. Al fin y al cabo, lo que iban a hacer era hablar sobre un antiguo libro bastante raro.

–Tomad asiento, por favor, –dijo Mary, girando en rededor al llegar al marco de la puerta de la sala de estar. –

Vamos a disfrutar de la cena todos juntos. Y no os preocupéis, que responderemos a vuestras preguntas. Todo a su debido tiempo.

Los adolescentes se miraron alternativamente los unos a los otros. Ninguno de ellos había expresado en voz alta lo que se traían entre manos, pero, aun así, sus abuelas sabían de qué se trataba. No fueron capaces de disimular sus caras de sorpresa que, sin embargo, no fueron tan exageradas como lo hubieran sido si no hubieran sido testigos de nada raro con anterioridad. Lo cual, obviamente, no era el caso. Para su desgracia, se estaban acostumbrando a ir encontrándose con más interrogantes que respuestas a medida que iban descubriendo cosas nuevas relacionadas con el libro de leyendas.

–Sé que lleváis esperando este momento desde que habéis salido del parque, –dijo Mary. –A ver, ¿por qué esas caras? No es que tenga superpoderes ni nada por el estilo, pero chicos, y chicas –añadió, inclinando la cabeza hacia Nora y Theresa, quienes estaban ahora sentadas en el sofá la una junto a la otra, –tenéis verdín en los pantalones. Pero bueno, dejémonos de tonterías y centrémonos en la razón por la cual habéis venido: el libro. ¿Qué habéis descubierto hasta ahora?

–¿A qué te refieres con que *qué hemos descubierto hasta ahora*? –dijo Nora, haciendo especial hincapié en las últimas dos palabras.

–¿De verdad creíais que os íbamos a involucrar en algo que pudiera ser una amenaza real para vuestras vidas? –dijo Abby, levantándose de su silla para poder girarla y quedar sentada mirándolos de frente.

–¡Abuela! –exclamó Mark, quien no podía creer que su abuela supiera que el libro tenía propiedades extraordinarias.

Abby miró con ternura a su nieto, para después continuar hablando como si nunca hubiera sido interrumpida: –somos plenamente conscientes de cómo se comporta el libro cuando es manipulado por las personas correctas. Es un libro extraordinario, simple y llanamente, porque vosotros sois personas extraordinarias.

–¡Por el amor de Dios, Abby! –exclamó Gabe. –Está claro que las abuelas nos veis como adolescentes extraordinarios, guapos y listos. Dinos algo que no sepamos ya, por favor y gracias.

–Te iría bastante mejor si te callaras la boca, jovencito, –dijo Mary. –Oh, venga ya, no os hagáis los sorprendidos. Las palabrotas se inventaron mucho antes de que naciéramos nosotras –añadió, señalando a sus amigas. Al darse cuenta de que la perplejidad de los jóvenes no hacía sino más que aumentar, decidió continuar hablando: –habéis venido a por respuestas, y respuestas vais a obtener. Sin embargo, os advertimos de que no deberéis interrumpirnos en ningún momento. Solamente hablaréis cuando nosotras os demos la palabra. ¿Entendido?

–Entendido, –dijeron los cuatro al unísono.

7

Aquel cuadro llevaba colgado en la pared de su habitación quince años, y no era, ni mucho menos, la primera vez que lo tocaba, por lo que no pudo evitar asustarse cuando, tras rozarlo, éste se cayó. Con la terrible sensación de haber roto el marco que contenía uno de los pocos recuerdos que había compartido con sus padres, se le aceleró el corazón como si hubiera estado corriendo sin parar durante horas.

Con mano temblorosa, cogió el cuadro y le dio la vuelta, dejando frente a ella las mismas caras sonrientes que siempre habían estado en él. El cristal que protegía la foto estaba intacto. Besó la foto antes de arrodillarse para volver a colocarlo en su sitio, pero sintió una punzada en su rodilla derecha, lo que hizo que diera un bote y lanzara el cuadro por los aires.

Preocupada por el sonido que había hecho el marco al golpear la pared, se levantó y se abalanzó sobre él. No tenía ninguna duda de que ahora sí que estaba roto. Maldiciéndose por ello, comenzó a limpiar el desastre. Una vez que hubo recogido del suelo todos los trozos grandes, se dirigió hacia la puerta para ir a recoger una escoba y un recogedor, pero se quedó paralizada al verse en el espejo y darse cuenta de que estaba sangrando. Eileen centró su mirada en los pantalones a la altura de la rodilla, donde una chincheta se había quedado enganchada.

—*¿De dónde ha salido esto?* —se preguntó a sí misma mientras se levantaba la pernera del pantalón para ver cómo de profunda era la herida.

No tenía nada colgado encima de su cama, a excepción del cuadro que contenía la primera foto que le habían sacado junto a sus padres. El gancho seguía estando en el mismo sitio en el que siempre había estado, por lo que pensó que la chincheta podría haber estado en la parte posterior del cuadro. Olvidándose de la escoba y del recogedor, e incluso de ir a curarse la herida, se dio la vuelta y fue directa hacia el escritorio. Cogió los restos que quedaban del cuadro y les dio la vuelta, descubriendo así que había tres chinchetas colocadas en la parte posterior, además de un agujero que, incuestionablemente, sugería que ahí había habido una cuarta.

Cuando había descubierto la existencia del cuadro en la caja del altillo, éste ya contenía esa foto, por lo que en ningún momento había considerado la posibilidad de cambiarla a un cuadro más nuevo y más moderno. En aquel entonces, lo único que le había importado había sido que aquello probaba que sus abuelos no le habían mentido al decirle que en realidad eran eso, sus abuelos.

De todas las fotografías que había en la caja, había elegido aquella para que estuviera por siempre en la pared de su habitación, olvidándose de las chinchetas que estaban colocadas por detrás. Eso, si es que en algún momento había sido consciente de que estaban ahí. Llegando a la conclusión de que se habían convertido en inservibles debido al estado del cuadro, decidió quitarlas todas. Al hacerlo, un pequeño trozo de papel cayó junto a la fotografía sobre su escritorio. Éste contenía una nota manuscrita con una caligrafía que no reconoció:

Liebe Nora,

*Vielen Dank für das Foto. Ihr seht sehr
glücklich darauf aus. Ich werde einen
besonderen Platz dafür finden. Bitte
besuchen Sie uns bald wieder.*

Deine Klara.

Era una apasionada de los idiomas, por lo que no tuvo problemas para entender qué era lo que decía la carta sin necesidad de recurrir al traductor de Google para obtener una traducción, cuanto menos, cuestionable. Aunque no le hizo mucha gracia el hecho de que nunca hubiera oído hablar de una tal Klara que fuera amiga de sus padres. Había obtenido respuestas a todas las preguntas que había hecho sobre la vida de Nora y Aksel, pero tenía la impresión de qué nunca había oído aquel nombre.

Con preguntas agolpándosele en la cabeza, cogió tanto la foto como la carta, y salió de su habitación camino a la sala de estar, donde su abuelo estaba sentado frente a su viejo ordenador, leyendo el último de los capítulos que le había enviado por correo.

–¿No es un poco pronto para comer? –preguntó Alick al darse cuenta de que Eileen estaba de pie detrás de él.

–No tengo hambre, o no de comida en cualquier caso, –dijo Eileen. –Pero bueno, ¿conoces a una tal Klara? –añadió, dejando la foto y la carta encima del teclado.

Eileen había aprendido a saber cuándo alguien le estaba mintiendo por la reacción que tenía al ver algo por primera vez. Por la cara que puso su abuelo, supo que él no tenía ni idea de quién era aquella persona, por lo que no se sorprendió cuando él se lo dijo.

–¿Qué pone en la carta? ¿Y en qué idioma está escrita? –preguntó, devolviéndosela a Eileen. Pero ella no la necesitaba: las palabras se le habían quedado grabadas a fuego en el cerebro. Aun así, la cogió.

–En alemán, abuelo, –dijo Eileen. –Y la traducción sería algo así: Querida Nora, muchas gracias por la foto. Se os ve muy felices en ella. Voy a buscarle un sitio especial. Por favor, venid a visitarnos pronto de nuevo. Con cariño, Klara.

»¿Crees que la abuela podría saber quién es esta Klara?

–No lo sé. Pero no perdemos nada por intentarlo, –dijo, dándose la vuelta para cerrar todas las pantallas que tenía abiertas en el ordenador antes de apagarlo. Una vez lo hubo hecho, fueron a la cocina, donde Leagsaidh estaba viendo la televisión.

–Hola abuela, –saludó Eileen. –El abuelo y yo queríamos saber si conoces a una mujer llamada Klara, con k. Todas las pistas que podemos darte son que habla alemán y que conocía a mis padres –añadió, tendiéndole la carta.

En cuanto Leagsaidh tuvo la carta en sus manos, Eileen supo que había reconocido la letra. Su reacción había sido completamente diferente a la de Alick. Sus ojos brillaban de manera diferente, y las manos le temblaban. Sabía quién era aquella Klara, y había sido pillada *in fraganti*.

–No sé quién es esta Klara, pero sí la Clarissa que bautizaron al nacer, –dijo Leagsaidh. –Era mi hermana.

Nora nunca había visto a su abuela comportarse de aquella manera. A las únicas personas a las que había visto que les hubiera levantado la voz de esa manera, había sido a sus padres; lo cual no le había parecido extraño, dados los lazos familiares que les unían. Al fin y al cabo, todos somos más valientes y más duros cuando nos enfrentamos a nuestros seres queridos. Y era precisamente por eso por lo que no podía entender cómo osaba comportarse de esa manera con alguien con quien no estuviera emparentada. ¡Y sus palabras! Era lo suficientemente mayor como para saber que todo el mundo dice alguna que otra palabrota a lo largo del día, pero ella nunca la había oído utilizar aquel tono de voz.

Y, tal y como le había pasado cuando había conocido a Mark, no fue capaz de esconder su desconcierto. Fue plenamente consciente de que en su cara se podía leer su confusión. El problema fue que, cuanto más intentaba hacer que no se notara, tanto más aparente parecía volverse. Y no necesitaba un espejo para ver su reflejo en él: era suficiente con ver la cara de los demás cuando la miraban.

—Nora, cielo —dijo Mary, acercándose a ella, —no te hagas tú tampoco la sorprendida, ¿qui…?

—¿Cómo te atreves? —la interrumpió Mark. —¿Te has escuchado? Da la sensación de que te hayan lavado el cerebro o algo así. No pareces la misma persona a la que vine a visitar esta tarde —añadió, imprimiendo en sus palabras una valentía que no sentía.

—¿No te he dicho ya que solamente hables cuando se te dé la palabra? —preguntó Mary, inclinando su cabeza hacia Mark. —No he cambiado en absoluto desde que salisteis de mi casa esta tarde. Pero estamos hablando de algo muy serio y, para hacerlo, tenemos que establecer unas reglas. Dadas las circunstancias, me temo que no se te puede dejar al margen, aunque harías bien en mantener esa boca cerrada el mayor tiempo posible.

»Pero bueno, volviendo a lo que nos concierne, imagino que sois conscientes de que ahora formáis parte de algo muy grande. Os podremos dar algunas recomendaciones, pero no esperéis que os guiemos durante todo el proceso; simplemente, no se nos está permitido. Así que, ponednos al día, ¿qué es lo que sabéis?

Todo aquello había pillado a Nora por sorpresa, dejándola completamente incapaz de emitir ningún sonido coherente. Lo único que podía hacer era balbucear ininteligiblemente, de modo que fue Theresa quien tomó las riendas de la situación y le contó a las ancianas lo que sabían. Les resumió brevemente sus primeras experiencias con los libros, incluyendo el momento en que todos los libros se habían elevado en el aire movidos por una fuerza desconocida. También mencionó que sus nombres habían sido inscritos mágicamente al final de la hoja que contenía la advertencia de Los Protagonistas, así como que todos los libros habían seguido al de Nora cuando ésta había pasado las hojas en su ejemplar.

—Y, de repente, los libros comenzaron a vibrar y acabaron fusionándose en uno solo, —dijo, agarrándose fuertemente a la mano de su hermano para encontrar algo de confort.

—Por supuesto, —dijo Abby, quien no parecía haberse sorprendido ante los eventos extraordinarios que le acababan de relatar. —Has dicho que había unos dibujos en los ejemplares originales. ¿Qué eran? ¿Están todavía en el libro fusionado?

—Sí, todavía están, sí. Y, en cuanto a lo que son… En mi ejemplar había unas huellas, que sin lugar a dudas son una representación de las del Monstruo Miedo, si es que realmente existe, –dijo Theresa, retando a las ancianas con su último comentario. Viendo que ninguna de ellas le entraba al trapo, continuó describiendo los dibujos. –En el de Gabe aparecieron unos árboles, que creemos que sean el bosque que se menciona en la leyenda. En el de Nora había unas notas musicales, que tendrán algo que ver con la melodía que emitió su ejemplar cuando lo abrió por primera vez. Y en el de Mark… la verdad es que no estamos cien por cien seguros, ya que el dibujo podría representar varias cosas, pero creemos que es una cueva. Y, en caso de que así sea, seguramente represente la morada del Monstruo Miedo.

Clap, clap, clap.

–Muy bien, eso es, –dijo Mary, sarcásticamente, mientras continuaba aplaudiéndoles. –Habéis conseguido descifrar lo más obvio, lo que es, sin duda, un buen comienzo. Aunque no me gusta el escepticismo en tu voz. Hablas del Monstruo Miedo como si creyeras que no existiera, ¿me equivoco? ¿No has visto ya de lo que es capaz ese libro? ¿En serio me estás diciendo que no crees en las leyendas?

La última pregunta de Mary cogió a los adolescentes por sorpresa. Hacía ya mucho tiempo que los cuentos de hadas no les impresionaban; y, a pesar de que las leyendas no estaban completamente inventadas, había una gran diferencia entre creerse que todo, y no solo una parte, era real. Sin embargo, todos habían presenciado en más de una ocasión que ese libro no era un libro ordinario.

–¿Abuela…? –dijo Nora con voz temblorosa. –¿De verdad nos estás diciendo que tenemos que creernos todo? ¿Todas y cada una de las cosas que aparecen en ese libro? ¿Estás, por algún casual, sugiriendo que este libro no es un libro de leyendas, sino un libro de historia?

–Cariño, sé que es difícil de creer ahora mismo, pero sí, tendréis que hacer lo que diga el libro, –dijo Mary, recuperando la ternura en su voz. –E imagino que no os sorprenda si os digo que no podemos deciros mucho más. Descubriréis las cosas a su debido tiempo porque…

–Saber mucho es a veces tan peligroso como no saber nada –dijeron las tres ancianas al unísono.

El hecho de que conocieran la última de las frases de la carta con la advertencia de Los Protagonistas no cogió a Nora por sorpresa. Y es que había otras cosas que mantenían su cabeza ocupada, como el hecho de que su abuela le hubiera pedido a ella y sus amigos que hicieran lo que les sugiriera un libro con, aparentemente, poderes mágicos. El que se supieran una frase de un libro era la cosa menos alarmante que Nora había presenciado desde que habían terminado de cenar.

–¡Pero si no habéis dicho nada! –gritó Gabe, soltándose de la mano de su hermana y poniéndose en pie. – Habéis interpretado vuestros papeles súper bien, pero nada de lo que nos habéis dicho nos da ninguna pista de qué es en realidad en lo que nos habéis involucrado. Si esperáis que haga lo que se me diga, entonces tendréis que darme razones para que lo haga. Ya no tengo cinco años. No voy a hacer lo que se me ordene por el simple hecho de que se me ordene, – añadió, cruzando los brazos en firme.

–Sí, y yo tampoco, –dijo Mark, imitando a su amigo mientras se ponía de pie.

Tanto Gabe como Mark se dieron la vuelta para mirar a Theresa y Nora, quienes, tras ese simple gesto, también se levantaron y dijeron: –ni nosotras.

Y, al contrario de lo que habrían esperado después de su reacción en firme a lo que acababan de escuchar, en lugar de ver preocupación en las caras de sus abuelas, lo que vieron les puso en alerta. Sus expresiones iban desde el entretenimiento hasta el desconcierto, lo que para ellos no tenía ningún sentido. ¿Cómo podían encontrar aquello, aunque fuera solo ligeramente, gracioso? La leyenda hablaba de desapariciones, y ¡ellas habían sugerido que todo lo que estaba escrito en ese libro había sucedido de verdad! Tenía que haber mucho más que sabían y no les estaban contando, independientemente de cuál fuera la razón por la que no lo estaban haciendo.

De todos, quien parecía estar más afligida era Nora. Pensaba que conocía a su abuela, especialmente después de que su relación se hubiera visto reforzada por todas las cartas que se habían escrito. Pero los últimos acontecimientos le habían hecho ver que no la conocía tan bien como ella pensaba. Y aquello le rompía el corazón. No podía sentirse ni enfadada, ni horrorizada, ni desesperada. Lo único que sentía era un profundo dolor en el pecho. Un dolor que sabía que ningún analgésico sería capaz de aliviar.

8

De todas las opciones que se le habían venido a la cabeza que pudieran explicar quién era Klara, aquella era la última que se le había pasado por la cabeza, si es que en algún momento se le había llegado a ocurrir. Podría haberse tratado de algún familiar de su padre, o del casero que su madre había tenido cuando había vivido en Alemania, o incluso de una vecina, pero ¿su tía abuela? Aquello era lo más complicado de creer y, aparentemente, lo único que era real.

Pero la confusión que sentía Eileen no tenía nada que ver con cómo se estaba sintiendo Alick. Él nunca había oído hablar de que su mujer tuviera una hermana. Es por eso por lo que, cuando Eileen miró brevemente a su abuelo y vio su yo interior reflejándosele en la cara, sintió que algo se le removía por dentro; algo que solo podía compararse a lo que había experimentado quince años atrás.

Respirando con tranquilidad, cerró los ojos y comenzó a contar regresivamente. Necesitaba relajarse y dejar que su enfado se diluyera un poco antes de dirigirse a su abuela. Después de unos minutos, reabrió los ojos y dijo: — explícate, por favor.

Desde que había visto la carta por primera vez, Leagsaidh había sabido que no le quedaba ninguna otra opción más que contarles toda la verdad. A pesar del miedo que siempre le había dado el saber que algún día tendría que enfrentarse a esa situación, lo había practicado sin descanso delante del espejo. Aquella técnica ya había resultado inútil cuando le había contado a su nieta la verdad sobre sus padres, pero había sido la única manera que había encontrado para mantener su conciencia tranquila. Quería olvidarse de su hermana, pero había recuerdos que volvían recurrentemente, especialmente por las noches.

–Yo…, yo…, lo siento, –dijo Leagsaidh, rompiendo a llorar. –Yo…, yo…

–Leagsaidh, hazlo cuando estés preparada. Nos vas a tener ahí sea cuando sea, –dijo Alick. Acto seguido, se levantó, puso a funcionar el hervidor y buscó una bolsa de té. Si bien se sentía completamente roto, el amor que le profesaba era un sentimiento mucho más grande. No se apreciaba ni rencor ni desprecio en su voz, sino que se le veía igual de cariñoso que siempre. Pero Eileen sabía que él también había sentido un profundo dolor en el pecho.

Un dolor que solamente las palabras podrían curar.

Una vez el agua estuvo lista, Alick vertió en una taza la cantidad suficiente para preparar un té, y se la ofreció a su mujer. Cuando ella la cogió, él le dio un beso en la frente y salió de la cocina. Unos segundos después, Eileen le siguió. No estaba segura de cómo tenía que sentirse con respecto su abuela. Tenía la impresión de que estaba en todo su derecho de enfadarse porque le hubiera ocultado aquella parte de su pasado. Había sido ella quien, quince años atrás, le había prometido que no volvería a haber más secretos entre ellas. Pero también sentía pena. En ese momento desconocía si Klara seguía viva, pero el hecho de que hubiera afirmado que no conocía a Klara, sino a la Clarissa que habían bautizado, sugería que hacía mucho que la relación entre ellas se había roto.

–¿Serás capaz de perdonarme, Eileen? –preguntó Leagsaidh justo cuando Eileen estaba debajo del marco de la puerta. Haciendo de tripas corazón, y evitando que las lágrimas le cayeran por la cara, se dio la vuelta y le respondió afirmativamente con un golpe de cabeza.

Y, tras girarse para continuar andando, dejó que las lágrimas le recorrieran el rostro. Había sido capaz de mantener la compostura delante de su abuela, consciente de que ella ya estaba sufriendo bastante. Pero en el momento en el que supo que no la vería, no pudo contenerse más. Y, tal y como había sucedido quince años atrás, supo que tardaría mucho tiempo en volver a confiar en su abuela, si es que era capaz de hacerlo de nuevo algún día.

Antes de entrar en la sala de estar, se secó las lágrimas con el dorso de la manga, pues sabía que su abuelo estaría allí. No tenía ganas de hablar, pero necesitaba sentir que estaba acompañada. Así, se dejó caer en su lugar favorito, el sillón situado junto a la chimenea, se quitó las zapatillas de andar por casa, se acurrucó en posición fetal, y cerró los ojos. Después de los últimos acontecimientos, no pensaba que fuera capaz de quedarse dormida, pero sí que lo consiguió. Cuando abrió los ojos de nuevo, habían pasado un par de horas.

–¿Qué hora es? –preguntó, estirándose. Le dolía todo el cuerpo, aunque aquello no era nada comparado con el dolor que seguía sintiendo en el pecho.

–Las cinco y media pasadas, –dijo Alick. –Estabas tan profundamente dormida que no me he atrevido a despertarte. La cena está en la nevera. Vete y come algo, puedo oír cómo te rugen las tripas desde aquí.

Eileen hizo amago de protestar, pero su estómago rugió de nuevo, haciéndole perder toda credibilidad. Además, consideró que la mejor de sus opciones era estar bien nutrida antes de enfrentarse a lo que fuera que su abuela tuviera que contarle. Se estiró una última vez antes de ponerse las zapatillas e ir a la cocina, donde todavía estaba su abuela, quien tenía un aire triste y culpable. Habían pasado unas cuantas horas desde que había salido de la cocina aquella mañana, pero Eileen tenía la impresión de que sus abuelos solamente se habían movido para satisfacer las funcionas vitales básicas. Saludó a su abuela con un prácticamente inaudible *hola*, y se fue directa a la nevera. Su estómago seguía protestando de lo lindo.

Cuando abrió la nevera vio que había dos fiambreras con sobras de comida. Sin abrir las tapas, supo que sus abuelos no habían cenado juntos, y que su propia cena iba a consistir en una mezcla de lo que habían comido ambos. El ambiente ya estaba lo suficientemente caldeado como para que su elección sobre qué cenar fuera la causa de otra disputa más.

Se sirvió la cena y comió tan despacio como pudo. A pesar de que su estómago no dejaba de protestar, lo cierto era que no tenía ninguna gana de comer. Lo único que quería era que la conversación pendiente que tenían pasara rápido para poder empezar con el proceso de cura. Ya tenía experiencia en situaciones parecidas, por lo que sabía qué le esperaba una vez supiera la verdad. Aunque eso no significaba que quisiera volver a pasar por ello. No cuando la persona que lo había originado las dos veces había sido la misma.

Una vez hubo concluido, fregó los platos y recogió la mesa antes de dirigirse a su abuela: —creo que el momento ha llegado, abuela. ¿Vamos con el abuelo al salón?

Por toda respuesta, Leagsaidh la miró con cara de tristeza mientras se levantaba de la silla. La lentitud con la que se levantó hizo palpable que había estado sentada mucho tiempo. Haciendo un esfuerzo, Eileen volvió sobre sus pasos y la ayudó a moverse.

—Cógete de mi brazo, abuela —dijo, ofreciéndole su brazo derecho a Leagsaidh. Una vez su abuela se hubo agarrado a él, caminaron juntas hasta la sala de estar, donde Alick, sentado, las estaba esperando.

Eileen ayudó a su abuela Leagsaidh a acomodarse antes de volver a sentarse en su sillón favorito. Dejó caer sus zapatillas de andar por casa, adquirió de nuevo la posición fetal y esperó a que su abuela comenzara a hablar.

—No sé por dónde empezar, —dijo Leagsaidh, aclarándose la garganta. —De nuevo vuelvo a comprobar cómo todos estos años practicando delante del espejo no han servido para absolutamente nada, así que improvisaré lo mejor que pueda.

»Lo primero que quiero deciros, no obstante, es que lo siento muchísimo. Nunca pensé que esto iba a acabar de esta manera. Soy consciente de que todo dependía de mí, y que todo esto no hubiera terminado así si os lo hubiera contado antes, pero tenéis que creerme cuando os digo que mi intención siempre ha sido el no haceros daño.

»Así que… bueno sí, Klara, o Clarissa, es mi hermana. Mi hermana gemela, de hecho. Como buenas gemelas, de pequeñas siempre estuvimos muy unidas. Siempre sabíamos todo la una de la otra. Teníamos un hermano mayor llamado Bhaltair, pero nuestra relación con él nunca fue tan estrecha. Le queríamos, y él a nosotras, pero nunca le mostrábamos nuestros sentimientos hacia él. Era muy de la vieja escuela, así que se enfadaba bastante cuando no nos portábamos como debíamos. Por aquel entonces, las mujeres éramos educadas para quedarnos en casa, esperando a que nuestros maridos volvieran a casa del trabajo y encontraran sus casas limpias y siempre tuvieran la comida lista en el plato. Pero ni Clarissa ni yo compartíamos aquella filosofía. Nosotras queríamos explorar el mundo y vivir miles de aventuras. ¡Llegamos incluso a firmar un contrato! —añadió Leagsaidh, sacando un papel del bolsillo de su delantal que le entregó a Eileen antes de continuar hablando: —lo escribimos un par de años antes de que estallara la Segunda Guerra Mundial. Una vez concluyó la Primera, Bhaltair siempre dijo que la tensión nunca había llegado a rebajarse del todo. Él era soldado, y dado que nosotras apenas éramos adolescentes, y encima mujeres, no nos permitía estar presentes cuando charlaba de ello con nuestro padre. A pesar de ello, siempre encontrábamos la manera de enterarnos de las cosas.

»Y fue entonces cuando Clarissa comenzó a cambiar. De repente, y sin venir a cuento, dejamos de estar tan unidas.

Empezó a guardarse secretos , a comportarse mal e, incluso, a atreverse a contestar a nuestro padre y a Bhaltair. Su cambio de actitud hizo que se ganara un gran número de reprimendas, pero aquello no pareció surtir ningún efecto. Parecía volverse más y más rebelde tras cada castigo. Era una chica muy lista, así que al principio no le presté mucha atención al hecho de que se hubiera interesado tanto por hablar de la guerra y de cómo Gran Bretaña se atrevía a enfrentarse a su amada Alemania. Empezó incluso a aprender alemán, y poco después fue cuando comenzó a pedir que la llamáramos Klara.

»No os voy a negar que aquel giro de los acontecimientos me hizo mucho daño. Tenía otras amigas que también comenzaron a comportarse diferente, especialmente cuando sus hermanos, padres o maridos eran enviados a la guerra. Por descontado, nuestro hermano Bhaltair también fue enviado al frente apenas un par de meses después de que estallara la guerra, e incluso terminaron llamando a listas a nuestro padre. Él nunca había estado en el ejército, pero el gobierno decretó que todos los hombres de la nación debían estar listos para defender Gran Bretaña. Hombres, y solo hombres. Aquello enfureció tremendamente a Clarissa. Estaba completamente en contra de que nuestro país estuviera en guerra con su amada Alemania, viniera de donde viniera aquel interés repentino por aquel país. Aunque honestamente creo que lo que más le enfadaba era el hecho de que las mujeres no contaban para nada. Como si nosotras no pudiéramos ser valientes, o fuertes, o inteligentes. Como si nuestra única función fuera ser la marioneta que funciona a merced de los deseos de un hombre.

»Una vez que Bhaltair se fue al frente, el comportamiento de Clarissa excedió todos los límites; tanto, de hecho, que agotó la paciencia de nuestro padre. Dejó de hacerse cargo de sus tareas y, cada vez que se le llamaba la atención, respondía en alemán, plenamente consciente de cuánto nos molestaba que hiciera aquello. Y no me malinterpretéis: no tenía nada que ver con que nuestro país estuviera en guerra con Alemania, sino porque no entendíamos ni una sola palabra. No entendíamos lo que nos decía, pero algo dentro de nosotros nos instaba a pensar que no estaba siendo particularmente amable. Aunque lo que a mí más me intrigaba era el cómo había sido capaz de aprender a hablar alemán tan rápido. Ya os he dicho que era una chica muy lista, pero permitidme recordaros que, por aquel entonces, no había televisiones ni internet. Indudablemente debía tener contacto con alguien que viniera de Alemania.

»Me llevó un tiempo descubrir con quién era con quien se estaba viendo y, cuando lo hice, no supe qué hacer. Sabía que no podía contactar con Bhaltair de ninguna manera, y contárselo a mi padre no era algo que quisiera hacer. No después de que le llamaran a filas para irse al frente. Intenté disuadirla, convencerla de que aquel joven alemán no era bueno para ella, pero no quiso escucharme.

»La noche antes de que nuestro padre tuviera que partir al frente, tuvieron una discusión muy fuerte. Ya os he dicho que su mal comportamiento había superado todos los límites; así que, cuando nuestro padre le dijo que asentara la cabeza y se quedara conmigo para cuidar del ganado, dijo que ella no iba a malgastar su tiempo en hacer eso, no cuando podía estar con su amado Leon. Yo escuché todo esto desde la cocina, ya que daba exactamente igual dónde estuvieras en la casa: sus gritos eran tan altos que se escuchaban desde todas partes. Y creedme cuando os digo que escuchar aquello me rompió por dentro. Después de todo lo que habíamos vivido juntas y de lo que nos quedaba por vivir, había elegido a ese Leon por encima de mí.

»Clarissa se fue de casa aquella misma noche, y nunca más la volví a ver. Mi padre se fue a la mañana siguiente, y tampoco lo volví a ver. Apenas un par de semanas después de que se uniera al frente, me enteré de que había muerto. Pudimos darle sepultura porque Bhaltair se encargó de todo. Descubrió dónde había fallecido e hizo todo lo que estuvo en su mano para poder traer su cuerpo de vuelta a casa. Yo estaba devastada. Ya había vivido algo parecido con la pérdida de nuestra madre a consecuencia de la gripe española, pero aquella vez fue incluso peor. En aquella ocasión estaba completamente sola. Bhaltair estuvo junto a mí durante el entierro, pero a mí me seguía faltando mi otra mitad. Y, además, tuve que hacer frente al enfado de Bhaltair cuando le conté todo lo que había pasado. Me pidió que me pusiera en contacto con nuestra hermana para exigirle que se disculpara; y lo intenté, claro que sí. Me llevó bastante tiempo descubrir en qué andaba metida. Al parecer, había huido a Alemania con aquel Leon. Pero no podía contactar con ella. No tenía ninguna dirección postal, así que decidí esperar a que Bhaltair volviera de la guerra. Pero Bhaltair nunca volvió. A él también lo mataron en el frente. Desafortunadamente, no pude enterrar su cuerpo, por lo que el duelo se alargó bastante.

»Nunca recibí ninguna carta de Clarissa preguntándome por el estado de nuestro padre y de nuestro hermano. No se interesó por saber, si quiera, si habían vuelto a casa una vez hubo concluido la guerra. Mantuve la esperanza mucho más tiempo de lo que mis amigas pensaban que iba a mantenerla. Pero después de un tiempo, la fe se convirtió en rencor; ese rencor, en odio; y ese odio, en frialdad.

»Y por eso nunca antes os había hablado de Clarissa. Porque para mí, está tan muerta como mi padre y Bhaltair.

- VIII -

El silenció se apoderó de la habitación. El dolor que Nora sentía en el pecho seguía siendo muy intenso; tanto, que no se atrevió a preguntar nada más. Ya había escuchado demasiados sinsentidos por aquella noche. Además, tenía la sospecha de que sus abuelas no iban a compartir con ellos nada más que les pudiera ayudar, por lo que decidió irse a su habitación. Ni siquiera dijo adiós cuando se levantó. No podía pensar en otra cosa que no fuera el daño que le había hecho su abuela, de manera que no se dio cuenta de que Theresa, Gabe y Mark la siguieron en silencio hasta su habitación. Todos tenían la impresión de que debían estar juntos para apoyarse mutuamente.

–Estamos aquí para apoyarte, Nora. No vamos a irnos, –dijo Theresa cuando estuvieron junto a la puerta de la habitación de Nora.

Nora parpadeó repetidas veces para evitar que las lágrimas se le escaparan de los ojos antes de girarse, pero no surtió efecto. No pudo contenerse tras verles la cara a sus amigos, y rompió a llorar mientras les abrazaba a todos. Fue un llanto tan triste, que los demás también acabaron llorando, contagiados por ella.

Ni siquiera a día de hoy son capaces de recordar cuánto tiempo estuvieron así. Lo que sí que recuerdan, no obstante, es que, a raíz de aquel abrazo, se creó un fuerte lazo entre ellos que no se hubiera creado de ninguna otra manera. Una vez deshicieron el abrazo, lo que pudo haber sucedido entre dos o diez minutos después de haber entrelazado sus brazos, se separaron y entraron en la habitación.

–Muchas gracias por quedaros, –dijo Nora, secándose las lágrimas con el dorso de la manga. –No hay colchones para todos. ¿Cómo creéis que deberíamos dormir? —terminó preguntando mientras se dejaba caer sobre su cama.

—Yo no creo que sea capaz de pegar ojo, así que puedo echarme en la alfombra. Con un par de mantas será suficiente, —dijo Mark, imitando a Nora.

—Yo igual, —dijo Gabe, también dejándose caer sobre la cama.

—Es muy considerado por vuestra parte, pero tenemos que descansar —dijo Theresa, cerrando la puerta tras de sí. —Si lo que queremos es explorar, y es lo que vamos a hacer, necesitamos estar descansados antes de adentrarnos en el bosque. De lo contrario, no estaremos plenamente capacitados para ello.

—¿Y cómo quieres que lo hagamos? —le preguntó Gabe a su hermana. —Quiero decir, sé que estás tratando de usar la cabeza, pero el hecho de que quiera dormir no significa que vaya a quedarme dormido. No funciona así.

—Si te relajas, lo normal es que te acabes quedando dormido. Y, créeme: creo que esa es la mejor de nuestras opciones, —dijo. Viendo que su hermano se disponía a rebatir, le hizo un gesto con la mano para que no hablara y retomó la palabra: —sé que la conversación con nuestras abuelas no ha sido tan productiva como esperábamos, pero tenemos que intentar sacar el máximo provecho de ella. Puede que hayan dicho algo que nos ha pasado desapercibido…

—Yo, lo único que recuerdo es que me han echado la bronca por hablar cuando no me habían dado la palabra, —dijo Mark, incorporándose. Sonaba realmente molesto por ello.

Aunque parecía que Nora únicamente estuviera de cuerpo presente, lo cierto es que sí estaba escuchando lo que decían sus amigos. Una vez el rencor que sentía se hubo minimizado, comenzó a pensar en la misma línea que Theresa. Ella también estaba intentando analizar la situación para descubrir si realmente les habían dicho algo que no supieran. Tenía que haber algo que sus abuelas les hubieran dicho que les pudiera ayudar una vez se adentraran en el bosque…

—¿Sabéis qué? Creo que esa parte es más importante de lo que creemos, —dijo Nora. —Me refiero a lo de que no hablemos cuando no se nos ha dado la palabra. Mi abuela se ha puesto muy seria a ese respecto. Nunca la había visto usar ese vocabulario. Honestamente, creo que lo que nos quería decir con eso es que no tenemos que ser impertinentes. Está claro que no tenemos ni idea de en qué estamos metidos, pero algo me dice que ellas sí que lo saben. No reaccionaron de ninguna manera cuando Theresa les contó todo lo que habíamos experimentado con los libros, y se enfadaron enormemente cuando sugirió que el Monstruo Miedo no era sino un personaje de un libro. Y, si me lo permitís, os confieso que esa no es la reacción que esperaría de alguien que no ha vivido todo esto.

Mark quiso dar su opinión antes de que Nora terminara de hablar, pero una vez que ella se hubo callado, cerró la boca porque ya no lo veía tan claro. Le había molestado sobremanera que le hubieran echado semejante bronca por no haber hecho nada, pero al escuchar a Nora se había dado cuenta de que pudiera ser que ella tuviera razón. Y, aunque se negaba a creer que aquello fuera lo único que podrían sacar en claro de la reunión, lo cierto es que las ancianas no habían dicho mucho más.

—Y también han dicho que habíamos sabido descifrar qué significaban los dibujos. Creo que debemos alegrarnos por ello, —dijo Theresa. —Al fin y al cabo, muchas veces, lo último que vemos es lo que está justo delante de nuestras narices.

—¿Estás, por alguna casualidad, sugiriendo que ese maldito libro es un libro de historia? ¿Nos estás pidiendo que nos creamos todo lo que en él se dice, a pies juntillas? – preguntó Mark de una vez por todas.

–Sí, me temo que sí, –dijo Theresa, firme. –Has sido testigo de lo que es capaz ese libro. Nunca fui una niña a la que le impresionaran los cuentos de hadas, pero no me cabe ninguna duda de que todo lo que ha hecho ese libro, únicamente puede hacerse a través de la magia. Y sé que suena absurdo, también para mí, pero es la única explicación para todo esto. Además, sabes tan bien como yo que en todas las leyendas hay una parte de verdad. Y no quiero acabar como esos forasteros que se mencionan en el libro; pero no nos queda otra opción que seguir para adelante. Yo mañana voy a ir a explorar. ¿Alguien quiere venir conmigo? –terminó preguntando. Estaba haciendo todo lo que estaba en su mano para hacer ver que tenía una valentía que realmente no sentía. Y es que tenía la impresión de que daba exactamente igual cuánto lo evitaran: iban a terminar explorando más tarde o más temprano.

–Creo que Theresa tiene razón. Mi abuela ha sido muy clara al respecto: *dadas las circunstancias, me temo que no se nos puede dejar al margen,* –dijo Nora, imitando la voz de su abuela. –Y luego está el hecho de que los libros sabían a quién pertenecían. Así que, está claro: no nos queda otra que hacer lo que diga el libro. Yo me uno a Theresa –añadió, ofreciendo su mano para que los otros la agarraran y pudieran volver a hacer un apretón grupal, tal y como habían hecho en el parque.

Theresa se apresuró a seguir a Nora en su iniciativa y le agarró la mano firmemente. Mark y Gabe se miraron el uno al otro para, mientras se reafirmaban con el movimiento de sus cabezas, unir también sus manos para el apretón grupal.

Y, tal y como había sucedido cuando todos habían aceptado abrir el libro para intentar descifrar qué significaba el dibujo de Mark, en el momento en que sus manos se tocaron, una fuerza dentro de él pareció despertarse. El libro se encontraba dentro de la mochila de Nora, por lo que, el hecho de no poder escapar estaba haciendo que los intentos de liberarse se volvieran más y más intensos. Nora liberó su mano del apretón de manos grupal, y saltó sobre su mochila para recuperar el libro. Sin embargo, en el momento en que hubo abierto la cremallera lo suficiente, el libro salió despedido y se quedó suspendido en el aire, girando, hasta que Nora recuperó su posición original.

Y, tan repentinamente como había comenzado a moverse, se paró. Cayó inerte al suelo y se quedó abierto por la página con la advertencia de Los Protagonistas. No parecía que hubiera cambiado nada en él desde la última vez que lo habían abierto. Sin embargo, todos tenían la impresión de que aquello era simplemente una ilusión. Los cuatro se quedaron expectantes a ver qué sucedía, y no tuvieron que esperar mucho para descubrirlo.

Sin atreverse a dejar de mirar el libro hasta que lo que tuviera que suceder, sucediera; vieron cómo la página que contenía la carta con la advertencia de Los Protagonistas era pasada para dejar al descubierto las dos páginas siguientes, aún en blanco. En el preciso momento en el que la hoja de la izquierda hubo quedado plana sobre la página anterior, fueron testigos de cómo una mano invisible comenzaba a rellenar las páginas:

Queridos intrépidos lectores,

Nos llena de orgullo poder daros la bienvenida a nuestra historia. Os rogamos nos disculpéis si os hemos asustado en algún momento. No ha sido nuestra intención hacerlo. Simplemente queríamos demostraros que la magia existe. No todas las leyendas en este libro tienen un trasfondo mágico, pero la que a vosotros os concierne sí que lo tiene. Y es por esa sencilla razón por la cual hemos tenido que ser lo suficientemente convincentes como para hacer que vuestros cerebros adolescentes volvieran a creer en la magia.

Somos conscientes de que habéis tratado de obtener respuestas antes de que nosotros os las proporcionáramos. Entendemos la imperante necesidad que sentís, pero os rogamos encarecidamente que no volváis a hacerlo. La próxima vez no seremos tan condescendientes.

Pero basta de reprimendas por ahora. Centrémonos en lo que está por venir.

Os dijimos que os iríamos dando la información a su debido tiempo, y el momento para la primera de las revelaciones ya ha llegado. Los cuatro habéis decidido formar parte de la leyenda y proceder con la exploración que requiere. Habéis descifrado correctamente el significado de los dibujos (¿veis? Mantenemos nuestras promesas), por lo que ahora debemos proveeros con un mapa que os guiará a través del bosque hasta la mismísima entrada de la cueva. Y no os preocupéis, será fácil de seguir. No necesitaréis ni brújulas ni grandes conocimientos de astronomía. Si os comportáis como debéis, os guiará hasta la entrada de la cueva. Si no lo hacéis..., estamos seguros de que ninguno de vosotros quiere saber lo que pasaría en ese caso.

Atentamente,

Los Protagonistas.

9

Eileen no sabía cómo sentirse con respecto a lo que su abuela Leagsaidh les acababa de revelar. Era, sin lugar a dudas, una historia muy triste. Le apenaba enormemente saber todo lo que su abuela había tenido que vivir. Ella misma había tenido que hacer frente a una situación complicada, pero no podía negar que la de su abuela lo había sido aún más. Leagsaidh había perdido a todos sus seres queridos a una edad tan temprana, que Eileen entendía por qué nunca les había hablado de ellos. Sí que había una fotografía de los padres de Leagsaidh en casa, pero estaba en una habitación en la que nunca entraban las visitas. Evitar las preguntas incómodas había sido la manera que había encontrado para protegerse.

Eileen miró a su abuela, luego a su abuelo, y de nuevo a su abuela. Alick estaba tan sobrecogido por la situación que no encontraba fuerzas para hablar. Y Leagsaidh... ella tampoco podía decir nada más. Eileen estaba tremendamente impresionada por cómo su abuela había sido capaz de contarles todo aquello sin romper a llorar. Tanto que, incluso, fue capaz de sentir la frialdad hacia Clarissa que su abuela les había mencionado. Pero el hecho de que después de todos esos años aún tuviera el contrato que habían firmado cuando apenas eran unas adolescentes, llevaba a Eileen a pensar que no había conseguido olvidarla del todo.

Nosotras, <u>Clarissa Boyd</u> y <u>Leagsaidh Boyd</u>, declaramos haber llegado a un acuerdo para romper las normas impuestas sobre las mujeres mediante los siguientes términos:

> *1. Viviremos miles de aventuras. Escocia tiene suficiente que*

ofrecer para comenzar, pero terminaremos por conocer mundo.

2. *Saldremos de Gran Bretaña y volveremos más sabias. Aprenderemos nuevas recetas y nuevos idiomas.*

3. *Únicamente nos casaremos por amor. En caso contrario, no aceptaremos desposarnos con ningún hombre.*

4. *Tendremos hijos una vez hayamos conseguido todos los puntos anteriores.*

Escocia, 1937.

Clarissa & Leagsaidh.

Eileen había evitado leer el contrato en el momento en el que se lo había dado su abuela. Había quedado tan cautivada por la historia que les estaba contando, que lo había dejado encima de su pierna hasta que Leagsaidh hubo terminado de hablar. Estaba escrito con una letra muy elaborada, pero, aun así, clara. Y, conociendo como conocía ahora la historia detrás de aquella carta, era capaz de ver las similitudes entre la letra del contrato y la carta firmada por Klara. No había ninguna duda de que había sido la misma persona quien había escrito ambas, quisiera como quisiera que la gente se dirigiera a ella.

Después de la siesta que se había echado, Eileen no tenía nada de sueño. Además, estaba segura de que los últimos acontecimientos tampoco iban a dejar que sus abuelos pegaran ojo, por lo que decidió que, aprovechando que su abuela estaba dispuesta a hablar, podría seguir preguntándole cosas: —¿y por qué nunca tiraste esto?

—Siempre quise olvidar la persona en que se convirtió, pero no la que yo conocía, —dijo Leagsaidh con naturalidad. — Es cierto que después de que hiciera lo que hizo, me prometí a mí misma que nunca más volvería a hablar de ella con nadie, pero eso no significa que olvidara nuestro pasado juntas. El hecho de que quieras olvidar a alguien, o algo, no garantiza que lo consigas.

—Lo… entiendo, supongo, —dijo Eileen, tratando de sonar convincente. —¿Y has intentado ponerte en contacto con ella? Después de que terminara la guerra, quiero decir.

—Las cosas eran mucho más complicadas antes, cielo. Si querías que nadie te molestara, era tan sencillo como no decirle a nadie cuál era tu próximo destino. Tuve mucha suerte al descubrir que había huido con ese tal Leon. ¿A dónde? No lo sé. Asumo que a Alemania o a Suiza.

—¿Conociste a Leon?

—No, personalmente no. Apenas lo vi un par de veces antes de que se fueran. Nunca nadie supo realmente cómo o porqué vino a Escocia. Tampoco sé qué edad tenía, aunque parecía mayor que nosotras. Créeme cuando te digo que yo también me he preguntado muchas veces cómo Clarissa acabó con un tipo como él.

—¿Y cómo es que el abuelo nunca había oído hablar de ella? Quiero decir, uno puede mantener en secreto lo que no quiere contar, pero la gente habla —dijo Eileen, tratando fuertemente de entender la situación.

—Hay ocasiones en las que la sociedad decide no hablar de algo. Todo el mundo sabía que había perdido tanto a mi padre como a mi hermano en el frente, por lo que todos asumieron que no me gustaría recordar algo tan doloroso. Me llevó mucho tiempo ser capaz de sonreír y reír de nuevo. Pero lo cierto es que, por suerte para mí, no mucha gente sabía en qué andaba metida Clarissa. A sabiendas de que estaba haciendo algo que nuestro padre no aprobaría jamás, lo mantuvo en secreto. Creo que ese fue el único gesto responsable que tuvo con nuestra familia, –añadió Leagsaidh, reteniendo el rencor que sentía. Solo por el brillo en su mirada uno podía adivinar que no le guardaba mucho aprecio a su hermana.

Eileen quiso seguir haciéndole preguntas a su abuela, pero sabía que tenía que ser precavida a la hora de formularlas. Era cierto que Leagsaidh estaba tan dispuesta a colaborar como lo había estado quince años atrás, pero no quería incomodarla. Sin embargo, todavía había una última pregunta que necesitaba hacerle: –¿y cómo es que, después de tantos años, mi madre y ella se conocieron?

–Supongo que puedas llamarlo destino, –dijo Leagsaidh mientras buscaba algo en el bolsillo de su delantal, de donde sacó lo que parecía una carta. Después, añadió: – pero será mejor que lo sepas de primera mano por tu madre. Esta es la carta que me escribió cuando se conocieron.

Los cuatro leyeron la nueva carta de Los Protagonistas en silencio. Estaban comenzando a acostumbrarse a que el libro se comunicara con ellos cuando quería, pero eso no significaba que, cada vez que lo hiciera, no se asustaran de nuevo. Aunque la verdad es que su máximo era cada vez más bajo.

Una vez hubieron asimilado la nueva información que les había sido proporcionada, decidieron que lo mejor que podían hacer era echarse a dormir antes de partir hacia el bosque a la mañana siguiente. Si bien no les habían revelado mucho, sabían que no les iban a proporcionar nada más antes de comenzar con la aventura.

Encontraron un par de mantas más guardadas en los armarios de la habitación de Nora. Los otros no sabían que aquellas mantas no habían estado ahí antes, pero Nora estaba tan cansada, que ni lo comentó. Al fin y al cabo, podría haber sido idea de su abuela el guardarlas ahí.

Todos intentaron dormir tras apagar las luces, pero, lamentablemente, ninguno de ellos pudo hacerlo más de un par de horas. No fueron capaces de dejar de dar vueltas en sus improvisadas camas y, cada vez que lo hacían y cerraban los ojos, sus imaginaciones les jugaban malas pasadas. Sabían que siempre había una base de verdad en todas las leyendas, pero también sabían que en la que ellos se habían visto inmiscuidos no era, precisamente, una leyenda tradicional. La leyenda del Monstruo Miedo no parecía tener ninguna parte inventada.

A la mañana siguiente se levantaron alrededor de las nueve. No sabían cuánto tiempo les podría llevar explorar, de manera que habían decidido no empezar muy tarde, por lo que pudiera pasar. Además, todavía tenían que pasar por casa de Abby y de Gabe y Theresa para recoger un par de linternas, cazadoras y algo de comida y bebida.

Cuando bajaron las escaleras para recoger sus cosas, ninguno se sorprendió al no ver a Mary. Sus abuelas se lo habían dejado muy claro: no podrían desvelarles más de lo que ya les habían contado. Así que podría ser que, simplemente, hubieran decidido evitar cualquier tentación. Cuando hubieron terminado de recoger sus cosas, partieron hacia el bosque sin despedirse.

—¿Qué nombre creéis que deberíamos ponerle al bosque? —dijo Theresa una vez hubieron dejado atrás la última de las casas.

—¿Y por qué tendríamos que ponerle nombre? —preguntó Mark. Su actitud había cambiado y ya no estaba tan irritable, pero aun así todavía dejaba entrever que él no había tomado nunca la iniciativa.

—¿Y por qué no? Vamos a tener que referirnos a él sí o sí, así que ¿por qué no ponerle un nombre? Podría ser una manera de mantenernos entretenidos hasta que lleguemos a las lindes del bosque. Todavía nos queda alrededor de una hora para llegar, —respondió Theresa, señalando con la mano el bosque hacia el que se dirigían.

—¿Qué tal si lo bautizamos como El Bosque? —sugirió Gabe. Viendo la reacción de su hermana, se apresuró a añadir: —¡Por el amor de Dios, Theresa! ¿Por qué es tan importante para ti que el bosque tenga un nombre? No es más que un consenso de cómo referirnos a él. Nada más. Cualquier cosa bastará.

—Te recuerdo que nuestras abuelas se molestaron mucho cuando sugerí que el Monstruo Miedo únicamente era un personaje de un libro. Y dejaron muy claro que no debíamos ser impertinentes. Tenemos que tomárnoslo en serio, ¿sabes? —dijo Theresa, herida. No conseguía entender por qué su hermano no era capaz de ver las cosas tan claramente como ella. −Pero preguntémosle a alguien con la cabeza en su sitio. ¿Tú qué opinas, Nora?

Lo cierto era que Nora estaba de acuerdo con Theresa. Se había dado cuenta de que tendrían que comportarse como adultos siempre que fueran a hacer cualquier cosa relacionada con la leyenda. Pero no sabía cómo expresarlo sin que los chicos se sintieran ofendidos porque ella y Theresa siempre parecieran ponerse de acuerdo en llevarles la contraria.

−Sabemos que piensas lo mismo que Theresa, Nora, −dijo Mark, haciéndola volver de sus ensoñaciones. −Así que, adelante, dinos qué nombre sugieres.

Se maldijo por su incontrolable habilidad para expresar sus emociones en su rostro a pesar de querer evitarlo, y dijo: −El Bosque Encantado.

−¡Eso simplemente es una versión más cursi de mi propuesta! −dijo Gabe, manteniendo la risa. −Simplemente lo has hecho un poco más elaborado. ¿Por qué debería ser más válido?

Continuaron discutiendo sobre lo acertado o no del nombre propuesto por Nora hasta que llegaron a las lindes del bosque. La discusión se convirtió en una especie de chicos contra chicas, donde ninguno de los participantes estaba dispuesto a dar su brazo a torcer. No obstante, a pesar de aquello, todos tuvieron la sensación de que hablar de sus diferencias les había resultado fructífero. Al fin y al cabo, aquello les había ayudado a conocerse un poco mejor antes de alcanzar los primeros árboles. Una vez allí, se sentaron formando un círculo y dejaron el libro en el medio. Los Protagonistas habían dicho que les proporcionarían un mapa, por lo que lo mejor sería que lo tuvieran antes de que se perdieran.

Y, tal y como había sucedido con anterioridad, el libro se abrió por sí solo por el lugar exacto por el que debía abrirse:

la segunda de las cartas de Los Protagonistas. A continuación, volvieron a ser testigos de cómo la siguiente página en blanco comenzaba a ser escrita.

En cuanto la mano invisible hubo terminado de redactar la carta, pasó la página y comenzó a dibujar cuatro collares en la siguiente página en blanco. Lo habían estado esperando, ya que les habían dicho que les iban a regalar unos collares. Lo que les había pillado por sorpresa, sin embargo, había sido el hecho de que, cuando se hubo añadido el último de los detalles, el libro comenzó a emitir una luz cegadora. Apenas duró unos pocos segundos, pero fue suficiente para impedir que vieran lo que tenían en frente. Cuando la intensidad luminosa disminuyó, descubrieron que los collares que acababan de ser dibujados descansaban ahora encima del libro.

Nora se frotó los ojos para evitar que comenzaran a llorarle y extendió la mano para coger uno de los collares. Pero no pudo escoger ninguno, pues uno de ellos la eligió a ella antes de que pudiera, siquiera, tocarlos. Había estado a apenas unos centímetros de rozar el que estaba más cerca de ella cuando, de repente, el que se encontraba más lejos se había elevado en el aire y había viajado hasta su mano. En cuanto lo tuvo agarrado, lo miró, intrigada. Se trataba de una preciosa esfera bañada en oro, con una inscripción en el borde que no alcanzaba a leer. Para poder colgárselo al cuello, estaba provisto de una fina cadena, también bañada en oro.

–¡Escuchad! –exclamó Theresa justo cuando Nora estaba a punto de colocarse el collar alrededor del cuello. –O me he vuelto loca, o el colgante está emitiendo una melodía.

Nora había quedado tan absorta a causa de los últimos acontecimientos, que el grito de Theresa había hecho que se asustara. Tanto fue así, que dejó que el collar se le cayera de las manos. Cuando se agachó para recoger el collar del suelo, se percató de que Theresa tenía razón. Su colgante estaba emitiendo una suave melodía que le resultaba conocida. Pero, de nuevo, no era capaz de saber por qué le resultaba tan familiar. Fuera como fuese, lo cierto era que ninguno se habría percatado de ello si Theresa no lo hubiera comentado.

–Algo me dice que es la misma melodía que escuché cuando abrí el libro por primera vez, –dijo Mark, rompiendo el silencio que se había impuesto entre ellos. –Aunque… la otra vez no parecía ser tan repetitiva. Es como si solamente sonaran los primeros acordes, una y otra vez. Y sigo sin saber a qué obra pertenecen, a pesar de que estoy bastante seguro de que la conozco y la he escuchado antes. ¿Alguna idea, niña prodigio? –añadió, rascándose la cabeza mientras se giraba para mirar a Nora.

–No tengo ni idea, no, –dijo Nora. Ella, al igual que Mark, sabía que aquella melodía le era familiar, a pesar de que no fueran capaces de decir cuándo exactamente la habían escuchado antes. Apenas había tenido dos ocasiones para escucharla después de verse inmiscuida con el libro, pero cuanto más trataba de descifrar de qué obra se trataba, tanto más lejos se sentía de dar con la respuesta.

–Dejando la melodía a un lado, creo que deberíamos continuar. No quiero estar aquí cuando se haga de noche, –dijo Gabe. Acto seguido, se dispuso a coger uno de los collares, pero no pudo hacerlo, puesto que el que había sido dibujado para él, se elevó en el aire y viajó hasta su mano justo en el momento en el que tomó la decisión de coger uno.

Lo mismo ocurrió con Theresa y Mark cuando decidieron que querían coger sus collares. Así, cuando los cuatro estuvieron provistos de sus collares, el libro se cerró, y la melodía que había estado emitiendo el colgante de Nora, cesó por completo.

10

*H*ola mamá,

¿Qué tal van las cosas por casa? ¿Qué tal está papá? Espero de verdad que esté haciendo algo para controlar su miedo a los aviones para que podáis venir a visitarme. Me encantaría ser vuestra guía turística en Hamburgo.

La universidad está yendo perfectamente. Una ingeniería es complicada por sí sola, así que imaginaos en alemán; pero lo estoy llevando lo mejor que puedo. He mejorado ya bastante mi competencia lingüística en alemán; Aksel me está ayudando mucho. Creo que ya te he explicado cómo nos conocimos, pero en caso de que no haya sido así, te lo cuento de nuevo.

De recién llegada, ya que no sabía a dónde ir o qué hacer, le prestaba mucha atención a los detalles. Eso me llevó a observar mucho a la gente, para así poder decidir quiénes quería que fueran mis amigos. Aksel y yo teníamos juntos la mayoría de las clases, así que era apenas cuestión de tiempo que comenzáramos a hablar. Al principio pensé que se trataba de un veterano, ¡pero resultó que él también era un estudiante de intercambio! Te preguntarás que por qué había llegado a aquella conclusión. Bueno, imagino que se debiera a su elevada popularidad. No había ni una sola vez que alguien no lo interrumpiera mientras andaba por los pasillos. Y a él no parecía importarle.

De hecho, creo que le gustaba, por mucho que ahora diga lo contrario.

Tuvimos que hacer un par de trabajos en parejas, de manera que nuestra amistad comenzó a crecer bastante hacia la mitad del semestre. Me invitó a tomar café, a ir al cine... incluso organizó sesiones de estudio en la biblioteca para los dos. Yo me encontraba muy a gusto con él, así que nunca le decía que no. Era muy bueno explicándome las cosas, pero, sobre todo, era muy buen amigo.

Siempre que tenía un mal día, él venía a ayudarme. No me permitía estar triste durante más tiempo del que me llevara explicarle por qué me sentía así. Tenía (y tiene) la capacidad de robarme siempre una sonrisa. Creo que fue aquello lo que hizo que me enamorara de él.

Cuando volví a casa por Navidades, ya habíamos empezado a quedar con otros pretextos, pero no dije nada porque no quería alimentar mis expectativas. Me gusta desde el momento en el que lo vi, pero he de ser honesta: nunca pensé que se fijaría en mí. Tenía a toda la universidad detrás de él, ¿por qué elegirme a mí?

Sé que tú, como mi madre, pensarás que a cualquier chico le encantaría estar conmigo, pero yo no lo veo así. Aunque bueno, ya está, que esto se suponía que no iba a ser una carta sobre mí. O sí, pero una carta sobre mi vida en Hamburgo, no sobre mi vida amorosa.

Resumiendo, cuando volví a Alemania, Aksel quiso formalizar nuestra relación. Me dijo que durante las Navidades se había dado cuenta de que quería estar conmigo durante el resto de su vida, así que lo hicimos oficial. Y en las primeras vacaciones a mitad de aquel semestre, me invitó a casa de sus padres en Austria.

Fue una pasada, mamá. ¡Qué país más bonito! El paisaje es espectacular, y los austriacos son unas personas muy acogedoras. Deberíamos ir juntas algún día.

Durante nuestras vacaciones en Austria, Aksel me enseñó su ciudad natal. Me llevó a su antiguo colegio, a los parques en los que solía jugar y a la sede de su club de fútbol. Conocí a muchas de las personas con las que creció, pero hubo una persona que me llamó la atención por encima de las demás.

Su nombre es Klara. Fue la primera profesora de Aksel en la escuela primaria. He de reconocer que al principio me sorprendió mucho que reconociera a Aksel; al fin y al cabo, han pasado muchos años desde que dejó de ir a esa escuela. Pero resulta que es amiga de sus padres. Aunque lo que más me sorprendió fue lo mucho que se me pareció a ti. Sus ojos eran iguales a los tuyos, al igual que la barbilla y los rizos. Qué coincidencia, ¿verdad?

Ya estoy esperando con ansias tu respuesta. Os hecho mucho de menos.

Nora.

- X -

En cuanto todos tuvieron en su poder sus respectivos collares, Nora recogió el libro y lo devolvió al interior de su mochila. Acto seguido, se colocó su collar alrededor del cuello y comenzó a andar. Tenía la misma poca idea que sus amigos de hacia dónde debían ir, pero todos estuvieron de acuerdo en seguir el camino de tierra que se encontraba entre los árboles. Esa parecía ser la única manera de poder entrar en El Bosque Encantado.

Continuaron adentrándose más y más en el bosque, con el camino de tierra como única guía hasta que alcanzaron una intersección.

—¡Sabía que no podría ser tan fácil! —exclamó Mark. —Hemos tenido un paseo muy confortable hasta aquí. ¿Hacia dónde creéis que tenemos que ir ahora? —preguntó, rascándose la cabeza.

—Creo que lo mejor es esperar a que nos digan hacia dónde tenemos que ir, —dijo Gabe, sentándose en una roca situada en la linde del camino. —Quiero decir, nos dijeron que nos ayudarían, así que yo me voy a quedar a esperar hasta que esa ayuda llegue. ¿Queréis picar algo? —añadió, sacando una bolsa de patatas fritas de su mochila.

—¡Gabe, por favor! ¿No has aprendido nada todavía? —preguntó Theresa, exasperada. —No estamos jugando al escondite. Nos han dicho que nuestras vidas no estarán en peligro, pero yo no termino de creérmelo. Es cierto que, de alguna manera, hemos recibido ayuda, pero en ninguna de las ocasiones se nos ha revelado nada que no hubiéramos descubierto ya antes por nosotros mismos. Únicamente nos confirmarán nuestras respuestas, pero tenemos que ser nosotros quienes analicemos la situación y lleguemos a las conclusiones correctas. Te dejarán morir sentado en esa roca a menos que muestres algo de interés por la leyenda.

—Vaaaee, teeeness rrrazón, hermana, —dijo Gabe, mientras devoraba lo que le quedaba de la bolsa de patatas fritas. Guardando el envase en su mochila, se levantó y dijo: —entonces, echémosle un vistazo al libro. Puede que hayan dibujado un mapa en él.

Nora dudaba que un mapa hubiera sido dibujado en el libro de leyendas. Era cierto que el libro ya les había demostrado que tenía una capacidad ilimitada de recursos, pero no creía que un mapa fuera una de ellas. O, por lo menos, no en aquel momento. Les habían regalado cuatro collares que tendrían que proporcionarles algo durante su viaje.

Desde que se habían internado en el bosque, ella no había dejado de jugar con el collar entre sus dedos, observando atentamente la esfera que colgaba de él. Apenas tenía unos pocos centímetros de diámetro, así que, a pesar de que resultaba bastante obvio que tenía una inscripción en su superficie, todavía no había alcanzado a leerla. A pesar de ello, estaba bastante segura de que el dilema de qué dirección seguir quedaría resuelto en el momento en el que descubrieran cómo utilizar los collares a su favor.

—¿Por qué me estáis mirando? —preguntó Nora cuando se dio cuenta de que los otros tres estaban imitando sus movimientos.

—No has escuchado nada de lo que hemos dicho, ¿verdad? —le preguntó Theresa de vuelta.

—¿Alguien ha dicho algo? A parte de tu hermano sugiriendo que podrían haber dibujado un mapa en el libro, quiero decir.

—Deberías disimularlo un poco más la próxima vez, Nora, —dijo Gabe. —Si sigues así, algún día vas a herir los sentimientos de alguien.

–¿Qué quieres decir con eso? –preguntó Nora, dolida por el comentario de Gabe. Estaba segura de que había estado soñando despierta y de que los demás lo habían podido leer en su rostro, pero ella ya les había explicado todo acerca de su extraña habilidad. Por mucho que Gabe no quisiera entenderlo, no podía controlarlo.

–Lo que mi hermano quiere decir…, –dijo Theresa, fulminando con la mirada a su hermano, –es que hemos estado hablando sobre qué dirección deberíamos tomar. Tenemos un 33% de probabilidades de acertar, lo cual no es mucho, por lo que hemos decidido que no vamos a continuar hasta que no sintamos que hemos tomado una decisión basada en un pensamiento racional. Es por ello por lo que te hemos estado pidiendo el libro; queremos volver a leernos la información que ya tenemos. Ya sabes, por si se nos hubiera escapado algo.

Avergonzada por la situación, Nora buscó el libro en su mochila y se lo tendió a Theresa. Si bien no creía que la respuesta fuera a estar en el libro, sino en los collares, decidió que era mejor no comentarlo en aquel momento. Sentía que su palabra había perdido valor tras ese pequeño encontronazo derivado de que no les hubiera estado escuchando. En consecuencia, dejó a sus tres amigos junto al libro y se posicionó en el medio del cruce de caminos, con el sendero de tierra que habían seguido hasta ese punto a su espalda.

Tenía la impresión de que solamente uno de los tres caminos que yacían delante de ellos los llevaría hasta la morada del monstruo, pero no sabía cuál era el correcto. Desde su posición, todos parecían iguales. Ninguno de ellos parecía más siniestro o más seguro. En ellos no había marcas, o señales, o huellas que les permitieran elegir cuál sería el que debían seguir. Pero, aun así, se mantuvo en su posición, pensando. Si habían sido dirigidos a ese lugar en concreto, no podía ser sino porque debían superar el reto que se les presentaba.

Manteniéndose en la misma posición, cerró los ojos y encerró el colgante en su mano derecha. Apenas estuvo en esa posición unos segundos, pero sintió que, en el momento en el que la esfera quedó encerrada entre sus dedos, ésta comenzó a emitir un latido.

–¿Sabéis qué? Estoy bastante segura de que la respuesta nos la van a proporcionar los collares, –gritó, dándose la vuelta para reunirse con sus amigos. –Olvidaros del libro; o, al menos, olvidaros de él por el momento.

–¿Por qué? ¿Y cómo? –preguntó Gabe. Todavía estaba herido por la situación anterior, y no estaba haciendo ningún esfuerzo por esconderlo.

Dejando a un lado la rabia que despertaba en ella ese matiz en las palabras de Gabe, Nora les relató lo que acababa de experimentar. Era muy complicado ponerlo en palabras, pero estaba segura de que el collar había intentado comunicarse de alguna manera con ella. Es por ello por lo que los animó a imitarla, aunque ninguno pudo experimentar lo mismo que había experimentado ella.

–Puede que sea porque no estáis en la posición correcta. Probad a venir aquí, –dijo mientras agarraba a Theresa del brazo para colocarla en la posición en la que ella había estado. Después, la ayudó a posicionarse en la orientación que ella había adquirido y, antes de echarse para atrás, le susurró al oído: –creer en ello te ayudará.

Theresa respiró profundamente un par de veces antes de cerrar los ojos. A continuación, volvió a hacer lo que Nora les había explicado una vez encerrado el colgante entre sus dedos. Y, tal y como le había ocurrido a Nora, en el momento en el que sus dedos rodearon la esfera por completo, sintió el latido.

–¡Nora tiene razón! –exclamó. –¡Gabe! ¡Mark! Venid aquí y haced lo que os diga. Si creéis que os proporcionará respuestas, entonces veréis cómo el collar se vuelve leal a vosotros. ¡Venid! –les apremió.

Dubitativos, los chicos se levantaron y se unieron a ellas en el medio de la intersección. A continuación, se colocaron el uno junto al otro, mirando hacia el camino que se encontraba en el medio, y cerraron los ojos antes de coger el colgante. Su reacción fue tan rápida como lo había sido la de las chicas.

–Y ahora, ¿qué? –preguntó Gabe.

–Dínoslo tú, –dijo Nora. Al darse cuenta de que Gabe no estaba entendiendo su doble sentido, añadió: –tu esfera, Gabe, tu esfera nos está mostrando el camino.

Gabe bajó la mirada y se miró al pecho, descubriendo así que su esfera había comenzado a emitir una luz y que se estaba moviendo hacia el camino de la derecha.

11

Tras secarse las lágrimas que le corrían por el rostro, Eileen dobló la carta y se la devolvió a su abuela. Le costaba creer que todo lo que les había contado fuera cierto. Parecía tan irreal. Pero lo cierto era que su abuela les había enseñado pruebas que demostraban que todo lo que acababa de contar, era cierto. Era innegable que su madre había conocido a una persona llamada Klara en un país de habla germana. Y, por mucho que costara admitirlo, esa persona había sido quien había escrito tanto la carta que había permanecido escondida en el marco que había estado colgado en su habitación durante quince años, como el contrato que Leagsaidh había firmado en sus últimos años de adolescencia. Y puede que fuera aquella certeza lo que hiciera que la situación fuera tan dolorosa.

De repente, su árbol genealógico había cambiado. Sabía que Bhaltair había muerto joven, pero ahora tenía que añadir otra rama a su mismo nivel, de la que nadie sabía si era el nodo a partir del cual la copa se ramificaba aún más. En cuanto a su abuelo, no era capaz de, ni siquiera, intentar comprender todo lo que se le podría haber pasado por la cabeza...

Con tremenda suavidad, Alick se levantó del sillón en el que había estado sentado, y le tendió la mano a su mujer, para que ésta le pasara la carta de Nora. La leyó rápidamente, sin hacer ningún gesto aparente con la cara.

–Recuerdo haber leído esta carta cuando llegó, –dijo, devolviéndole la carta a su mujer. –¿Por qué nunca mencionaste que esa Klara era tu hermana?

–Bueno, lo cierto es que entonces no estaba segura, –dijo Leagsaidh, intentando sonar convincente. –No puedo negar que sospechaba que era ella, pero tenía que cerciorarme antes de abrir esa puerta. No es en absoluto agradable hablar de cuando a una le rompieron el corazón en mil pedazos.

—Así que supongo que fue por eso por lo que hiciste que los padres de Aksel viajaran hasta Hamburgo para conocernos, en lugar de que nosotros fuéramos a Austria. ¿O me equivoco?

El cambio en el semblante de Leagsaidh fue todo lo que Alick necesitaba por respuesta. Si bien era cierto que no estaba molesto con ella, necesitaba vías de escape que le ayudaran a aliviar la carga que, de repente, le había quedado impuesta encima de los hombros. Al principio se había sentido menospreciado, pero lo que su mujer les había explicado a continuación le había demostrado que sus intenciones siempre habían sido nobles. Ella simplemente había intentado protegerlos a todos; el que él aprobara sus métodos, eso tendrían que discutirlo en otro momento.

Todavía tenía muchas preguntas para hacerle, pero desconocía cuánto más profundo podría seguir indagando sin que su mujer se rompiera del todo. Él quería que su mujer sintiera que él estaba ahí para ella, fueran cuales fueran las circunstancias, y no al contrario, por lo que decidió que continuaría con el interrogatorio por la mañana. Así, se levantó de nuevo y caminó hacia donde estaba Leagsaidh para darle un beso de buenas noches. Y, en el preciso momento en el que estaba a punto de plantarle el beso en la frente, ella retomó la palabra:

—No he vuelto a ver a Clarissa desde que se fue del pueblo. Sabemos que aún estaba viva hace 25 años, pero no sabemos si sigue siendo así. Además, no estoy del todo segura de que pueda hablar con ella, si es que todavía está entre nosotros. Por lo que, por favor, no me obliguéis a hacer nada. Estos procesos varían de persona en persona.

La habilidad que tenía Leagsaidh para contestar preguntas que aún no habían sido formuladas era algo que siempre había sorprendido a Eileen. Era cierto que había heredado de ella la capacidad de observar e ir más allá de las palabras, pero ella nunca había sido capaz de ir tan lejos.

Sacudiendo la cabeza para poner sus pensamientos de nuevo en orden, consideró que lo mejor era ayudar a sus abuelos a que se prepararan para irse a la cama. Hacía ya años que Alick y Leagsaidh habían cambiado su dormitorio a una de las habitaciones de la planta baja, de modo que una vez ellos quedaron listos, Eileen se dirigió hacia las escaleras en solitario. No se notaba cansada, pero había llegado a la conclusión de que irse a su habitación era lo mejor que podía hacer para asentar toda la información.

Cuando entró de nuevo en su habitación, vio que los fragmentos del cristal todavía estaban tirados por el suelo. Habían pasado tantas cosas desde que había salido de su habitación aquella mañana, que no había reparado en ningún momento en el estado en el que la había dejado. Por su parte, el marco, roto y desmontado, estaba, junto a las chinchetas, al lado de su ordenador portátil, encima de su escritorio.

Se había prometido a sí misma que aquel verano iba a conseguir lo que siempre había querido hacer: escribir una novela. La idea que tenía en la cabeza seguía allí, pero lo cierto es que ésta se iba diluyendo a medida que continuaba trabajando en su antigua historia sobre Nora. Aunque apenas tenía unas pocas páginas y se trataba de una historia que había escrito hacía ya bastante tiempo, lo cierto era que nunca se había olvidado de ella. El hecho de que la protagonista se llamara como su madre no era algo accidental. Únicamente habían podido compartir su primer año de vida antes de que sus padres murieran en un accidente de coche, de manera que había considerado que algo que le perteneciera a ella debía ser el centro de una de sus creaciones. Era lo mínimo que podía hacer para honrar su memoria.

Ya tenía en la cabeza otras aventuras para Nora, la joven pelirroja, pero todavía estaba madurando la primera de ellas. Le estaba llevando más tiempo de lo que había pensado en un principio, pero lo cierto era que estaba disfrutando del proceso. Sin proponérselo, trabajar en esa historia se había convertido en una manera muy útil de mantener lejos de la cabeza la idea de que había creído posible que pudiera ser capaz de acabar de escribir esa nueva novela antes de que terminaran sus vacaciones. Se estaba dando cuenta de que había sido demasiado optimista al respecto. Algún día ella también tendría su novela, pero no en ese momento: no con las circunstancias actuales.

Tanto la carta de Klara como la de su madre le volvían con frecuencia a la cabeza. Su abuela había dicho que el hecho de que ambas se hubieran conocido no podría ser otra cosa que una cuestión del destino y, por mucho que le molestara creer en el azar, lo cierto era que no podía encontrar ninguna otra explicación. Kilómetros y kilómetros las habían separado durante años, pero, aun así, la familia había sido capaz de reunirse, en cierta manera. De todos los chicos con los que su madre podría haber salido mientras estudiaba en el extranjero, su madre había terminado con un chico austriaco al que su tía abuela le había dado clase.

—*¡Qué locura!* —pensó Eileen mientras encendía su ordenador.

Todavía tenía contacto con su abuelo por parte de padre, pero no había ninguna posibilidad de preguntarle, ya que hacía solo unos meses que le habían diagnosticado Alzheimer. Estaba internado en una residencia de mayores, donde le trataban de maravilla, pero estaba perdiendo memoria rápidamente. La última vez que habían hecho videollamada a través del teléfono de una de las enfermeras, había sido completamente incapaz de reconocerla, por lo que no había ninguna esperanza de que fuera capaz de recordar a alguien que no veía desde que se había mudado al sur de

Alemania una vez su padre hubo terminado sus estudios universitarios.

Barajó la posibilidad de investigar en las redes sociales para intentar encontrar a su tía abuela, pero lo cierto era que no sabía por dónde podría empezar. La única información que tenía de ella era su nombre de soltera, y aquello no era suficiente. El hecho de que evitara utilizar su nombre inglés era una razón de peso como para pensar que hubiera adquirido el apellido de Leon. Y, desafortunadamente para ella, no tenía ni idea de cuál era el nombre de su familia.

Una vez que la pantalla de su ordenador portátil hubo cobrado vida, empujó con todo su ser fuera de su cabeza todos los pensamientos relacionados con los nuevos familiares que había descubierto que tenía, y abrió el documento titulado *Novela en progreso*. Sentía una fuerte necesidad de volver a estar al mando de la situación. Necesitaba aquel momento consigo misma para poder ser capaz de volver al altillo a la mañana siguiente.

- XI -

Les habían dicho que les proporcionarían las indicaciones precisas para llegar a la cueva una vez estuvieran en el bosque. En la carta de Los Protagonistas se mencionaba un mapa, pero podía ser que no lo hubieran dicho en un sentido literal. Estaban tratando con magia, por lo que cabía la posibilidad de que Los Protagonistas se estuvieran asegurando de que solamente las personas que debían encontrar su cueva fueran también las únicas capaces de obtener la información.

Asegurándose de que no se dejaban nada olvidado, reanudaron la marcha hacia la morada del monstruo. Fue Gabe quien se situó en cabeza para que fuera su esfera la que les guiara.

–Em… ¿Nora? –preguntó éste apenas unos minutos después de que comenzaran a andar de nuevo. Nora tuvo que avanzar rápidamente los pasos que la separaban de él, antes de afirmar con la cabeza para darle pie a que continuara hablando. –Siento lo de antes. Sé que estabas pensando en cuáles serían nuestras mejores opciones. No debería haberte hablado así. ¿Aceptarías mis disculpas?

–Por supuesto que sí, Gabe, –dijo ella, agarrándole la mano para reafirmarse en lo que estaba diciendo. –La situación ya es lo suficientemente complicada como para que nos peleemos entre nosotros. Además, debería de haberos dicho en qué estaba pensando. Entre todos lo hubiéramos descubierto más rápidamente. Entre cuatro cabezas hubiéramos llegado antes a la solución.

–Dudo que haya una cabeza más inteligente que la tuya, la verdad, –dijo él, devolviéndole el apretón de manos. –Pero ¿por qué crees que mi colgante ha reaccionado diferente? Quiero decir, has sido tú quien ha descubierto cómo utilizar los collares. ¿Por qué no ha sido el tuyo el que nos mostrara el camino?

A Gabe le asaltaban las dudas de por qué era su colgante el que les estaba proporcionando las indicaciones. Si no hubiera sido por su hermana y por Nora, él se habría quedado sentado en la roca tanto tiempo como le hubieran durado los aperitivos que había traído consigo. No había sido capaz de mirar más allá, como sí que lo habían hecho ellas. ¿Por qué entonces era su esfera la que brillaba y no paraba de moverse, como si fuera una brújula?

Las mismas preguntas se agolpaban en la cabeza de Nora. Siempre había sido ella quien había asumido la posición de líder, a pesar de que había sido Theresa quien había llegado a muchas de las conclusiones correctas. Pero entre todos hacían uno. Fuera quien fuera el que se quedara atrás, todos estarían perdiendo una pieza clave. No serían capaces de terminar el puzle en ese momento, pero estaba segura de que todos ellos iban a tener un rol clave para completarlo. Al fin y al cabo, su abuela ya lo había dicho: *–Dadas las circunstancias, me temo que no se te puede dejar al margen.* –Y tenía la impresión de que su abuela no había hecho ese comentario así porque sí.

Sin soltarse de la mano de Gabe, continuaron adentrándose en el bosque. No pararon a descansar y comer algo hasta que Mark empezó a quejarse de que tenía hambre. Fue entonces cuando buscaron un área despejada entre los árboles para sentarse y comerse los bocadillos que habían traído.

–He estado pensando en el motivo por el cual el colgante de Gabe ha reaccionado de una manera diferente al nuestro, pero no se me ocurre nada. ¿Alguna idea? –preguntó Nora una vez hubo terminado de comerse su bocadillo. No había sido consciente del hambre que tenía hasta que había comenzado a comer.

–¿Puedo corregirte? Has estado pensando en Gabe. Punto, –dijo Mark con aire travieso. –Eh, eh. ¡Dejad de tirarme piedritas! ¡Simplemente he comentado lo que hay! –se apresuró a añadir tras ser sorprendido como diana de los proyectiles de sus amigos.

Nora notó cómo su cara, llena de pecas, se enrojecía, por lo que comenzó a moverse más y más rápido para disimularlo como consecuencia de la actividad física. Esperaba que, en aquella ocasión, su deseo de que no la descubrieran surtiera realmente efecto. Sin embargo, lo cierto era que, independientemente de lo que hubieran pensado, aquel momento de relajación plagado de risas les ayudó a olvidarse momentáneamente de la tensión que traían consigo.

–Volviendo a lo que estábamos, –dijo Theresa ordenándole con la mirada a Mark que dejara de reírse, –yo también he estado pensando en porqué el colgante de mi hermano ha reaccionado de una manera diferente. No he encontrado nada nuevo al releer todo lo que nos han proporcionado hasta ahora. Pero eso es porque no lo estaba enfocando desde el ángulo correcto. No se puede ver lo que no se está buscando.

–¿Podrías ser más precisa, por favor? –dijo Mark, dejando de reírse de golpe.

–¿No te has dado cuenta tú también, Nora? –preguntó Theresa, pretendiendo no haber escuchado lo que Mark acababa de decir. Por primera vez desde que habían comenzado con aquella aventura, Nora no era capaz de seguir a Theresa, así que, ante la negativa que ésta le ofreció con un gesto de cabeza, Theresa continuó hablando: –¿Y si os dijera que los dibujos no son intrascendentes? ¿Os da eso una pista?

Ni Nora ni los chicos estaban preparados para que Theresa les lanzara otra pregunta, de manera que, cuando ésta lo hizo, todos se sintieron un poco insultados. Le habían pedido explícitamente que les dijera qué era lo que se le había ocurrido y, en lugar de hacerlo, ¡había continuado con el interrogatorio! Los chicos protestaron con vehemencia mientras Nora comenzaba con sus ensoñaciones.

Theresa había sugerido que los trazos que habían sido dibujados cuando habían abierto por primera vez los libros no carecían de significado. Cada uno de ellos había obtenido uno diferente y, ahora que se paraba a pensar en ello, Los Protagonistas nunca habían dado puntada sin hilo. Siempre había habido algo que justificara la manera en la que habían actuado.

El hecho de que los cuatro ejemplares originales se hubieran fusionado en uno solo, junto con la advertencia que les había hecho su abuela, la cual iba tomando más y más relevancia a medida que continuaban descubriendo cosas; sugería que entre los cuatros formaban una unidad. Todos tenían sus puntos fuertes y sus puntos débiles, y estaban destinados a apoyarse los unos en los otros para hacer frente a los retos que se les presentaran. La pérdida de una sola pieza haría que el puzle quedase sin terminar por toda la eternidad.

Y, paradójicamente, todo había comenzado como una tarea unipersonal.

Todos y cada uno de ellos habían experimentado una apremiante necesidad de estar a solas para abrir por primera vez el libro. Habían sido advertidos de lo que el futuro más próximo les depararía, y habían recibido algunas indicaciones para lograr salir victoriosos. Para empezar, les habían demostrado que la magia era algo que convivía con ellos. Había sido primordial que creyesen antes de que les fuera revelado nada más, y eso únicamente lo podían conseguir de manera individual. Una vez culminada esa tarea, se hubieron ganado el derecho de enfrentarse al siguiente de los retos; el cual Nora estaba casi segura que era el hecho de ser conscientes de que, a partir de ese momento, tendrían que trabajar como una unidad de subunidades bien engranadas.

Todo había ocurrido tan deprisa que no había tenido tiempo de pararse a reflexionarlo, pero ahora que le habían indicado, de alguna manera, qué era lo que tenía que pensar, no le cabía ninguna duda de que la conclusión a la que había llegado era la correcta. El libro les había reconocido antes de que ellos mismos se hubieran dado cuenta. A cada uno se le había asignado una tarea, la cual debían cumplir para poder ser capaces de llegar al final de la cuestión que se traían entre manos.

–¡Eres una genio, Theresa! –exclamó Nora, sintiéndose realmente segura de la conclusión a la que había llegado.

–Oh no, no lo soy. No he hecho mucho, ¿no? –preguntó con un brillo de alegría en los ojos. Su instinto femenino le estaba diciendo que Nora había llegado a la misma conclusión que ella.

–Yo creo que no, hermana, –dijo Gabe. Girándose para mirar a Nora, añadió: –¿podrías explicarnos qué está pasando? Este de aquí y yo estamos perdidísimos, –dijo, señalando a Mark.

–Simplemente no lo estáis mirando desde la perspectiva correcta. Eso es todo –dijo Nora. Dándose cuenta de que los chicos iban a protestar, levantó la mano para que se mantuvieran en silencio y continuó hablando: –mirad vuestros colgantes. ¿Qué esperáis que esté inscrito en ellos?

Tanto Gabe como Mark hicieron lo que les ordenaba y, cuando se dieron cuenta de qué era lo que estaban insinuando las chicas, no pudieron evitar que una oleada de júbilo les recorriera sus sistemas límbicos. De nuevo, habían sido capaces de resolver un paso crítico en su camino hacia el descubrimiento de qué había de cierto en la leyenda de El Monstruo Miedo.

–Gabe nos va a guiar a través del bosque, mientras que yo seré la persona indicada para seguir el rastro del

Monstruo Miedo. Mark será quien identifique cuál es su morada, en el caso de que haya varias cuevas. Y tú, Nora, tú serás quien descubra qué es lo que la melodía hacía, o hace, o hará–dijo Theresa, llena de felicidad.

12

Eileen continuó trabajando en su novela hasta el amanecer. La siesta que se había echado la tarde anterior le permitió trabajar alrededor de unas tres horas sin necesidad de descansos. El silencio que se había instaurado en la casa, junto con la suave música que había escogido para concentrarse habían funcionado tan bien, que tenía unos cuantos capítulos para enviarle a su abuelo. Y dicho y hecho: antes de echarse a dormir, le envió sus avances por correo. Un par de horas de sueño antes de la hora de la comida serían suficientes para afrontar el nuevo día.

Se despertó al sonido de la alarma de su teléfono, unas cuantas horas después de haberse echado. No le apetecía en absoluto levantarse de la cama, pero consideró que era lo que tenía que hacer. De lo contrario, le costaría días volver a tener un horario normal de sueño y comidas. Así, se levantó de la cama, se puso ropa limpia y bajó las escaleras para ir a comer.

Una vez abajo, se unió a sus abuelos en el comedor. Le llevó un buen rato darse cuenta de que, a pesar de lo que había pasado la noche anterior, sus abuelos se estaban tratando como si la conversación acerca de Klara nunca hubiera ocurrido. El respeto y la cordialidad que se profesaban mutuamente era el mismo del que Eileen siempre había sido testigo.

—Algún día tendréis que compartir vuestro secreto conmigo, —dijo, sentándose a la mesa.

—¿A qué te refieres? —preguntó Alick, sorprendido. La pregunta de su nieta le había pillado completamente fuera de juego y no sabía a qué se refería.

—La habilidad que tenéis para sobreponeros de cualquier cosa que os pase, —respondió. —Quiero decir, después de lo que la abuela nos contó ayer, no te culparía si estuvieras enfadado con ella ¡durante semanas! Y, sin embargo, a la mañana siguiente estáis tan normales. ¡Cómo si no hubiera pasado absolutamente nada! —exclamó, emocionada. No les estaba reprochando nada, ni mucho menos, sino simplemente estaba verbalizando lo mucho que le sorprendía que ambos hubieran vuelto a la normalidad tan rápidamente.

—¿Sabes qué, cielo? —dijo Alick, sirviéndose un buen cazo de puré de verduras en su plato, —mi padre siempre decía: si tienes un problema y tiene solución, entonces ya no tienes un problema. Del mismo modo, si tienes un problema que no tiene solución, entonces preocuparse no sirve de nada.

»Tu felicidad únicamente debe depender de ti misma. Es un estado al que tienes que llegar desde tu yo interior. Y puede que en algunos casos requiera perdonar, ya sea por tu parte o hacia ti, y muchas otras veces lo único que necesitarás será indiferencia. Sea cual sea el caso, siempre hazle caso a tu corazón —añadió mientras tomaba la mano de su mujer y se la besaba.

—Desde luego que lo haré, abuelo, —dijo Eileen. No tenía ni idea de porqué su abuelo se había levantado tan filosófico aquel día, pero decidió aprovecharse de la situación para dirigir la conversación de nuevo hacia el tema que habían estado discutiendo la noche anterior. —Anoche estuve a punto de pasarme por el altillo para volver a mirar las cosas de mis padres, pero consideré que hacerlo sin haberos preguntado antes hubiera sido bastante egoísta por mi parte. Sé que la abuela no puede subir, por lo que se me ha ocurrido que podríamos bajarlo todo aquí para rebuscar entre los tres. Estoy segura de que algo se nos tuvo que pasar desapercibido la última vez. Ahora que tenemos un contexto un poco más amplio sobre el pasado de mi madre, puede que encontremos algo que nos ayude a averiguar si Klara, o Clarissa, sea como sea que decidamos referirnos a ella, aún esté viva.

–Yo voy a seguir llamándola Clarissa, –dijo Leagsaidh. Estaba claramente incómoda, pero aceptó la proposición de Eileen: –por favor, bajad todas las cajas al salón. Puede que por fin sea capaz de encontrar una solución para un problema que lleva años conmigo.

Eileen no necesitó escuchar nada más para saber que aquel iba a ser un buen día. Le llenaba de alegría saber que su abuela estaba dispuesta a rebuscar entre las cosas de su madre una vez más. Desde el mismo día en que le habían contado la verdad sobre su pasado, había quedado autorizada a explorar en el altillo tan a menudo como quisiera. Al principio había pasado infinidad de horas allí arriba sola, pero a medida que había ido creciendo, el número de horas que había pasado allí arriba rodeada de las cajas que contenían los recuerdos de sus padres se habían ido reduciendo. Y no era porque se hubiera olvidado de ellos; sino porque había encontrado otras maneras para sobrellevar el hecho de que se hubiera quedado huérfana a tan corta edad.

De las cajas había rescatado los objetos que más le habían gustado, como una bufanda verde que tiempo atrás había pertenecido a Aksel, la cual había usado durante años. Así, una vez hubo terminado de comer, se apresuró escaleras arriba para coger todas las cajas rotuladas como "Nora & Aksel".

Sus abuelos habían guardado muchos de los objetos que habían pertenecido a sus padres. Una vez le hubieron desvelado todo, no obstante, y entre los tres, habían decidido tirar todo aquello que ya no tuviera ninguna utilidad. En su mayoría, se habían deshecho de prendas de vestir viejas y de utensilios pasados de moda, mientras que habían guardado todas las cartas y los apuntes que Nora había tomado en la universidad. Era precisamente esto último lo que hacía que Eileen estuviera tan confiada en que iban a ser capaces de encontrar algo que los llevara directamente hasta Clarissa.

Tan pronto como Eileen hubo depositado la última de las cajas, los tres se pusieron manos a la obra. En el pasado se habían tomado la molestia de separarlo todo en función de si se trataba o no de objetos personales. En consecuencia, todas las cartas que Aksel le había escrito a Nora se encontraban en la misma caja, que fue, precisamente, la que Eileen decidió abrir en primer lugar.

De pequeña se había quedado dormida en infinidad de ocasiones leyendo las cartas de amor que su padre le había escrito a su madre durante su noviazgo. Al haberse tratado de una pareja internacional, se habían escrito las cartas tanto en inglés como en alemán e, incluso, en una mezcla de ambos. Al principio había sido algo que había encontrado bastante molesto, pero tras recibir como regalo por su décimo cumpleaños un diccionario de alemán, había pasado a ser capaz de entender lo que había escrito su padre, en lugar de tener que imaginárselo. Si bien nunca había ido a clases de alemán, sí que había sido capaz de aprender unas cuantas cosas gracias a sus abuelos austriacos.

Eileen releyó todas y cada una de las cartas que estaban en aquella caja. Varias consiguieron que se emocionara bastante, pero tenía como objetivo tan claro encontrar algo relacionado con su tía abuela, que fue capaz de no sucumbir a las lágrimas. Y no fue hasta la última de las cartas que leyó que pudo encontrar una referencia a Clarissa. Ésta, además, había sido una de las últimas cartas que Aksel le había escrito a Nora durante el año previo a que ella se mudara a Alemania:

Liebe Nora,

Ich freue mich, dass alles mit der Universität gut läuft. Das ist das gleiche für mich. Ich arbeite bereits an meiner Abschlussarbeit. Ich mag das Thema, obwohl es überhaupt nicht einfach ist. Nichtsdestotrotz arbeite ich hart daran, dass ich dich in Schottland besuchen kann.

Estoy deseando conocer a tus padres. Ha sido muy amable por su parte escribirme la carta que me enviaste la última vez. Auch wird es mein erstes Mal in Großbritannien sein. Soy consciente de que quedan aún meses, pero no puedo esperar para ver vacas de las Highlands. Me resultan, simplemente, ¡exóticas!

Por cierto, Klara (la amiga de mis padres y mi primera profesora en Primaria, ¿te acuerdas de ella?) se pasó por casa la semana pasada. Estuvimos hablando de todo y de nada, y cuando le dije que iba a ir a visitarte en verano, me comentó que nunca nos lo había dicho, pero que ella había nacido en el norte de Escocia. Verrückt, oder? También me dijo que se había mudado a Alemania con su marido siendo muy joven, y que debido a que sus hijos habían nacido en Alemania, ella se sentía también alemana. Obviamente, habla un inglés perfecto, pero su acento no se parece al tuyo. Da la sensación como de que lo hubiera perdido.

Themen ändern sich, ich bekam eine Benachrichtigung von der Stelle, für die ich mich beworben hatte. Und Überraschung... ¡He conseguido la plaza! Tan pronto como me gradúe, volveré a Hamburgo para trabajar. Es una empresa enorme, que puede que reciba miles de solicitudes, ¡y yo he conseguido hacerme con una! Es de locos. Vielen Dank für die Ermutigung mich zu

*bewerben. Consigues que confíe en mí bajo
cualquier circunstancia. Ya no puedo esperar
más para que por fin podamos vivir juntos en
el país que nos unió.*

Saluda a tus padres de mi parte.

Ich liebe dich,

Deine Aksel.

Tras haberse colocado el collar alrededor del cuello y haber mirado con atención la esfera, Nora se había dado cuenta de que había unas pequeñas inscripciones en la superficie. Entonces no se había dado cuenta de qué representaban, pero ahora que le habían mostrado cuál era la verdad detrás de la historia, había cambiado por completo la perspectiva con la que miraba los colgantes.

Si no hubiera sido por Theresa, nunca se habría parado a pensar que los dibujos no eran azarosos. Era cierto que la curiosidad de saber por qué cada uno tenía un dibujo diferente le había picado, pero dado que todos parecían tener una conexión clara con la leyenda, no se había parado a pensarlo con gran detenimiento. Ahora, sin embargo, cuanto más pensaba en los últimos descubrimientos, más cuenta se daba de que la verdad siempre la habían tenido delante de sus ojos.

El dibujo de Mark era una cueva que, sin duda, representaba la morada del monstruo, y no podía ser casualidad. De los cuatro, él había sido siempre el que había mostrado una mayor reticencia a explorar. Era como si Los Protagonistas lo hubieran sabido de antemano, y le hubieran etiquetado con una representación de un espacio limitado que, sin lugar a dudas, se asemejaba mucho a su comportamiento de "yo no quiero salir de mi zona de confort". Era un tipo divertido y agradable, que contaba infinidad de chistes cuando se encontraba en lo que consideraba un espacio seguro, pero que se convertía en una persona muy molesta cuando se veía obligado a hacer lo contrario a lo que él quería.

Gabe, por su parte, había sido etiquetado con un bosque. Esto también representaba un espacio limitado, pero con la salvedad de que éste suele ser bastante más grande y más propenso a ser guiado. Los bosques no solo están formados por árboles, sino que son el conjunto de muchas especies. Se trata de grandes ecosistemas constituidos por millones de ecosistemas más pequeños, que forman el conjunto a través de sus interacciones. *–Y, como él, los bosques son robustos por sí mismos, pero vulnerables a lo ajeno–* pensó Nora, riéndose para sí. No era la primera vez que se sorprendía a sí misma sonriendo cuando pensaba en Gabe, lo que despertaba en ella sentimientos completamente desconocidos. No sabía cómo enfrentarse a ellos, y el hecho de que todos sus sentimientos se reflejaran siempre en su rostro le hizo obligarse a pensar en la conexión entre Theresa y su dibujo:

–De todos nosotros, ella es, sin lugar a dudas, la que mejor toma las decisiones en base a las pruebas. Observa todo, y nunca se decide por una cosa en detrimento de otra hasta que no está segura al cien por cien. Confía en su instinto, pero, a la vez, lo analiza todo con precisión. Es capaz de cambiar de perspectiva a la hora de analizar las cosas por el bien de todos, incluso cuando eso supone tener que echar por tierra sus teorías anteriores. Y, para colmo, es capaz de que los demás vean lo mismo que ella a través de sus propios medios. Tiene una capacidad innata de hacerle el camino más fácil a los demás.

Con la ayuda del mensaje encriptado que Theresa les había proporcionado, Nora fue capaz de conectar los dibujos con la personalidad que conocía de sus amigos. En el momento en que lo había descifrado, todas esas ideas habían aparecido en su cabeza sin esfuerzo ninguno. Tenía la sensación como de haberse encontrado en una sala a oscuras en la que, de repente, alguien había encendido la luz: los hechos siempre habían estado allí con ella, pero ella, simplemente, no había sido capaz de verlos. A pesar de todo, aún seguía teniendo problemas para encontrar la relación entre su dibujo y su personalidad.

Estaba segura de que el hecho de que ella fuera pianista no había pasado desapercibido a Los Protagonistas, fuera como fuera que se hubieran enterado. Pero algo dentro de ella le decía que había algo más. Habiendo aprendido la lección, decidió que sus mejores opciones pasaban por compartir sus dudas con sus amigos. Les hizo partícipes de las conclusiones a las que había llegado con respecto a ellos, haciendo todo lo posible por evitar sonrojarse cuando habló de Gabe.

—Aun así, sigo teniendo dudas con respecto a mí, —dijo, sintiéndose un poco incómoda. No le gustaba en absoluto exponer sus emociones en público. —Sé que el hecho de que toque el piano me une directamente con las notas musicales, pero tiene que haber algo más. De modo que sí, os estoy pidiendo ayuda, —añadió, suplicándoles con la mirada que la asistieran.

—Ya te lo he dicho antes, Nora, —dijo Gabe, levantándose y ofreciéndole la mano. —No hay una cabeza más brillante aquí ahora mismo que la tuya. Eres capaz de crear arte abstracto utilizando un código diferente. Lleva mucho tiempo y mucha dedicación convertirse en lo que tú eres, además de una habilidad innata, por supuesto.

—Supongo que mi hermano tiene razón, —dijo Theresa, de repente. Había captado el mensaje subyacente en lo que acababa de decir su hermano, pero prefirió pasarlo por alto. —Quiero decir, los pentagramas no son más que otra forma de escritura. Se rellenan con unos símbolos especiales y son mucho más complejos que lo que uno pueda pensar en un principio. Más allá de eso, permiten crear arte, sea lo que sea lo que cada uno entienda por arte. Vosotros, los músicos, sois capaces de transportar a la gente a otros lugares con vuestras creaciones. Nos permitís rememorar momentos, ¡e incluso sensaciones! —exclamó, entusiasmada. Al darse cuenta de que sus amigos no la estaban siguiendo, añadió: —lo que quiero decir es que vosotros, los músicos, *dirigís* lo que la gente piensa.

—Oh… oh…, —fue todo lo que Nora pudo decir. La intervención de Theresa la había dejado sin palabras.

Desde muy pequeña había crecido escuchando cómo la gente le decía lo buena que era. Nunca se le había subido a la cabeza y, a pesar de que había terminado por acostumbrarse, cada vez que le habían dicho algo un poco más personal, siempre había terminado por sentirse incómoda. En esas ocasiones no sabía qué decir más que: *"Ooh.. gracias. Pero cualquiera puede hacerlo en realidad"* o *"Es muy amable por su parte. Gracias"*.

—A pesar de que vuestras hipótesis me dejan poco menos que como un acoplado, —dijo Mark, devolviéndoles a todos a la realidad, —tengo que admitir que están fundamentadas. Sin embargo, ¿cómo sabían que iba a reaccionar así? Quiero decir, los dibujos ya estaban ahí antes de que conociéramos a Nora. ¿Cómo sabían que ella sería nuestra *líder*? —dijo, haciendo énfasis en la palabra líder, —¿o que Theresa sería capaz de resolverlo todo?

—Esa es una muy buena pregunta, —dijo Theresa. A ella le encantaban los problemas lógicos y, por el brillo en su mirada, quedaba claro que acababa de aceptar aquel. —Quiero pensar que nuestras abuelas tienen algo que ver con todo esto. No sé si os habéis fijado, pero todas escucharon mi relato con el mismo interés con el que se escucha el pronóstico del tiempo. Además, todo el rato estuvieron bastante místicas. No sé, tengo la sensación como de que querían ayudarnos, pero que tenían miedo de decir demasiado.

—¿Entonces? —preguntó Mark. Tal y como habían predicho Los Protagonistas, no le gustaba salir de su zona de confort.

—No tengo ni idea, Mark. Tengo que pensarlo más detenidamente, —dijo Theresa, expresando su desconcierto en la cara. Aunque no se lo había dicho, ella había empezado a preguntarse todo eso tras escuchar a Nora exponer su hipótesis. No lo había dicho en voz alta, pero había seguido la misma línea de pensamiento. De hecho, estaba bastante segura de que habría llegado a la misma conclusión; aunque, indudablemente, le hubiera llevado más tiempo hacerlo sola.

Tras haber desentrañado un misterio más, continuaron su camino hacia el corazón del bosque, desconocedores de que, cuanto más se acercaban a la morada del Monstruo Miedo, tanto más aumentaba la vigilancia sobre ellos.

13

Eileen era plenamente consciente de que el hecho de que se mencionara a Clarissa en una de las cartas no les era de gran ayuda. Sin embargo, el hecho en sí de haber encontrado su nombre hacía que aumentara su confianza. Era una prueba escrita que sus padres habían dejado acerca de aquella misteriosa mujer, de manera que había una posibilidad, aunque remota, de que, con paciencia, pudieran encontrar la manera de ponerse en contacto con ella.

Recogió todo a su alrededor antes de levantar la cabeza y decir: –he encontrado algo.

Les pasó la carta a sus abuelos, quienes pusieron cara de circunstancia. En ese momento fue consciente de que, en el fondo, la buena predisposición de sus abuelos para colaborar había estado motivada por el hecho de que, por mucho que fueran capaces de encontrar algo, sería prácticamente imposible encontrar ninguna conexión con Clarissa. O, al menos, no después de tantos años.

–Siempre fue un chico muy listo, –dijo Alick. –Tenía una capacidad asombrosa para cambiar de idioma constantemente. De hecho, creo que era capaz de mantener conversaciones independientes a la vez con tu madre y con nosotros. ¡Ay, Eileen! No me mires así, –añadió al ver la reacción de ella a su último comentario, –siempre fue muy correcto, pero su lengua materna era el alemán. Por muy bueno que fuera su inglés, se sentía mucho más cómodo hablando en su idioma. Y, aunque no le culpo, lo cierto es que únicamente entiendo la mitad de esta carta, –añadió, devolviéndosela a Eileen.

Eileen había sido consciente, desde el mismo momento en que les había pasado la carta a sus abuelos, de que ellos únicamente serían capaces de entender las partes que estaban escritas en inglés. Así, cogió la carta que le tendía de vuelta su abuelo, y les tradujo los párrafos escritos en alemán:

–Querida Nora, me alegra saber que todo te está yendo bien en la universidad. A mí también. Ya he empezado a trabajar en la tesis final y, aunque me gusta el tema, lo cierto es que no me está resultando nada sencillo. Aun así, estoy haciendo todo lo posible por avanzar para poder ir a visitarte a Escocia. Blablablá, –dijo, señalando las partes escritas en inglés para guiarse. Cuando encontró de nuevo una frase escrita en alemán, volvió a tomar la palabra: –será mi primera vez en Reino Unido.

»Después menciona la historia de Klara. Y cuando dice *Verrückt, oder?*, significa *de locos, ¿verdad?* Y a continuación cambia completamente de tema y comenta que le han ofrecido un puesto de trabajo en una gran empresa en Hamburgo para el que, al parecer, mi madre le había animado a que se postulara. Después le dice que la quiere y acaba firmando como *tu Aksel*.

Cuando terminó de traducirles la carta a sus abuelos, no supo qué más hacer. Ya había revisado todas las cartas que su padre le había mandado a su madre, y apenas había encontrado una pequeña referencia acerca de la misteriosa Klara que, además, no les proporcionaba nada que no supieran ya. Sus abuelos, en cambio, o todavía no habían terminado de revisar sus cajas, o habían pasado algo por alto. Para evitar sacar conclusiones precipitadas, decidió que lo mejor era preguntarles: –¿habéis encontrado algo?

–Todavía no, –dijo Alick. –Voy a la velocidad de una persona mayor, Eileen. Pero si me ayudas, acabaremos mucho antes –le ofreció, levantando algunas de las cosas que había sacado de la caja en la que él había estado mirando.

La caja que había elegido Alick estaba llena de los apuntes que había tomado Nora en la universidad. Contenía cientos de papeles agrupados en diferentes tomos. Estaban, en su mayoría, repletos de cálculos y diagramas. En el hipotético caso de que pudieran contener alguna referencia que les fuera de interés, sería prácticamente imposible localizarla, a menos que decidieran revisar todas las hojas una a una. Consideró aquella posibilidad seriamente, pero se decidió finalmente por hacer una revisión rápida. En el caso de que consiguiera su objetivo, habría ahorrado un tiempo maravilloso y, si no, ya había considerado aquella posibilidad.

Así, Eileen se sentó junto a su abuelo y cogió un grueso tomo que se colocó sobre las piernas. Cuando se dio cuenta de cuál había cogido, se echó a reír. Sin haber intentado coger ninguno en particular, había acertado en elegir el tomo de los apuntes de la asignatura de física avanzada que su madre había estudiado en Alemania. Deseó que aquella suerte le siguiera acompañando.

Los apuntes estaban, esencialmente, escritos en alemán, pero, de vez en cuando, aparecía una letra diferente que traducía algunos términos al inglés. Cuanto más avanzaba en el tomo, tanto más frecuentes se volvían esas incursiones. Al principio pensó que pudiera ser la letra de su madre, ya que ella misma tenía una letra completamente diferente cuando escribía rápido para tomar notas que cuando no necesitaba escribir con tanta premura. Pero, al llegar a la página diez, descartó aquella posibilidad.

Al haberse tratado de una asignatura de física, los apuntes contenían muchas más fórmulas que texto en sí, lo que complicaba bastante el buscar una posible relación de la letra con nadie. Sin embargo, al cabo de un rato, Eileen fue capaz de conseguirlo. Recordaba haber leído en la carta que su abuela le había dado que Nora mencionaba que, recurrentemente, había estudiado junto a Aksel antes de que empezaran a salir. Fue por ello por lo que no le sorprendió encontrar un pequeño dibujo con una N y una A entrelazadas.

No le sorprendió, pero sí hizo que se emocionara. Una lágrima se le escapó del ojo derecho cuando parpadeó mientras pasaba su dedo índice por encima del dibujo. No recordaba absolutamente nada del año que había compartido con sus padres, pero todo lo que había ido descubriendo le hacía sentir que hubiera disfrutado enormemente de poder haber crecido con ellos. Y aquello no tenía nada que ver con que no hubiera disfrutado de su infancia con sus abuelos, sino con el hecho de que siempre había encontrado especialmente tierno el cómo su padre había sido capaz de imprimir en sus cartas el amor que sentía por Nora. Desconocía si su madre habría hecho lo mismo porque nunca había podido leer aquellas cartas, dado que sus abuelos austriacos, al contrario que sus abuelos escoceses, habían hecho frente a la pérdida de Nora y Aksel de una manera completamente diferente.

La primera vez que había visitado a sus abuelos en Alemania apenas contaba diez años. Por aquel entonces, ya sabía toda la verdad acerca de sus padres, y dado que desde entonces había tenido vía libre para pasar tiempo en el altillo descubriendo quiénes habían sido sus padres antes de que ella naciera, había albergado la esperanza de que, en casa de sus otros abuelos, tuviera una cantidad equivalente de material. Desgraciadamente para ella, prácticamente todo lo que había pertenecido a sus padres había sido donado.

—*Estoy segura de que tú eras igual de romántica, mama,* —pensó Eileen. Le estaba costando un mundo no derrumbarse cada vez que algo le llegaba al corazón; así que no pudo controlarse cuando Alick dijo: —creo que lo tengo.

—¿Qué has encontrado, abuelo? —preguntó Eileen, dejando los papeles que había estado leyendo a un lado, abiertos por la página con las letras entrelazadas.

—Puede que no sea nada…, —comenzó a decir. Eileen le quitó el papel de las manos, pero él continuó hablando para Leagsaidh: —pero creo que tenemos el nombre. Su nombre completo, quiero decir.

Y, en efecto, lo tenían. Eileen cada vez tenía más problemas para controlar sus emociones. Tras haber oído a su abuelo decir que pudiera ser que hubiera encontrado algo, había comenzado a temblar y a respirar más pesadamente, pero aquello no había sido nada comparado con la reacción que había tenido su cuerpo cuando había cogido el papel y había leído, por sí misma, lo que su madre había escrito tantos años atrás:

Klara Herrmann. Cena a las cinco.

- XIII -

Nora, Theresa, Gabe y Mark continuaron, entre risas, adentrándose en el bosque. Estaban asustados por lo que se encontrarían al llegar a su destino, pero era precisamente ese miedo el que hacía que no pudieran parar de reír. A pesar de ello, lo cierto era que sus risas ahora sonaban muy diferentes a como lo habían hecho en el parque.

Si bien sus carcajadas estaban teñidas de preocupación, había que conocerlos muy bien para darse cuenta de ese matiz. Quienes no tuvieran esa suerte, simplemente hubieran visto un grupo de amigos que estaban pasándoselo bien. La diferencia, no obstante, es que en aquel bosque no se iban a cruzar con nadie. Los únicos ojos que les seguían eran los de las personas que, sin saberlo, estaban buscando.

—¿Qué haces? —preguntó Mark tras chocarse con Theresa, quien se había parado súbitamente en medio del camino, con los brazos extendidos.

—Mira eso —fue toda la respuesta que le dio Theresa, señalando con su brazo derecho el suelo.

Nora se había quedado algo rezagada, por lo que pudo evitar chocarse con alguno de los dos. El tono que había utilizado Mark la había puesto en alerta, pero aquello había sido solo el principio. En cuanto pudo ver lo que estaba señalando Theresa, se asustó de verdad. Empezaron a mirarse los unos a los otros, obteniendo las respuestas a las preguntas que nunca formularon mediante el brillo que comenzó a emitir el colgante de Theresa.

Lo que tenían delante de ellos era, sin lugar a dudas, una huella del Monstruo Miedo. Era enorme y con forma antropomórfica. Además, junto al talón presentaba unas marcas que sugerían que el pie que la había dejado sobreimpresionada contaba con unos apéndices.

–¿Qué c…? –intentó exclamar Gabe, quien decidió no continuar la frase al ver que su hermana se había dado la vuelta para mirarle.

–Por favor, Gabe, –dijo Theresa, negando con la cabeza.

Por primera vez desde que se habían conocido, Nora vio preocupación en el rostro de Theresa, lo que provocó que comenzara a temblar. Algo le decía que su momento de intervenir estaba aproximándose irremediablemente, y temía no estar a la altura. La presencia de la huella impresionaba por sí sola; a lo que había que sumarle, además, el hecho de que, si se esforzaban, podían discernir una serie de ellas que se perdían en el horizonte.

–Es como si hubieran aparecido por arte de magia, – dijo Mark cuando se hubo recompuesto.

–Yo… yo…, –intentó decir Theresa. Sus emociones le estaban jugando una mala pasada, por lo que decidió respirar profundamente varias veces antes de continuar hablando: –hace como unos diez minutos que tengo la sensación de que nos están observando. No he querido deciros nada para no asustaros, pero no estamos solos. No es que creyera que ese fuera a ser el caso, ya que nos estaban esperando. Al fin y al cabo, son Los Protagonistas los que nos han guiado hasta aquí… Le he estado prestando suma atención a los detalles, pensando que sería capaz de anticiparme a mi entrada en acción. Pero parece ser que no ha sido suficiente.

Nora sintió lástima por Theresa. Dio un par de pasos para acercarse a ella y poder acariciarle el brazo, deseando que el gesto fuera percibido con la intención que ella lo estaba haciendo. Dadas las circunstancias, no creía que las palabras fueran a resultar más reconfortantes que el contacto físico.

Gabe, por su parte, se acercó a su hermana por el otro lado e imitó a Nora.

Después de unos segundos, fue Mark quien rompió de nuevo el silencio: –quiero volver a casa para la hora de la cena. Sé que da miedo, pero ¿podemos continuar?

–No me agrada la idea de continuar sin tener un plan preestablecido, pero entiendo que nuestra realidad va a ser así a partir de ahora, –dijo Theresa, mirando primero a su hermano y después a Nora, a quienes les ofreció sendas manos para que las tomaran entre las suyas.

–Podemos pensar algo mientras continuamos, ¿no crees? –dijo Gabe, sonriéndole mientras, con firmeza, le tomaba la mano. Theresa le respondió con una sonrisa, acompañada de un ligero apretón de manos. A continuación, ambos se giraron para mirar a Nora.

–Sí, supongo que sí, –respondió ésta mientras aceptaba la mano que Theresa le ofrecía.

A pesar de intentar imprimir en su voz todo el valor que fue capaz de encontrar dentro de sí, Nora no estuvo segura de haber cumplido su objetivo. De los cuatro, había sido ella siempre quien había intentado convencerlos de que su destino era formar parte de esa aventura. Al principio se había sentido tan emocionada como asustada, pero debido a que los eventos extraordinarios de que habían sido testigos les habían sido de gran utilidad, casi había olvidado por completo que todos ellos se debían a la magia. La repentina aparición de las huellas había hecho, sin embargo, que la realidad consiguiera que le diera un vuelco al corazón.

Dos de los colgantes ya habían cumplido su función, lo que significaba que el siguiente en entrar en acción sería o el de Mark o el suyo. Y eso hacía que no pudiera parar de pensar en las probabilidades que tenía. Deseaba que el suyo fuera el siguiente, de manera que, al final, todo no dependiera de ella. Pero no creía que ese fuera a ser el caso. Los

Protagonistas siempre la habían tratado como la líder del grupo, fueran cuales fueran las razones por las que habían tomado esa decisión. En definitiva, era por todo ello por lo que había comenzado a hacerse a la idea de que tendría que ser como los buenos capitanes y ser la última en abandonar el barco.

Dispuesta a no volver a caer en ensoñaciones estando despierta, se forzó a sí misma a concentrarse en la conversación que estaban teniendo sus amigos sobre cómo podrían haber aparecido las huellas:

—No puedo explicarlo, Mark, —estaba diciendo Theresa. A pesar de que Mark ya había hecho la misma pregunta unas cuantas veces, Theresa no sonaba ni frustrada, ni molesta. —Hace un rato que tengo la sensación de que nos observan, pero no puedo decirte cuándo me he dado cuenta, o de si, incluso, me ha llevado un rato darme cuenta de que lo estaban haciendo. Pero la realidad es esa: tengo la sensación de que hay unos ojos que nos siguen, —añadió, moviendo las manos, las cuales aún estaban enlazadas con las de Gabe y Nora.

—No me gusta esto, —dijo Mark, dándose la vuelta. Dado que era el único que tenía sus manos libres, decidió tomar la iniciativa y seguir el camino de huellas.

—Tengo la impresión de que lo que a nosotros nos guste o nos deje de gustar no tiene mucha importancia, —dijo Gabe, soltándose de la mano de su hermana. —Es cierto que estamos en desventaja con respecto a eso, pero siempre lo hemos estado. Ellos sabían nuestro nombre incluso antes de que nosotros los *conociéramos* —dijo, haciendo especial énfasis en el verbo conocer.

—Siendo honestos… todo esto ha sido más bien un monólogo por su parte, —dijo Mark. Nora dudó si había querido sonar tan molesto como lo había hecho. —Quiero decir, tenemos las cartas y tal, y han mantenido su palabra, pero no tengo la sensación de que hayamos tenido ninguna oportunidad para rebatir…

–¿Y qué les hubieras dicho? No creo que haber tenido la oportunidad de establecer una conversación con ellos nos hubiera proporcionado más detalles de los que ya tenemos, –dijo Gabe. Igual que su hermana, él tampoco sonó molesto cuando respondió a Mark.

–Les hubiera preguntado que *por qué yo* –dijo Mark, como si aquella hubiera sido la pregunta más obvia de todas.

–Bueno, nos estamos dirigiendo hacia ellos, así que creo que todavía vas a tener la oportunidad de preguntárselo, –dijo Gabe. –Además, en caso de que hubieras gastado tu pregunta para saber eso, ¿cómo crees que nos hubiera beneficiado?

–Podría haber tomado la decisión de si unirme o no en base a ello, y no en base a que todos mis amigos habían dicho que sí, por ejemplo. Y no me malinterpretéis, no os estoy echando la culpa a vosotros, –se apresuró a añadir al darse cuenta de que su respuesta había molestado a Gabe. –Sé que nadie me ha forzado a que participara, pero como ha dicho la abuela de Nora, realmente no tenía ninguna opción de negarme…

–Bueno, técnicamente sí, –dijo Nora. Para su propia sorpresa, ella tampoco sonó molesta por su negativa, lo que le subió el ánimo. –Nuestros nombres no fueron escritos hasta que no expresamos abiertamente que queríamos leer la leyenda. Y no es que quisiera que lo hubieras hecho, pero en ese momento podrías haber dicho que no.

Mark abrió la boca para responder, pero se pensó mejor lo que había estado a punto de decir, y decidió que no era el momento de hacerlo. Decidió, además, darse la vuelta y dejar de andar de espaldas. Pero no tuvo mucho tiempo de replantearse su nueva realidad, ya que, tan de repente como habían aparecido las huellas, desaparecieron del camino. Y ya sabemos todos que no era alguien a quien le gustara pisar fuera de su zona de confort.

14

E ra, sin lugar a dudas, la letra de su madre. Todas las letras *a* eran exactamente iguales a las que Nora había escrito en la carta que le había enviado a sus padres durante su año de intercambio en el extranjero. Algo que llamó la atención de Eileen, pues sus propias letras *a* se parecían mucho a las de su madre, incluso cuando había adquirido la costumbre de hacerlas así antes de tener la oportunidad de leer todos los papeles que habían permanecido almacenados en el altillo.

Tratando de mantener los pies en el suelo, Eileen cerró los ojos y comenzó a pensar. Era cierto que habían encontrado dos referencias a una persona llamada Klara, aunque solamente podían estar completamente seguros de que una de ellas se correspondía con la persona a la que estaban buscando. Klara Herrmann podría ser un nombre muy común en los países de habla germana. Sin embargo, por mucho que quisiera mantener la mente fría, no podía controlar que, dentro de ella, la llama de la esperanza hubiera empezado a arder con más fuerza. Su verano había dado un giro de ciento ochenta grados tras descubrir la carta que había permanecido oculta detrás del cuadro. En un primer momento había pensado en emplear aquellos días en escribir una novela basada en una idea que había tenido cuando se había mudado a Dundee, pero lo cierto era que aún no la había empezado. En su lugar, había empleado los días en reescribir la historia de Nora, la joven pelirroja. *–Parece que nada va a salir como estaba planeado,* –se dijo antes de volver a abrir los ojos.

Y, al reabrirlos, vio que sus abuelos la estaban observando. Ambos estaban aún sentados, ahora el uno junto al otro. Mientras ella se había centrado en poner en orden sus pensamientos, su abuelo había aprovechado para coger una de las sillas del comedor y situarla al lado de Leagsaidh. Tras darle tiempo a Eileen a que le diera una vuelta a todo, dijo:

–Puede que solo sea una amiga de tu madre, Eileen. Tenemos que mantener la cabeza fría.

–Yo… lo sé, abuelo. Créeme que estoy haciendo todo lo posible por mantener mis esperanzas bajo control. Aun así, tienes que estar de acuerdo conmigo en que ahora tenemos que seguir buscando. Puede que haya algo más escrito entre los apuntes de la universidad, o…

–O puede que escondieran alguna otra carta detrás de un cuadro, –le interrumpió Leagsaidh.

–¿Realmente crees que lo hicieran, abuela? –preguntó Eileen, cogida por sorpresa. Ella había estado a punto de proponerles que podría intentar echar un vistazo en redes sociales mientras ellos continuaban buscando en las cajas. Pero dado que únicamente tenía un nombre, no podía utilizar ningún tipo de filtro, lo que disminuía considerablemente las probabilidades de que encontrara algo.

–Nunca hemos desmontado ninguno de los marcos, y así ha sido como ha empezado todo, –dijo Leagsaidh, realmente calmada. Señalando la caja que contenía todas las cosas de la universidad de Nora, añadió: –tenemos las mismas probabilidades que de encontrar algo más escrito en los apuntes de la universidad.

–Creo que tu abuela tiene razón, Eileen, –dijo Alick, cogiendo la mano de su mujer y llevándosela a la boca para darle un suave beso. –Sabemos que Nora una vez escondió una carta, así que puede que lo hiciera más veces.

A Eileen no se le había pasado esa idea por la cabeza hasta que su abuela lo había mencionado, pero estaba de acuerdo con ellos. Era cierto que su madre ya había escondido en el pasado una carta de sus padres, así que cabía la posibilidad de que lo hubiera hecho más veces. No alcanzaba a entender por qué lo habría hecho, pero eso era algo de lo que tendría que encargarse en otro momento, si es que terminaba por hacerlo. Desafortunadamente para ella, Nora no estaba allí para responderle todas las preguntas que tenía, así que, a menos que su madre lo hubiera dejado escrito en algún sitio, el misterio quedaría sin resolver para siempre.

Sacudió la cabeza para ayudarse a poner las ideas en orden antes de dar un paso hacia atrás y colocarse entre las dos cajas en las que estaban guardadas las viejas fotografías de sus padres. Las miró, respiró hondo, y dejó que el aire saliera de sus pulmones lentamente antes de arrodillarse entre ellas. De lo que recordaba, una de las cajas estaba llena de álbumes de fotos, mientras que la otra estaba llena de una mezcla de álbumes y fotografías enmarcadas. Desde fuera ambas tenían el mismo aspecto, así que se decidió por abrir la que estaba situada a su izquierda.

–*¡Mierda!* –exclamó para sí al abrir la caja y encontrar el lomo de ocho álbumes. Había pasado incontables horas mirando las fotografías que estaban en ellos para poder crear recuerdos de sus padres. Y, aunque aquellos recuerdos nunca se habían parecido a los que habían tenido sus amigos, ella siempre los había sentido como propios, ya que eran los únicos a los que había tenido acceso.

Luchando contra el deseo de volver a navegar entre todas aquellas viejas fotografías de nuevo, cerró la tapa de la caja y se dispuso a abrir la caja situada a su derecha. Cuando la abrió, no pudo evitar sentir mariposas en el estómago, pero hizo todo lo posible porque aquello no se le notara. No quería que sus abuelos se dieran cuenta de lo mucho que realmente le estaba afectando aquello.

Dentro de la caja encontró marcos de tamaños muy diferentes. Algunos contenían únicamente una fotografía, mientras que otros contaban con *collages* de seis a diez fotografías diferentes de gente que había sido amiga de su madre. La mayor parte de aquellas personas, cuyos jóvenes rostros habían quedado para siempre preservados en aquellas instantáneas, eran completos extraños para Eileen. ¿Podría ser que alguno de ellos fuera Klara Herrmann? Ahora que sabía que su abuela había tenido una hermana gemela, podría ser capaz de ver algún parecido al que no le hubiera prestado atención en el pasado.

—Si nos acercaras la caja, podríamos ayudarte, —dijo Leagsaidh de repente.

—Yo… no me malinterpretes, abuela, pero creo que es algo que quiero hacer sola, —dijo Eileen, poniendo su mano derecha sobre uno de los marcos y mirando a sus abuelos. —Creo que estoy empezando a entender lo importante que todo esto es para ti, pero necesito hacer esto estando preparada para ello. Me llevó mucho tiempo aceptar que mis padres habían muerto en un accidente de coche antes incluso de que pudiera recordarlos. Así que no creo que pueda aceptar todo esto en tan solo un día, —añadió, señalando con su mano izquierda la caja que se disponía a investigar.

—Si he mantenido el secreto durante todo este tiempo, ha sido precisamente porque no quería que volvieras a pasar por lo mismo de nuevo. Me rompió el corazón el cómo me miraste cuando te conté la verdad la primera vez. ¿Soy una mala persona por ello? Puede ser. Pero Dios sabe que lo he hecho con la mejor de las intenciones. —Eileen se dio cuenta de que su abuela estaba haciendo un gran esfuerzo por no echarse a llorar.

—No estoy enfadada contigo, abuela, —dijo Eileen. Después, gateó desde donde estaba para colocarse justo al lado de Leagsaidh. —Puede que lo estuviera hace quince años; pero, desde luego, no ahora. Mi destino era este, sea cual sea la razón. La persona que soy ahora es el resultado de vuestra crianza. Todo lo que he vivido ha ido moldeando mi personalidad para convertirme en lo que soy ahora. Por mucho que en ocasiones haya soñado con crecer como un niño normal, con padres, y abuelos, y hermanos, y tías y tíos, etcétera, me he dado cuenta de que, de haberlo hecho, no me hubiera convertido en una persona más normal de lo que lo soy ahora. Todos tenemos que luchar nuestras batallas. Y la versión idealizada de nuestras vidas que queremos compartir con los demás, puede que no sea la versión que ellos quieren ver de nosotros. Nuestros defectos nos moldean igual que nuestras virtudes. Y mostrarnos vulnerables no hace que nos perciban como personas débiles, o personas a las que no merece la pena querer. Nosotros somos los más duros con nosotros mismos, –añadió, cariñosamente tocándole la nariz a su abuela.

Acto seguido, se fundieron en un abrazo como nunca antes lo habían hecho.

- XIV -

Obviando la ausencia de las huellas, lo que tenían ante ellos no se diferenciaba, en absoluto, al resto del bosque a través del cual habían caminado ya. Éstas habían aparecido y desaparecido como por arte de magia en apenas unos kilómetros, lo que era, cuanto menos, bastante extraño.

Cuando Nora, Gabe y Theresa alcanzaron a Mark y comenzaron a caminar a la par que él, no supieron qué decir. Hasta ese momento habían seguido el camino marcado por las huellas y, anteriormente, habían utilizado el colgante de Gabe para que les marcara el camino. Estaba claro que, si lo que querían Los Protagonistas era impresionarles, lo habían conseguido con creces. No sabían qué hacer, más allá de mirarse fijamente los unos a los otros.

–Dos de los colgantes ya han demostrado su utilidad, –dijo Nora, mirándose el pecho y rodeando el suyo con la mano. –En mi opinión, y sin ánimo de ofender a nadie, –añadió, mirando a Theresa, –creo que el de Gabe ha sido de más utilidad. Las huellas han sido fáciles de divisar y de seguir. ¿Por qué han aparecido? Eso es algo que todavía no comprendo…

–No ofendes. Comparto tu opinión, –dijo Theresa. O había sido capaz de disimular muy bien, o realmente no se había sentido atacada por el comentario de Nora. –Pero, yendo un poco más allá, no creo que nos hayan permitido ver las huellas así como así, sin más. Puede que estuvieran intentando decirnos algo.

–Se les da bien escribir. Podrían haberlo hecho en una de las páginas en blanco del libro en lugar de lo que han hecho –dijo Mark, señalando la mochila de Nora.

–Tengo la impresión de que nos están poniendo a prueba, –dijo Gabe, ignorando deliberadamente lo que Mark acababa de decir.

–¿Ah sí? –dijo Mark. Incluso en una frase de solo dos palabras había sido capaz de dejar patente su irritación.

–Es cierto que hemos sido guiados hasta aquí a medias entre el libro y los colgantes, pero, en lugar de percibir ambos como regalos, tengo la impresión de que son retos que hemos ido superando. Nosotros, y por nosotros me refiero principalmente a mi hermana y a Nora, –dijo, señalando a las chicas con sendos dedos índice, –hemos completado el puzle. Es cierto que ellos nos proporcionaron las piezas, y huelga decir que esa es la parte más importante, pero colocarlas todas en su lugar correcto lleva un esfuerzo que no se puede menospreciar. Nos hemos ganado el derecho de estar aquí.

–Es muy amable por tu parte, Gabe, –dijo Theresa, más animada por el cumplido de su hermano, –pero volviendo a lo que nos traíamos entre manos: ¿cómo creéis que eso nos puede ayudar?

–Bueno… en primer lugar, el primero de nuestros éxitos radica en no habernos dado la vuelta y habernos olvidado de toda esta mierda, –dijo. Había dudado en si utilizar la palabra *mierda*, por si ésta pudiera incomodar a quien fuera que los estuviera espiando, pero era la única que había encontrado para describir correctamente la situación en la que se encontraban. –Quiero decir, ¡hemos demostrado que somos valientes!

–Y eso tiene su mérito, claro que sí, no voy a negarlo, pero…, –dijo Nora. Llevaba dándole vueltas a una idea desde que Theresa había mencionado que Los Protagonistas querían enseñarles algo, pero había hecho el esfuerzo de mantenerse en silencio hasta que Gabe hubiera terminado su exposición. –Pero creo que lo que realmente nos ha hecho merecedores de lo que sea que vaya a pasar a partir de ahora, es el hecho de que hemos sido capaces de mantener nuestra palabra. Nos advirtieron antes de saber de qué iba todo esto, y asumimos las consecuencias ¡con los ojos cerrados! Obviamente no voy a decir que hemos tenido una actitud intachable durante todo este tiempo, tomemos la cena en casa de mi abuela como ejemplo…, pero nos confiaron toda esa información porque sabían que no les defraudaríamos. Y con eso no quiero decir que podamos relajarnos y dejarnos llevar; pero realmente nos hemos ganado su respeto. Tengo la sensación de que estamos más cerca de resolver este misterio de lo que nunca nadie lo ha estado antes. Solamente nos queda el último empujón.

Cuando terminó su intervención, sintió cómo se le enrojecían las mejillas. Le había dado muchas vueltas al cómo habían sido elegidos para aquella empresa, fuera cual fuera el destino que les esperaba, y sintió la determinación de querer salir victoriosa. Pero no estaba del todo segura de que su rostro hubiera mostrado cómo realmente se sentía. Como la líder del grupo, sentía responsabilidad con respecto a sus compañeros. Sentía que tenía que ser valiente y tomar la iniciativa cuando la situación lo requiriese. Pero lo cierto era que ella también tenía miedo. Puede ser que no lo hubiera hecho tan patente como Mark, pero no le gustaba que le buscaran las vueltas con tanta frecuencia.

Se quedaron parados unos minutos más, mirándose fija y alternativamente a los ojos. Y, de repente, la mochila de Nora comenzó a vibrar y a emitir una luz que se escapaba por las costuras. Por descontado, ella fue la primera en notar la vibración, pero la última en percatarse del haz de luz que estaba cautivo dentro de su mochila.

En el momento en el que aflojó el nudo de su mochila, el libro saltó de su interior y se deslizó hasta el suelo, imitando la caída de una pluma. Una vez hubo aterrizado, se abrió y las páginas se movieron rápidamente hasta mostrar las que contenían la última carta de Los Protagonistas para, acto seguido, y mucho más lentamente, moverse para dejar al descubierto una nueva página en blanco, en la que una mano invisible empezó a escribir:

Queridos intrépidos lectores,

Esperamos que os encontréis cómodos en nuestros dominios. Como Theresa ya os ha comentado, sí, hace un rato que tenemos los ojos en vosotros. (Preferimos utilizar esta expresión, en lugar de la que ella ha utilizado. Esperamos que seáis capaces de entender el matiz).

Han pasado muchos años desde la última vez que dejamos que alguien se adentrara tanto en nuestra fortaleza, por lo que no queríamos que os distrajerais. Tal y como Gabe ha concluido, os hemos estado, de alguna manera, retando. (De nuevo, queremos disminuir la crudeza de vuestras palabras). Entendemos que esta mierda está requiriendo mucho esfuerzo por vuestra parte, pero seguid confiando en nosotros como lo habéis hecho hasta ahora. Solamente podemos proporcionaros la información cuando estéis verdaderamente preparados para recibirla.

Habéis tenido conversaciones muy interesantes. Mark, lamentamos que no las hayas encontrado... ¿apropiadas? ¿útiles? ¿interesantes? Chico, lo sentimos, pero tenemos que reconocer que ahí nos has pillado. No somos capaces de entenderte.

Y, por último, y no por ello menos importante: Nora. Has demostrado con creces por qué has sido designada la líder del grupo. Tienes voz, pero te paras a escuchar lo que los otros tienen que decir. Los líderes de verdad tienen la capacidad de hacer que todos los peones se sientan importantes, simplemente, por lo que son. No solamente parece que entiendas que son los pequeños detalles los que convierten una pieza estándar en una obra maestra, sino que la excelencia únicamente puede alcanzarse a través de las manos que se supone que tienen que añadir el detalle.

Tal y como habéis adivinado (en ningún momento pensamos que no lo conseguiríais), los dibujos no eran azarosos. Pero no porque nosotros los hiciéramos así, sino por vosotros. Sois vosotros los que les dais sentido. Nosotros simplemente (y aquí, Gabe, permítenos utilizar tu expresión, que nos ha gustado mucho) os dimos las piezas para que montarais el puzle. El mérito de haberlo terminado es solo vuestro.

Es cierto que nunca habéis tenido la opción de dejar todo esto atrás, pero tal y como Nora ha dicho, sois gente de palabra. Fuisteis escogidos para esta empresa porque tenéis las cualidades correctas. En ningún momento os hemos moldeado a nuestro antojo; vosotros ya sois especiales por vosotros mismos.

Y, dicho todo esto, os recordamos que no desesperéis. Nuestros caminos se cruzarán en algún momento. Solamente tenéis que seguir un poquito más.

Atentamente,

15

Eileen se separó con cuidado de Leagsaidh. Ese abrazo que acababa de compartir con su abuela le había demostrado porqué nunca había tenido una relación tan estrecha con ella como sí que la había tenido con su abuelo. Por desgracia para los tres, Leagsaidh había llevado siempre consigo una pesada carga sobre sus hombros, que había terminado por hacer que su capacidad de mostrar vulnerabilidad se hundiera con ella.

—¿Estoy siendo demasiado egoísta queriendo hacer todo esto por mi cuenta? —se preguntó Eileen mientras volvía sobre sus pasos hacia las cajas en las que iba a empezar a buscar. Evitando que ese pensamiento se quedara en su cabeza, se dio la vuelta y se lo preguntó a sus abuelos. No quería tener remordimientos después por culpa de aquello.

—Cada uno de nosotros lucha este tipo de batallas internas lo mejor que puede y sabe. Ni yo, ni creo que nunca nadie pueda decirte cómo tienes que hacerlo. Está claro que puedes necesitar ayuda para saber cómo enfocar las cosas, pero solamente tú tomas las decisiones, —dijo Alick. Esa no era la respuesta que Eileen había estado esperando, pero entendió lo que su abuelo le quería decir. O, al menos, creyó hacerlo.

Había sentido cómo la esperanza dentro de ella se había intensificado tras el azaroso descubrimiento del nombre completo de Klara Herrmann. Sin embargo, y a pesar de querer mantener la mente fría, no podía evitar imaginarse la situación en la que quería que desembocara todo aquello. Era plenamente consciente de la batalla que estaban librando sus yo racional y no tan racional y, a pesar de querer apostarlo todo a uno, su instinto le decía que aquella era la apuesta más arriesgada de todas. Lo que hizo que se sintiera vacía por dentro, ya que su instinto nunca le había fallado.

Agradeciéndole las palabras a su abuelo con un leve movimiento de cabeza, Eileen se dio la vuelta y se sentó entre las cajas rotuladas como "Nora & Aksel. Fotos 1" y "Nora & Aksel. Fotos 2". Había decidido empezar por las fotografías enmarcadas, de modo que reabrió la caja en la que estaban guardados los marcos y cogió uno al azar. Antes de desmontarlo, sin embargo, le dio la vuelta. En él se mostraba a una joven Nora, quien parecía habérselo estado pasando estupendamente en una excursión en las montañas, como podía entreverse por la gran sonrisa que tenía dibujada en la cara. Detrás de ella había una cabaña de madera, la cual le resultaba tremendamente conocida a Eileen. Se quedó mirando la instantánea fijamente hasta que, al parpadear, una lágrima cayó sobre el cristal que la protegía. Con el dorso de la manga se limpió otra lágrima antes de dar la vuelta al marco y comenzar a desmontarlo.

Una vez que las cuatro chinchetas estuvieron en el suelo, quitó el corcho con sumo cuidado, y no se sorprendió al descubrir que un pequeño papel había permanecido oculto entre éste y la parte posterior de la fotografía. Tenía el mismo tamaño que el que había descubierto oculto en el marco que había estado colgado en su habitación:

Viaje a Finlandia, 1986. Tras un paseo precioso, y una vez de vuelta en la cabaña, Aksel me pidió matrimonio. Había estado comportándose de una manera un tanto extraña, pero no fui capaz de leer entre líneas. ¡No me puedo creer que me vaya a casar con el amor de mi vida!

Una vez hubo leído el contenido del papel, Eileen recordó porqué le había resultado tan familiar aquel bungalow: uno de los álbumes tenía un buen número de páginas que contenían las fotografías que sus padres se habían hecho durante aquel viaje. Pero lo que le hizo sentirse especialmente emocionada fue el hecho de que su abuela tuviera razón: podrían recabar información valiosa escondida en los marcos.

Se dio la vuelta para contárselo a sus abuelos, pero ellos ya no estaban allí. La habían dejado sola en la sala de estar. Ante aquella realidad, se giró de nuevo hacia las cajas y, tan suavemente como pudo, dijo: —por favor, mamá, guíame.

A continuación, cogió otro marco y repitió la misma operación. Al darle la vuelta descubrió un grupo de jóvenes que acababan de graduarse en la universidad. Todos estaban ataviados con capas de graduación y estaban mirando hacia arriba, donde se encontraban los sombreros que acababan de lanzar al aire. Después, le dio la vuelta, quitó las chinchetas y el corcho, y encontró un pequeño trozo de papel al dorso de la fotografía:

Salzburgo, 1985. Graduación de Aksel. Podría haber estado allí con él si no hubiera suspendido el examen de física y no hubiera tenido que ir a la recuperación. Él siempre ha sido el más listo de la pareja.

Eileen dejó el marco boca abajo justo al lado del que había desmotado con anterioridad, y colocó el pequeño trozo de papel encima del de la primera fotografía. No tenía ni idea de a dónde habían ido sus abuelos, pero decidió que les enseñaría todo lo que encontrase en su ausencia. Continuó así desmontando cuadros y coleccionando los fragmentos de papel que su madre había escondido tiempo atrás.

> *Pitlochry, 1989. Puede ser que Alemania sea donde esté mi hogar, pero Escocia siempre será mi casa. Viaje antes del nacimiento de Eileen, quien indudablemente será escocesa de nacimiento.*

> *Hamburgo, 1984. Cena en casa de Michael. De izquierda a derecha: Michael, Ulrike, yo, Aksel, Matthias, Lukas y Lena.*

> *Glasgow, 1981. ¡Mi primera habitación como universitaria! Ahora no parece muy acogedora, pero haré lo que pueda.*

Eileen continuó desmontando cuadros hasta que leyó la nota que había permanecido oculta junto con una fotografía de sus padres y sus abuelos austriacos:

> *Salzburgo, 1986. ¡Viaje a casa de mis suegros para contarles la buena noticia! Los amigos de Aksel también estuvieron. ¡Qué país tan acogedor es Austria!*

Releyó el fragmento un par de veces, y observó la imagen con detenimiento en hasta tres ocasiones antes de levantarse. ¡No podía ser verdad! Intentando mantener los pies en la tierra, se arrodilló de nuevo junto al marco, cogió la fotografía entre sus manos y volvió a mirarla otra vez con más detenimiento. La persona a la que se veía reflejada en el espejo… ¡esa tenía que ser Klara! Su pelo era distinto, pero su cara… estaba claro que era una versión joven de su propia abuela.

Eileen no pudo evitar que su corazón se acelerara al reconocer la cara de Klara en el espejo. Sin embargo, antes de contárselo a sus abuelos, decidió echarle primero un vistazo al álbum de fotos para comprobar si su madre también se había molestado en incluir las descripciones en las fotografías que no había considerado tan importantes como para estar expuestas. Así, abrió la otra caja y fue leyendo el lomo de los álbumes hasta que encontró el que había estado buscando: "1986 - Nora & Aksel".

El hecho de que su madre hubiera sido tan meticulosa a la hora de guardar sus recuerdos había ayudado a que Eileen hubiera podido crear los suyos propios. De niña, había estudiado todas y cada una de las fotografías, evitando pasar de página si no era capaz de recordar la historia que había creado en su cabeza gracias a los recuerdos gráficos que su madre había guardo y a las historias que le habían contado sus abuelos. Y había sido precisamente por eso que recordaba que había dos páginas completas con instantáneas de aquel día.

Eileen pasó las páginas tan rápido como pudo, hasta que llegó a las que había estado buscando. No parecía que Klara estuviera en ninguna de ellas, pero sabiendo como sabía que su tía abuela había estado en esa celebración, Eileen decidió prestarle más atención a las fotografías en las que se podía ver el reflejo del espejo. En aquellas también podía percibirse a alguien reflejado, aunque no era tan evidente como en la que había sido elegida para ser colocada en un marco. ¿Sería coincidencia? Dejando de lado la asunción de hechos que no podría probar, introdujo el dedo entre la foto y el portafotos de plástico, y sonrió al notar cómo su dedo entraba en contacto con un trozo de papel.

- XV -

Una vez Nora hubo terminado de leer la última carta de Los Protagonistas, le pasó el libro a Theresa y se sentó. Había perdido todo el color en las mejillas y, para evitar montar un espectáculo por si se desmayaba, había decidido que era mejor sentarse antes. Se quedó ensimismada mirando entre los árboles, tanto, que le costó un rato darse cuenta de que Theresa le estaba hablando.

–Nora, ¿estás bien? –repitió Theresa por quinta vez. –Por favor, ¡di algo! Todo esto es ya lo suficientemente aterrador…

–Yo… perdón, –dijo Nora, meneando la cabeza antes de mirar a Theresa. –Estoy bien. Es solo que, bueno, era conocedora de que sabían nuestros nombres, pero no me esperaba que se fueran a dirigir tan directamente a nosotros. Y el hecho de que supieran de qué habíamos estado hablando… creo que entiendes a qué me refiero, ¿no?

–Por supuesto. –Theresa cerró el libro y se sentó justo enfrente de Nora. –Yo, por el contrario, estaba a la espera de que sucediera algo. Puede que no esto, –añadió, señalando el libro, –pero algo al fin y al cabo. Ya lo has dicho tú antes: estamos más cerca de resolver el misterio ¡de lo que nunca nadie lo ha estado!

–¿Y? –Nora no quería sonar desagradable, pero dado que aquello la había cogido completamente por sorpresa, no era capaz de expresar correctamente sus sentimientos. No sabía ni qué pensar ni qué hacer, más allá de mirar fijamente a Theresa y esperar que ella fuera capaz de encontrar la manera de continuar.

—Mira allí, —fue todo lo que Theresa dijo mientras estiraba su mano derecha y señalaba los árboles que se encontraban justo delante de ellos.

Theresa sonrió ampliamente, y Nora la miró como si creyera que se le había ido completamente la cabeza. Pero cuando miró hacia donde Theresa le indicaba, descubrió porqué ella estaba sonriendo: no muy lejos de donde ellos estaban, los árboles se volvían de repente más pequeños y menos densos. Y… si forzaba la vista para percibir correctamente todos los detalles… ¿era aquello posible? ¿Era aquello lo que creía que era?

Por toda respuesta, Nora se levantó, dejando su mochila junto a Theresa, y corrió hacia allí. Apenas hubo dejado un par de árboles atrás, Mark la imitó y, cuando la alcanzó, se giró para mirar hacia los mellizos, a quienes sonrió ampliamente. Cuando se dio cuenta de que Gabe lo estaba señalando, se miró hacia el pecho y descubrió que su colgante había cobrado vida. Tras un largo paseo a través del bosque, por fin habían localizado la morada del monstruo.

—¡Chicos, venga! ¡Vamos! ¡Levantaos! ¡Ahí tenemos unas cuevas que explorar! —exclamó Mark, realmente entusiasmado. Volvió corriendo para ayudar a Theresa a recoger el libro y la mochila de Nora y, cuando lo tuvo todo consigo, corrió de vuelta hacia Nora para devolverle sus pertenencias.

—Oye tío, cálmate. No hagas que eche de menos al viejo Mark, —dijo Gabe, riéndose.

Nora cogió tanto la mochila como el libro que le estaba ofreciendo Mark, aunque decidió que esa vez no lo guardaría, sino que lo llevaría en la mano. Después, se dio la vuelta y miró hacia el frente. No les quedaba mucho para llegar a las cuevas, rodeados de un bosque que parecía estar sumido en la misma tranquilidad en la que se encontraba desde que se habían adentrado en él. Sin embargo, algo en su interior le impedía estar completamente tranquila. Aquella supuesta calma hacía que se inclinara a pensar que algo extraño sucedería pronto.

Con Mark a la cabeza, los cuatro adolescentes retomaron el camino hacia el mismísimo corazón del bosque. A medida que se iban acercando a su destino, el colgante de Mark brillaba con más y más intensidad. Los de Gabe y Theresa también habían recobrado un cierto brillo, aunque no brillaban tanto como el de Mark. El de Nora, por su parte, no mostraba señales de poseer ningún poder mágico: tenía el aspecto de un colgante ordinario.

–Tu turno llegará. No desesperes, –dijo Gabe. Nora se había quedado tan ensimismada en sus ensoñaciones, que no se había dado cuenta de que Gabe se había colocado junto a ella.

–No es por el colgante o, al menos, no exclusivamente, –dijo Nora, jugando, inconscientemente, con la esfera. –La cuestión es que estoy acostumbrada a prepararlo todo con antelación, así que el hecho de que no sepamos qué es lo que nos vamos a encontrar cuando lleguemos allí hace que me ponga nerviosa. ¿Entiendes a lo que me refiero?

–Es completamente normal sentir miedo de lo desconocido. Y créeme, estamos todos igual, –dijo Gabe, haciendo un círculo con su mano para señalar a su hermana, a Mark y a sí mismo. –Fíjate en Mark, por ejemplo. Ha estado de lo más molesto durante todo el trayecto y, de repente, algo dentro de él ha hecho clic y ha cambiado de actitud. Cuando estamos nerviosos hacemos cosas que no nos atreveríamos a hacer en condiciones normales, ¿pero no es esa la gracia de la vida?

–Pero su cambio ha sido para bien. ¿Qué pasa si fracaso como líder del grupo? Tengo la impresión de que se me ha asignado una tarea para la cual no se me ha instruido, de manera que existe la posibilidad de que no lo consiga. Yo no quiero defraudaros, –dijo Nora, sintiéndose completamente abatida. No se le daba nada bien hablar de sus sentimientos con nadie, pero con Gabe se sentía lo suficientemente a gusto como para hacerlo. Tenía algo que hacía que confiara en él.

–¿Para bien? ¡Simplemente se ha vuelto molesto de un modo diferente! –exclamó Gabe entre risas. A continuación, apartó la vista de Nora para mirar hacia delante, donde Mark, todavía en cabeza, estaba utilizando su colgante a modo de brújula. Nora no entendía muy bien porqué estaba haciendo aquello, ya que el brillo que emitía no parecía verse en absoluto afectado en función del sentido en el que lo dirigiera. Riéndose para sus adentros, Nora volvió a mirar a Gabe, quien continuó hablando: –en cuanto a ti… bueno, ya te lo he dicho: no creo que haya una cabeza más brillante que la tuya aquí con nosotros. No, por favor, déjame acabar –dijo Gabe al darse cuenta de que Nora quería replicar. –Estoy seguro de que en alguna ocasión o en dos, o incluso en más, algo en tus actuaciones no ha salido cómo lo tenías planeado, pero no recuerdo nunca que mi abuela haya dicho que salieras en las noticias por eso. Más bien todo lo contrario: cada vez que he oído hablar de ti antes de conocerte solo ha sido para oír palabras de elogio. Y en grandes cantidades. Nora, apenas cuentas 16 primaveras, ¡y ya eres mundialmente famosa por lo que haces! ¿Eres consciente de que habría mucha gente que querría estar en tu situación? Tienes el talento y la disciplina que se requiere. Te mereces todas y cada una de las cosas que te pasen.

La confesión de Gabe dejó a Nora sin palabras. Realmente no sabía qué responderle, por lo que decidió no decir nada. No se consideraba una persona afortunada por lo que tenía, pues nada de lo que había conseguido había venido sin esfuerzo. Sí que se sentía tremendamente agradecida por todo ello, pero aquel era un sentimiento completamente diferente. Era innegable que había sido agraciada con una gran habilidad para entender la música desde bien pequeña;

pero, sin la ayuda de sus padres, de su abuela Mary y del Profesor Ross, nunca hubiera conseguido nada de lo que tenía. Se le daba extremadamente bien tocar el piano, pero era un tremendo desastre gestionando situaciones de estrés.

Apenas unos meses después de que se mudaran a Londres para que comenzara a dar clases con el Profesor Ross, había participado en una audición en el Teatro Globe de Shakespeare. Había ensayado todas las piezas miles de veces, pero, aun así, no había sido capaz de sentirse correctamente preparada. En aquella ocasión, únicamente cinco estudiantes de su escuela de música habían sido elegidos para tocar. Las entradas para el evento se habían agotado en apenas unas pocas horas, y rectores de diversas instituciones iban a acudir al evento. La presión que había sentido había sido notable.

Después de clase, su padre la había recogido del colegio, y juntos habían conducido hasta el teatro. De camino, ninguno de los dos habló. Nora, por estar sumamente inmersa en revisar las partituras de las obras que iba a tocar, y su padre por tener que estar especialmente pendiente del tráfico, el cual parecía haberse vuelto loco aquella tarde. Una vez que hubieron llegado a su destino, Nora le había dado un beso de despedida a su padre y había entrado en el teatro por la puerta de atrás. Estaba tan nerviosa, que no se dio cuenta de que se había dejado su mochila junto con las partituras en el asiento trasero. Por descontado, en el momento en que cayó en ello, no pudo evitar sentir pánico.

El Profesor Ross había resultado ser muy amable con ella, y le había dado una bienvenida tan acogedora, que Nora había decidido practicar más que nunca para no defraudarlo. Al darse cuenta de que no tenía consigo las partituras, había corrido hacia donde se encontraban los conserjes y les había suplicado que le dejaran un teléfono. Se sabía los números de teléfono de sus padres de memoria, por lo que podía intentar contactar con ellos. Primero había intentado contactar con su padre, deseando que aún estuviera cerca para que pudiera dar la vuelta y devolverle las partituras. Al quinto tono, sin embargo, se dio cuenta de que sería imposible contactar con él, por lo que optó por colgar la llamada e intentar hablar con su madre.

Con cada tono, se había ido aferrando más y más fuerte al teléfono, pero su madre tampoco contestó la llamada. Se había sentido sola, asustada y triste. Pero, haciendo uso de su inteligencia, había llegado a la conclusión de que quedarse junto al teléfono no le iba a ser de gran ayuda, por lo que se había dado la vuelta, les había agradecido su ayuda a los conserjes, y se había ido hacia su camerino a esperar la visita del Profesor Ross. Tras apenas unos diez minutos, que a Nora le parecieron eternos, el Profesor Ross llegó a verla. Era un hombre tremendamente jovial, pero toda la alegría se le esfumó de golpe al ver que Nora, quien estaba sentada en el sofá, había estado llorando.

–¿Qué pasa, Nora? –había dicho, acercándose lentamente al sofá y arrodillándose justo en frente de ella.

–Yo… yo… see… me haaaan… olvidaaaaa…do lassss… partituuuuras. Lo… lo… ssssiento, –había dicho Nora, aun sollozando.

–Estoy seguro de que eso podremos solucionarlo. Puedo dejarte las mías, tengo algunas copias, –había dicho el Profesor Ross. Llevaba años trabajando con niños, por lo que había aprendido a estar preparado para sus olvidos. En cuanto al aspecto psicológico, nunca se había sentido muy cómodo tratando esos temas, aunque siempre había intentado dar lo mejor de sí. –Pero no creo que tú seas una artista que no sepa actuar sin partituras. Eres única, Nora. Nunca he visto tanto talento albergado en un cuerpo tan pequeño como en tu caso. Cuando me puse en contacto con tus padres, lo hice porque sabía que tú y yo podríamos hacer grandes cosas juntos.

»Cuando era pequeño, soñaba con convertirme en un pianista de talla mundial. Siempre que tenía un par de horas libres, las dedicaba a tocar el piano, o a componer nuevas obras. Era un "rarito", lo sé, no puedo negarlo, y desgraciadamente había mucha gente qué únicamente veía eso de mí. Pero nunca me arrepentí de lo que era. Me negué a hacerle caso a la gente que me decía que nunca me ganaría la vida con ello. Les he demostrado que yo tenía razón.

–Pero tú no eres conocido por tu música. Tú eres conocido por tus alumnos, –había dicho Nora.

–¡Bendita honestidad la tuya, Nora! –había exclamado el Profesor Ross entre risas. –Pero sí, así es. Y no estoy avergonzado por ello: tengo todo lo que siempre he deseado. Puede que no me haya convertido en la persona en la que siempre soñé que me convertiría, pero sí que siento que soy la persona que hubiera necesitado cuando era un niño. Eso me llena por dentro. Puede que soñara con ello, pero mi destino no era viajar por todo el mundo para tocar en los mejores teatros, sino ayudar a quienes sí que estaban destinados para ello. Todos y cada uno de los grandes artistas necesitan un buen mentor que los apoye y los anime cuando sienten que el mundo se les viene encima. Soy yo quien compartirá contigo sus secretos, para que tú te conviertas en la persona exitosa en la que sé que te convertirás. Así que, vamos allá, ¿estás lista para el primero de mis secretos?

El Profesor Ross no había podido evitar sonreír al ver el entusiasmo que había embriagado a Nora. La tristeza que había estado impuesta sobre ella se había evaporado tan rápidamente como había venido. –*Niños*– había pensado el Profesor Ross antes de volver a mirar a Nora y añadir: –no pasa nada por tener dudas y miedos. Eso solo indica que realmente sentimos respeto por lo que sea a lo que vamos a enfrentarnos. Lo que no está tan bien es que dudemos de nuestras propias capacidades. Nosotros somos los más duros con nosotros mismos, pero porque no paramos de comparar nuestros defectos, o lo que nosotros percibimos como defectos, con los puntos fuertes de otras personas, o lo que nosotros percibimos como sus puntos fuertes. Es por ello por lo que te pido que, cuando estés en un momento de duda, cierres los ojos, juntes tus manos y digas: voy a disfrutar del camino y a aprender de mis errores, pues soy merecedora de la confianza de los demás.

16

Salzburgo, 1986. ¡Viaje a casa de mis suegros para contarles la buena noticia! Klara Herrmann (la primera profesora de Aksel en la escuela primaria) no quiso salir en la foto, pero sí que se unió a la celebración. Su marido, Leon Herrmann, y sus hijos, Matthias, Lukas y Sandra, también estuvieron con nosotros. Esta fue la celebración familiar de nuestro compromiso; pero también hicimos una fiesta con los amigos de Aksel.

Eileen tuvo que leer la descripción hasta cinco veces para estar segura de haberla entendido correctamente. En el momento en el que su dedo había entrado en contacto con el trozo de papel, el latido de su corazón se había acelerado. Pero, comparado con lo rápido que le había comenzado a latir al leer el nombre de Klara Herrmann, no había sido nada. Su yo interior había ansiado encontrar esa información en la descripción de la fotografía, pero el hecho de que hubiera tenido tanta suerte en su primer intento la había cogido completamente por sorpresa.

—¡Abuelo! ¡Abuela! ¿Dónde estáis? Tengo algo que enseñaros, —gritó Eileen, levantándose. No había sido consciente del tiempo que había pasado sentada en la misma posición, pero su cuerpo se lo recriminó con una sensación de adormecimiento en las piernas. —*Ni siquiera esto va a impedir que llegue hasta el final,* —pensó Eileen, doblando y estirando las piernas antes de coger todos los papeles que había ido apartando.

Sus abuelos no parecían haberla oído, algo extraño dado lo elevado del grito, por lo que pensó que podrían estar en el jardín trasero disfrutando del buen tiempo. Pero, al salir, tampoco los encontró allí. *–¿Dónde narices se han metido? –* se preguntó Eileen, dándose la vuelta y dirigiéndose de nuevo hacia el interior de la casa. Volvió a la sala de estar, ya que atravesarla era la única manera de llegar a la puerta de entrada. Y, cuando estaba a punto de abrir la puerta delantera, oyó unas voces que venían del piso superior. Con una gran sonrisa en la cara, se quitó los zapatos y corrió escaleras arriba, saltando los escalones de dos en dos.

Sin embargo, antes de alcanzar la puerta de la sala de estar de la primera planta, oyó cómo su abuelo reconfortaba a su abuela. La sonrisa que se había adueñado de su cara desde que había descubierto dónde estaban sus abuelos, se esfumó y quedó sustituida por una mueca de preocupación. Respiró profundamente en varias ocasiones antes de llamar a la puerta y atravesarla.

–¿Va todo bien, abuela? –preguntó Eileen mientras guardaba en el bolsillo de sus vaqueros los trozos de papel que había traído consigo.

Leagsaidh intentó explicarse, pero cada vez que intentaba decir algo, sus gemidos se volvían más y más fuertes, por lo que fue Alick quien tomó la palabra en su lugar, no sin antes tomar la mano de su mujer entre las suyas: –Es simplemente que, todo esto, ha sido demasiado para ella. Tanto tú como yo hemos descubierto algo sobre su pasado que desconocíamos, y eso ha sido impactante. Y si ha resultado así de intenso para nosotros, imagínate lo que ha podido ser para ella. Me temo que no le podemos exigir que haga nada más de lo que ya ha hecho. Si ella quiere que paremos todo esto ahora, eso será lo que haremos. ¿Entendido?

Eileen no recordaba que su abuelo se hubiera puesto nunca tan serio con ella, y eso la pilló completamente por sorpresa. Cuando era pequeña sí que había tenido que echarle la bronca en alguna que otra ocasión, pero no recordaba que nunca hubiera utilizado ese tono. Ni siquiera cuando había roto el televisor al practicar algunos movimientos de kárate en casa. Su abuela, en cambio, sí que se había enfadado mucho con ella. Pero en aquel momento, las tornas parecían haber cambiado.

Sin saber qué decir, Eileen miró a su abuelo, luego a su abuela, y de nuevo a su abuelo. Leagsaidh continuó llorando, aunque poco a poco pareció ir recuperando el resuello. Alick, en cambio, mantuvo una expresión facial muy seria que no encajaba en absoluto con el brillo que tenía en los ojos. Se veía a lo lejos que estaba intentando tan fuertemente como podía resultar firme, pero dado que eso era algo que no estaba en su naturaleza, Eileen se echó la mano al bolsillo del pantalón, cogió los papeles y, sin más miramientos, se los pasó a su abuelo.

Una sonrisa inconsciente apareció en la cara Alick antes de que éste se volviera para mirar a su mujer. Leagsaidh tenía la cabeza escondida entre las manos, por lo que, asumiendo que no había sido capaz de ver absolutamente nada, se volvió hacia Eileen, le ofreció su mano y cogió los papeles que ella le estaba ofreciendo. Utilizando su cuerpo como un escudo, comenzó a desdoblar los papeles y a leerlos.

Esa no había sido la manera en la que Eileen se había imaginado que les contaría a sus abuelos que estaban más cerca que nunca de descubrir qué había sido de Klara (o Clarissa) después de tantos años, pero decidió disfrutar del momento como venía. Quizás, y solo quizás, si su abuela leyera los papeles, se decidirían por intentar localizar a Klara. Quizás, y solo quizás, podrían ser capaces de reunir de nuevo a las hermanas.

Cuando Alick leyó el último de los papeles, no pudo evitar sonreír ampliamente. Sin embargo, cuando Leagsaidh gimió, se asustó, de modo que todos los papeles que había ido acumulando encima de sus piernas, se le cayeron al suelo, donde quedaron a la vista de su mujer.

—¿Quuuéee… ee… esss… esssso? —preguntó Leagsaidh, secándose con el borde de la manga las lágrimas que le corrían por las mejillas.

Eileen miró a su abuelo, se disculpó con la mirada, y dijo: —tu hermana se cambió el nombre por Klara Herrmann. Se casó con Leon y tuvo tres hijos: Matthias, Lukas y Sandra. Está todo aquí, —añadió, entregándole el papel más grande a su abuela para que lo leyera por sí misma.

Leagsaidh le ofreció una mano temblorosa a Eileen, sobre la que ésta le dejó el papel. Y, tal y como le había sucedido a ella, su abuela tuvo que releerlo varias veces para asegurarse de que estaba procesando correctamente todos los detalles.

—¿Esto es en serio? —fue todo lo que Leagsaidh dijo. No lloró, ni se enfadó, ni mostró ninguna otra emoción. De hecho, actuó como si absolutamente nada hubiera sucedido.

—Absolutamente, abuela. ¿Por qué no debería serlo? —dijo Eileen. Dado el vaivén de emociones en que estaba sumida su abuela, Eileen se veía incapaz de prever cual sería el siguiente giro que daría.

—No tenemos que hacer nada si tú no quieres, Leagsaidh. Eileen lo entenderá, y yo también, —dijo Alick. Él también se sentía inseguro por las reacciones de su mujer.

—No tomes mi momento de vacilación como respuesta para todo, Alick, —dijo Leagsaidh. De nuevo, no sonó ni enfadada ni cohibida, aunque sus palabras hicieron que tanto Eileen como su abuelo se sintieran inseguros. —Agradezco que os preocupéis por mí, pero decidí que estaba dentro cuando compartí con vosotros mi pasado. Eso no significa, no obstante, que no vaya a tener momentos en los que las dudas me asalten. No tenéis ni idea del número de veces que he soñado tener enfrente a mi hermana para poder hacerle todas las preguntas que tengo pendientes, y que durante tanto tiempo me han privado de ser completamente feliz. Me pregunto si guardó luto por nuestro padre o por Balthair, o si, siquiera, en algún momento realmente me quiso. A día de hoy no sé si obtendré todas las respuestas a mis preguntas, pero…

–Pero tienes más miedo de tenerlas, que de no tenerlas, –le interrumpió Eileen. Su abuela no se hacía ni la más remota idea de lo mucho que sentía como propio aquel sentimiento.

- XVI -

—*V*oy *a disfrutar del camino y a aprender de mis errores, pues soy merecedora de la confianza de los demás. Voy a disfrutar del camino y a aprender de los errores, pues soy merecedora de la confianza de los demás. Voy a...,* —se fue repitiendo Nora a sí misma, con los ojos cerrados y las manos entrelazadas hasta que Mark la asustó cuando gritó. —¿Qué pasa? —dijo, abriendo los ojos.

—¿Cómo he podido ser tan estúpido? ¡Estaba claro que no podría ser tan sencillo! —exclamó Mark, dándose la vuelta. Desde que su colgante había comenzado a brillar, había cogido la delantera y había caminado por delante de los otros tres, de manera que tenía que gritar para que le entendieran.

—Tío, relájate, —dijo Gabe, poniendo todo su empeño en intentar no reírse. El Mark motivado e interesado por la aventura que se traían entre manos había sido una ilusión demasiado bonita. —¿Qué pasa?

—No hay solamente una cueva, sino cuatro. ¡Cuatro! ¿Cómo narices se supone que vamos a saber cuál es la correcta? —dijo Mark. No había sido capaz de esperar a que sus amigos le alcanzaran. Su corta paciencia le había obligado a volver sobre sus pasos para encontrarse con ellos.

—¡Aaah, eso! —exclamó Gabe. Y esta vez no fue capaz de controlarse y se echó a reír. Theresa le fulminó con la mirada antes de tomar la palabra.

—Puede que las cuatro sean la entrada. Cuatro cuevas, cuatro personas, —dijo, señalando con una mano al frente, donde estaban las cuevas, y con la otra a Nora, a su hermano, a Mark y a ella misma. —Pero yo no me preocuparía demasiado por eso ahora mismo. Nos han ido guiando durante todo este tiempo, y no dudo de que lo seguirán haciendo. No sé si lo harán a través de los colgantes, del libro, o apareciéndose delante de nosotros, pero no me cabe ninguna duda de que nos notificarán cuál deberá ser nuestro siguiente movimiento. Así que, cálmate. Todo va a salir bien.

Mark miró a Theresa como si a esta se le hubiera ido completamente la cabeza, lo que hizo que Nora no pudiera evitar reírse por dentro. Tenía la impresión de que, cada vez que Theresa les había dicho algo, todos la habían mirado como si pensaran que algo no le funcionaba correctamente en la cabeza. La verdad era, sin embargo, que ella siempre había parecido estar un paso por delante de todos ellos. Y no tenía ni idea de cuánto Nora la envidiaba por eso.

Nora siempre había encontrado muy útiles los secretos del Profesor Ross, no solamente para su carrera musical, sino también para su vida en general. Inconscientemente, había ido integrando sus métodos en su rutina diaria para sentirse menos estresada, menos sobrepasada o, incluso, menos triste. Y, a pesar de que en el pasado había sido capaz de controlar sus emociones, lo cierto era que, en su situación actual de vaivén emocional, lo estaba encontrando todo mucho más complicado. No era capaz de describir con palabras lo que estaba sintiendo, porque estaba sintiendo demasiadas cosas a la vez.

Había comentado con Gabe su miedo al fracaso, pero ese no era el único miedo que la había asaltado durante aquel viaje. Para empezar, había encontrado difícil creer que la magia existiera, pero sus ganas de llegar hasta el final del asunto habían hecho que la balanza se inclinara hacia su yo explorador. Estrechar la relación con sus nuevos amigos para bien, y el hecho de que su abuela hubiera actuado de una manera tan misteriosa para mal, se habían equilibrado mutuamente. Cuanto más se acercaban al final de su aventura, tanto más sentía que los aspectos negativos acabarían ganando. No obstante, para evitar caer en ese pozo, se había obligado a tener la mente ocupada con algo diferente.

Aún con la copia de *Todas las leyendas escocesas* en la mano, caminó junto a sus amigos, dejándolos atrás, y se acercó a la entrada de las cuevas. Habían sido completamente inconscientes de que, durante su viaje hacia el mismísimo corazón del bosque, habían ido ascendiendo. Se había tratado de una ascensión tan gradual, y habían estado tan absortos en sus quehaceres, que no se habían dado cuenta hasta que hubieron alcanzado las cuevas. Desde el claro en el que se encontraban las entradas, la pendiente sí que se veía más pronunciada.

Con su mano libre, Nora exploró el borde de una de las entradas. La roca tenía parches de musgo aquí y allá, pero, en su mayoría, estaba limpia. Como si alguien hubiera estado pendiente de adecentar el lugar para que no diera un aspecto muy salvaje. Sin embargo, lo que más llamó su atención no fue la limpieza de la superficie, sino algo que parecía haberse grabado allí. Antes de sentirlo con sus dedos, decidió mirarlo fijamente de cerca.

En el momento en el que sus dedos tocaron el centro del orificio, notó cómo su colgante vibró durante apenas un segundo. O a lo mejor estuvo vibrando durante más tiempo, pero no fue consciente de ello, pues se giró para centrarse en lo que Mark estaba gritando:

–¡Mi colgante está vibrando! ¡Mi colgante está vibrando! –no paraba de repetir. A pesar de su último conato de liderazgo, apenas se había movido del punto en el que el claro y el camino se convertían en uno.

–Os dije que nos indicarían el camino, –dijo Theresa, acercándose a él. –Lo único que tenemos que hacer ahora es averiguar cómo nos podemos aprovechar de ello. ¿Qué os dicen vuestros instintos?

–Mi instinto me pide a gritos que me vuelva a casa de mi abuela, –contestó Mark irónicamente. –Pero no puedo hacerlo. *Ellos* no me lo permitirán, y nunca os dejaría aquí solos. Tal y como ha dicho tu hermano, he entrado en razón, –añadió, mirando a Gabe.

–¡Así es, compañero! Mejor tarde que nunca, –dijo Gabe, dándole unos cariñosos golpes en la espalda. Dándose la vuelta para mirar hacia donde estaba Nora, añadió: –¿qué te dice a ti tu instinto, líder?

–Basta de guasa, Gabe, –dijo Theresa, claramente enfadada por el último comentario de su hermano. –Tienes que tratarla con respeto. Aunque no quieras verlo, nos están observando, y esa mala educación tuya no nos va a llevar a buen puerto. Así que, por favor, ¿puedes centrarte en intentar averiguar cómo podemos utilizar el colgante de Mark?

Gabe miró a Nora para pedirle disculpas. Ella había entendido el sentido que Gabe había querido darle a su pregunta, pero estaba de acuerdo con Theresa en que las palabras elegidas no habían sido las más acertadas. Tras aceptar sus silenciosas disculpas, tomó la palabra:

–Para empezar, este claro en el bosque está demasiado cuidado para estar en mitad de la nada, por lo que me inclino a pensar que alguien se preocupa de que presente este buen estado. Sin embargo, sabiendo como sabemos que hay magia detrás de todo esto, no diría que es porque *ellos* se pasan horas limpiándolo, aunque bien podría ser el caso. Desconocemos cómo de vivo está este bosque, –dijo, sentándose también. Tras dejar tanto la mochila como el libro en medio del círculo, continuó hablando: –sin embargo, más allá de la limpieza, lo que más me llama la atención son los orificios que están junto a las entradas. Solamente he visto uno de ellos de cerca, pero tengo la impresión de que todos ellos son iguales. Para mí, representan algo así como timbres en los que el botón se hubiera quedado atascado; no sé si me entendéis. ¿Os ayuda en algo?

Por toda respuesta, sus amigos la miraron con cara rara, lo que hizo que se sintiera insegura. Sintiéndose tonta, se abrazó las rodillas y escondió la cabeza entre ellas. Comenzó a imaginarse qué era lo que sus amigos estaban pensando de ella, por lo que no pudo ver cómo Theresa, de repente, pareció entender a lo que se había referido.

Aunque todo ello pasó completamente desapercibido para Nora; Gabe y Mark sí que fueron testigos de cómo Theresa dejó su mochila en el suelo, se puso de pie y corrió hacia la cueva que tenían más cerca. Una vez allí, se colocó justo enfrente de la entrada y, aun mirando a sus amigos, pasó sus dedos por encima del orificio. No estuvo mucho tiempo en contacto con la roca, pero pareció ser suficiente para lo que ella necesitaba.

–Nora, tu conexión entre los orificios y unos timbres ha sido realmente acertada, –dijo Theresa, retomando su sitio. –Aunque yo, en lugar de sugerir que el botón está atascado, más bien diría que no está. Por suerte para nosotros, sin embargo, sé dónde encontrarlo. O, mejor dicho, encontrarlos.

Discretamente, Nora se secó un par de lágrimas que se le habían escapado antes de mirar a Theresa. Abrió la boca para responderle, pero Gabe se le adelantó: –¡no te lo guardes para ti, hermanita! Muéstranos el camino.

–¡Los colgantes! –exclamó Mark. –Los colgantes son los botones perdidos. Son nuestra manera de entrar…

–Y nuestra manera de salir, –dijo una voz de mujer que ninguno de ellos había escuchado con anterioridad.

Y, de repente, los colgantes se liberaron de sus cuellos y volaron hacia las cuevas. Cada uno de ellos viajó a una cueva diferente, pero no se insertaron en los orificios. En su lugar, se quedaron suspendidos justo en frente de donde les correspondía estar. Acto seguido, la misma voz de antes volvió a hablar:

–Queridos intrépidos lectores, aquí comienza el principio del fin. Por favor, insertad los colgantes en los orificios. Nos encontraremos poco después de que lo hagáis. Atentamente, Los Protagonistas.

Escondiendo su miedo lo mejor que pudo, Nora tomó el libro entre sus manos para guardarlo de nuevo en su mochila. En cuanto lo tocó, sintió que algo en él había cambiado, por lo que desvió su mirada para observarlo. Lo que vio hizo que se echara a reír y, antes de que sus amigos se asustaran por su reacción, dijo: –mirad esto.

Gabe, Mark y Theresa se arrastraron hacia donde estaba Nora. Los tres tenían cara de desconcierto, y Nora no podía juzgarles por ello. Al contrario de lo que siempre había ocurrido, en esa ocasión, en lugar de confirmarles sus suposiciones, les estaban diciendo qué era lo que tenían que hacer. El libro, cuya cubierta había permanecido inmóvil durante todo el tiempo, mostraba ahora una imagen de cuatro cuevas que se fusionaban en una sola. En todos los casos, la guía del movimiento parecía ser un punto brillante situado a la derecha de las respectivas entradas, localización que coincidía con el lugar donde se encontraban los orificios en las cuevas que tenían delante de ellos.

–Como siempre, estabas en lo cierto, Theresa. Cuatro cuevas para cuatro personas, –dijo Nora mientras guardaba el libro en su mochila. No había seguido el movimiento de su colgante, pero algo dentro de ella le decía que no se equivocarían al elegir. Una vez que los otros tres estuvieron colocados enfrente de sus colgantes, añadió: –a la de tres. Uno… Dos…

–¡Tres! –dijeron todos al unísono.

Y, a continuación, quedaron sumidos en la más profunda oscuridad.

17

Una vez que Leagsaidh se hubo recompuesto, los tres decidieron volver al salón para continuar buscando información que les pudiera ser de utilidad. Era cierto que ya tenían algo con lo que Eileen podría empezar a filtrar en redes sociales, pero, en el caso de que pudieran encontrar algo más, la tarea sería mucho más sencilla.

–¿Qué foto era la que tenía esta nota? –preguntó Leagsaidh tras retomar su asiento.

–Yo… déjame buscar, –dijo Eileen. Se había emocionado tanto al encontrar el fragmento de papel, que no le había prestado mucha atención a la foto. Pasó entre los sillones y se arrodilló enfrente del álbum de fotos que había dejado abierto en el suelo.

Todas las fotos en aquellas dos páginas eran muy similares entre sí. Todas ellas habían sido tomadas enfrente de un fondo en el que podía leerse "*Mann und Frau zu sein*"[1]. En todos los casos, Nora y Aksel se habían fotografiado con numerosos familiares y amigos. El papel lo había encontrado escondido detrás de la fotografía para la que más gente había posado. Al igual que en todas las demás, Nora y Aksel aparecían en el centro, sumamente sonrientes, señalando con sus manos las palabras *Mann* y *Frau*. Sus acompañantes, los padres de Aksel, y a quienes Eileen reconoció como Leon y sus hijos, estaban señalando las palabras *zu sein*. Fijándose bien, Eileen pudo apreciar que a Klara se la intuía en el reflejo del espejo. Este último descubrimiento hizo que sonriera ligeramente antes de entregarle la instantánea a su abuela.

–Puede que nunca quisiera verlo, pero Sandra se parece bastante a ti, – dijo Eileen, sentándose en el suelo, justo

---

[1] *"Futuros marido y mujer".*

enfrente de sus abuelos. –Los dos chicos tienen que ser Matthias y Lukas, y el hombre mayor que no es mi abuelo, él tiene que ser Leon. Y… bueno, mi madre no estaba del todo en lo cierto de que Klar… Clarissa no estuviera en la foto. Si te fijas en el reflejo del espejo, podrás verla.

–Este muchacho es una viva reencarnación de su padre cuando era joven, –dijo Leagsaidh señalando a Matthias o Lukas, no tenían manera de saberlo. –Y sí, supongo que Sandra sí que se parece a su madre. Pero, me pregunto por qué Clarissa no quiso ponerse para la foto.

–Puede que nunca les dijera la verdad sobre su pasado, –se aventuró a decir Alick. –Quiero decir, sabemos que, en algún momento, sí que les dijo algo sobre sus raíces, pero eso no implica necesariamente que le dijera a Nora que era su tía. O puede que incluso ni ella misma lo supiera, aunque lo dudo bastante, la verdad.

–¿Por qué, abuelo? –preguntó Eileen.

–Incluso las personas a las que no les gustan las fotos se olvidan de ello cuando están sumamente contentas. En dichas situaciones, la capacidad de autocontrol para mantener el tipo requiere un gran sobreesfuerzo, de manera que, lo normal, es cometer errores. Si Clarissa hubiera sabido que el reflejo del espejo se podría ver en la foto, se hubiera ido de la sala mientras la cámara estaba en acción. No me cabe ninguna duda de ello. Pero no se fue porque no quería perderse la celebración. Al fin y al cabo, aquello era lo más cerca que nunca iba a estar de la boda.

–¿Alguno de ellos vino a la ceremonia? –preguntó Eileen, señalando la fotografía que su abuela tenía entre las manos.

–Había un montón de amigos de tus padres que nosotros no conocíamos, pero no recuerdo ninguna de sus caras, –dijo Leagsaidh. –Aunque eso fue hace ya mucho tiempo, y mi memoria ya no es lo que era…

–Está bien, –dijo Eileen, con tranquilidad. Desde que su abuelo había sugerido que Klara Herrmann no había llegado a ser del todo honesta con sus padres, no había podido dejar de plantearse la posibilidad opuesta: que sus padres no hubieran sido del todo honestos con respecto a su conocimiento acerca de la relación entre Nora y la primera profesora de la escuela primaria de Aksel. Todavía escuchando lo que decían sus abuelos, Eileen se preguntó si sería mejor no sacar a la palestra un tema tan controvertido, pero declinó aquel pensamiento. Si querían conocer la verdad, tenían que estar abiertos a todas las posibilidades: –Esto… que estaba yo pensando… ¿podría ser que mis padres lo supieran, pero decidieran no decíroslo nunca?

Para su sorpresa, ninguno de sus abuelos pareció sentirse incómodo ante su pregunta.

–Nosotros no criamos así a Nora, pero nunca se sabe. No podemos estar seguros de que nunca lo supiera, y no tenemos manera de preguntárselo, –dijo Alick. Eileen se preguntó si su abuelo había querido sonar tan triste como lo había hecho, pero antes de que pudiera terminar su discusión mental consigo misma, su abuela tomó la palabra:

–Como alguien que ha guardado un gran secreto durante tanto tiempo, puedo decir que nunca entreví ningún signo que me hiciera pensar que Nora nos estuviera ocultando algo. Siempre fue una persona muy cercana y cariñosa con nosotros. Pero lo cierto es que, después de que conociera a Clarissa, solo la veíamos de ciento en viento. Después de su año de intercambio, volvió a Glasgow para terminar sus estudios y, una vez los hubo concluido, se mudó de nuevo a Alemania. Es mucho más sencillo fingir a través del teléfono. Pero yo… yo no quiero dudar de mi propia hija, aunque ya no puedo estar segura de nada.

–¡Oooh, abuela! –Cuando Leagsaidh comenzó a llorar de nuevo, Eileen se levantó y acortó la distancia entre ellas para darle un abrazo. En ningún momento había pretendido hacerla llorar de nuevo con su interrogatorio, pero no sabía qué podría decirle para que dejara de hacerlo. Dado el estado emocional en el que se encontraba su abuela, cualquier cosa que Eileen pudiera decir podría ser malinterpretada, por lo que decidió no decir nada en absoluto.

Eileen mantuvo el abrazo durante unos minutos antes de separarse de su abuela y continuar con la búsqueda. Se le acababa de ocurrir una idea que bien podría ser la última bala para intentar encontrar la manera de contactar con su tía abuela. Lo único que tenía que hacer era formularle la pregunta a la única persona que conocía todas las respuestas: su madre.

Deseando que su hipótesis fuera cierta, Eileen se arrodilló de nuevo entre las cajas de cartón y buscó el álbum del día de la boda. No le llevó mucho tiempo encontrarlo ya que, con gran diferencia, era el más grueso de todos ellos. Una vez tuvo el álbum de fotos entre sus manos, lo abrió por la primera página, dejando al descubierto una fotografía que la cubría por completo, y que mostraba a sus padres. Ella se quedó observando la instantánea unos segundos antes de introducir la mano entre ésta y la funda de plástico en la que se encontraba. Y, tal y como había ocurrido cuando lo había hecho con el resto de fotografías, también encontró algo escondido allí. En aquella ocasión, sin embargo, no solamente encontró un pequeño trozo de papel, sino también un sobre. A sabiendas de que no descubriría nada que no supiera ya, decidió sacar el trozo de papel en primer lugar:

Pitlochry, 1987. ¡Señor y Señora Häusler! A pesar de que mantendré mi apellido de soltera, aquel día confirmé que yo solamente sería feliz con Aksel, y con nadie más. ¡Qué día tan maravilloso! Obviamente hubo algún que otro imprevisto durante la preparación, pero todo valió la pena cuando por fin lo pude ver enfundado en su traje de novio. No podía contener las lágrimas cuando me vio entrando del brazo de mi padre. A mí me pasó lo mismo. Hubiera corrido para abrazarle y reconfortarle, pero tenía problemas al andar: mis piernas parecían estar hechas de gelatina. Ooh Aksel, qué afortunada soy de haberte encontrado. Ich liebte, und liebe, und werde dich immer von ganzem Herzen lieben.

Una vez hubo terminado de leer el contenido del papel, lo devolvió a su lugar y, con sumo cuidado, extrajo el sobre. Se quedó sin aliento durante un segundo cuando fue capaz de leer lo que estaba escrito fuera de él: la carta había sido escrito ¡por nada más y nada menos que Klara Herrmann! Con la mano temblándole, abrió el sobre y comenzó a leer:

Liebes Paar,

Ich bin so glücklich, dass ihr meine Familie und mich zu eurer Hochzeit eingeladen habt. Leider fürchte ich, dass ich es nicht schaffen werden. Obwohl ein Teil der Familie kommen wird: Matthias, Lukas und Sandra werden es schaffen. Und obwohl ich zum genannten Datum nicht dabei sein werde, wollte ich dir ein kleines Geschenk schicken.

Ich wurde mit klassischer Musik vertraut gemacht, als ich meinen jetzigen Mann kennenlernte. Er hat mir alles beigebracht, was ich über Bach, Mozart und Beethoven weiß. Als Kind bekam ich nie die Gelegenheit, ihnen zuzuhören, aber als ich ihn traf, öffnete er eine Tür voller neuer Möglichkeiten.

Seitdem vergeht kein Tag mehr, an dem ich mir keines seiner Stücke anhöre. Deshalb kaufte ich Ihnen eine Zusammenstellung ihrer Werke. Meine Kinder denken, dass ich Ihnen das nicht vorschlagen sollte, aber ich habe mich gefragt, ob Sie den Gang zu Beethovens sechster Symphonie gehen würden. Es ist bei weitem das Lieblingslied von Leon und mir, also dachten wir, das könnte die Art sein, wie wir bei Ihnen sein können, ohne dabei körperlich anwesend zu sein.

Es tut mir so leid, dass wir nicht bei Ihnen sein werden. Ich hoffe, Sie können uns vergeben.

Eure Klara.

Eileen evitó, con toda su fuerza de voluntad, que las lágrimas que se le agolpaban en los ojos le cayeran por las mejillas. Dejando la carta en el suelo, se levantó y fue hasta el escritorio en el que su abuela había colocado su viejo ordenador, y lo encendió. Después de lo que le pareció una eternidad, abrió una ventana en Google Chrome y tecleó "La sexta sinfonía, por Beethoven". A continuación, eligió el primero de los enlaces y, una vez que los altavoces estuvieron en funcionamiento, se dio la vuelta y preguntó:

—¿Es esta la canción al compás de la cual mi madre entró en la iglesia?

—Sí. ¿Por qué? —dijo Alick, sin entender lo que estaba pasando.

XVII

—¿Estáis bien? —preguntó Nora cuando sintió que el colgante descansaba de nuevo en su cuello. No podía ver absolutamente nada, pues seguían estando rodeados por una profunda oscuridad, de manera que decidió que lo mejor era no moverse. A pesar de ello, necesitaba oír a sus amigos.

—Supongo que sí, —dijo Mark. Su voz estaba impregnada de un sentimiento de miedo tan real que Nora sintió lástima por él. Si hubiera sabido dónde se encontraba, le hubiera dado un gran abrazo para reconfortarlo.

—Yo igual, —dijo Gabe. No podían verse, pero, de haberlo hecho, se hubieran reído de cómo Gabe movía los brazos por delante de sí. Como si fueran las aspas de un molino, no paraba de moverlos, esperando que aquello pudiera, de alguna manera, protegerlo.

—¡Aaaaaaaah! —gritó Theresa.

—¡Aaaaaaaaaaaaaaah! —gritó Gabe. —¿Pero qué co…?

—¡Ni se te ocurra, Gabe! —dijo Theresa. —Nada de esto hubiera pasado SI TE HUBIERAS QUEDADO QUIETO! ¿En qué estabas pensando? Me has dado un buen golpe en la espalda.

—Lo siento, hermanita. Me asusté y… bueno… estaba intentando protegerme y yo… te he golpeado por error. No era, en absoluto, mi intención.

—Aun así, Gabe. ¿En serio pensabas que andar moviendo los brazos era la mejor de las maneras para protegerte? ¿No te ha dado por pensar que, sin ver, lo único que podías hacer era caerte? Has tenido suerte de haberme golpeado a mí, y no a otra persona. No tenemos la menor idea de si estamos solos aquí. Tenemos que mantener la cabeza fría en todo momento y no hacer nada estúpido. Estamos tan cerca de resolver el misterio… no lo estropees, por favor, –le rogó Theresa, todavía masajeándose la espalda en el lugar en el que le había golpeado su hermano.

Nora estuvo a punto de pedirles que dejaran de discutir, cuando la oscuridad en la que habían estado sumidos fue reemplazada por una luz extremadamente potente. Tan potente, de hecho, que les resultó tremendamente molesta, acostumbrados como ya tenían los ojos a la oscuridad. Pero su reacción ante aquella situación fue de no únicamente cerrar los ojos, sino también de cubrirse las caras con las manos.

Los cuatro adolescentes permanecieron en esa posición durante alrededor de un minuto, hasta que sus ojos se hubieron acostumbrado a la luz que se había instaurado en la habitación. Un minuto que ellos percibieron como una pausa en el espacio–tiempo, pero que sus anfitriones aprovecharon bien. Los Protagonistas accedieron a la habitación por el único pasillo que daba acceso a la sala, y esperaron a que sus visitantes recuperaran la visión.

–Queridos intrépidos lectores, estamos muy contentos de poder daros la bienvenida a nuestra morada. A pesar de las circunstancias, esperamos que hayáis tenido un paseo agradable a través de nuestros dominios, los cuales tienen mucho que ofrecer a cualquier visitante; y, en especial, a visitantes tan especiales como vosotros. Pero primero, hagamos uso de los buenos modales, ¿no os parece? Así pues, empecemos con las introducciones. Mi nombre es Maia, y soy la mayor del grupo, –dijo, apuntándose con el dedo primero a ella, y luego a sus compañeros. –Y ellos son mi hermano Nor, Cynthia, Andreas y Francesco, –añadió, cambiando la dirección de su dedo cada vez que decía un nombre nuevo.

–Eh, hola, –dijeron los otros cuatro. Acto seguido, se volvieron para mirar a Maia, como si no se atrevieran a hacer nada sin su aprobación.

—Asumo que tendréis infinidad de preguntas para hacernos. Es normal. Y no os preocupéis, os las iremos contestando a su debido tiempo. Pero ahora, movámonos. El claro del bosque va a volver a aparecer en cualquier momento, y es mejor que no estemos aquí cuando eso suceda, –dijo Maia mientras se daba la vuelta. Ya había comenzado a andar cuando Mark decidió desobedecerla y preguntar algo:

—¿Cómo que es mejor que no estemos aquí cuando las cuevas vuelvan a su posición original? ¿A qué te refieres con eso? –Nora y Theresa miraron a Mark como si éste hubiera perdido la cabeza por completo. ¿Acaso no se había dado cuenta de cómo los otros protagonistas únicamente habían hecho lo que Maia les había ordenado? ¿Cómo se atrevía a hablar cuando no le habían dado la palabra?

—Su posición original. Esa es una apreciación muy interesante, cielo, –dijo Maia sin darse la vuelta. Su voz había sonado neutral, pero Nora había sido testigo de cómo, debajo de sus ropas, sus músculos se habían tensado al oír a Mark. Estaba claro que no estaba acostumbrada a que le llevaran la contraria.

—¿Podrías…? ¡Aaah! No, Gabe, ¡para! –exclamó Mark cuando Gabe le golpeó en las costillas. –Simplemente estoy intentando tener una conversación con nuestros anfitriones. ¿Qué hay de malo en ello?

—¿Abby no te ha indicado que solo hicieras lo que se te pide? Oh sí, conozco a vuestras abuelas. ¿Por qué os sorprende tanto? Pensaba que lo habríais inferido ya a estas alturas, –dijo Maia. No necesitó darse la vuelta para saber cómo su último comentario había hecho sentir a los cuatro adolescentes. –Pero basta ya, caminemos. Necesitamos movernos de aquí.

Nora, Theresa y Gabe se habían asustado a la mención de la conexión entre Maia y sus abuelas, pero lo suyo no había sido nada comparado con la sensación que se había apoderado de Mark cuando la líder de Los Protagonistas había nombrado a su abuela Abby. Estaba tan ansioso por obtener respuestas y de no permitirle que dejara de hablar, que el comentario le había pillado con la boca abierta, y así se había quedado tras oírla. De hecho, se había quedado tan parado, que la única prueba de que continuaba con vida era el vaivén de su pecho al respirar. Tenía la boca abierta, al igual que los ojos, y no conseguía moverse.

–Vamos, Mark. Estamos aquí los unos para los otros. No dejaremos que nada malo te ocurra, –dijo Nora. Había esperado hasta que los anfitriones se hubieron adentrado un poco en el pasillo para darse la vuelta y acercarse a hablar con su amigo. Dudaba que aquello evitara que ellos escucharan lo que hablasen, pero hacerlo así hizo que se sintiera más segura. –Mark, por favor, –añadió Nora mientras le ofrecía su mano.

Aunque reticente al principio, Mark terminó por aceptar la mano que Nora le ofrecía. Temblaba de pies a cabeza, lo que hizo que Nora sintiera, de nuevo, lástima por él. Ella misma había sentido miedo en algunos momentos a lo largo de su aventura, pero comparado con cómo Mark se estaba sintiendo en ese momento, lo suyo no había sido nada. No obstante, tenía que admitir que la situación era lo suficientemente rara como para que todos se sintieran de la misma manera en la que lo estaba haciendo Mark.

Estaban los cuatro solos, dentro de una cueva que no parecía muy halagüeña, y sin posibilidad ninguna de contactar con un adulto. Antes de insertar los colgantes en los orificios situados en las entradas de las cuevas, supieron que éstas se moverían las unas hacia las otras a consecuencia de ello, y que ellos quedarían encerrados en el interior de la sala que se formaría. Pero la información había llegado hasta ahí. En ningún momento fueron advertidos de la repentina oscuridad, de la aparición de los protagonistas, o de la necesidad de seguirlos a través de un pasillo que parecía haber sido preparado para una película de terror.

Todavía asida de la mano de Mark, Nora miró a Theresa y esperó a que ésta dijera algo: –No sé qué decir. No sabía qué esperar, así que me han pillado con las defensas bajas. Supongo que no tenemos más remedio que esperar a que nos vayan revelando cosas a medida que lo vayan considerando oportuno. Lo siento, –añadió, realmente sintiéndose así por la falta de ideas.

–No tienes que pedirnos perdón, hermanita. Nos has guiado hasta aquí, y no tengo dudas de que también nos vas a sacar de aquí. Confío en ti, –dijo Gabe. Nora se dio cuenta de que él también sonaba asustado, lo que hizo que algo dentro de ella se rompiera en pedazos. Necesitaba ser fuerte no solo por ella y por Mark, sino también por Gabe. ¿Sería capaz de lidiar con todo aquello? Comenzaba a dudarlo.

Ni siquiera a día de hoy son capaces de recordar cuánto tiempo estuvieron caminando dentro de la cueva. El camino les resultó fácil de seguir, pues en él no había intersecciones de ningún tipo, pero eso no significaba que no diera miedo. Las paredes de roca eran planas, a excepción de la presencia de algunas grietas aquí y allá. Pero las sombras que se originaban mientras ellos avanzaban hubieran hecho que se asustara hasta la persona más valiente sobre la faz de la Tierra.

Y justo cuando estaban comenzando a desesperarse, Maia tomó la palabra de nuevo: –No estamos lejos de nuestro destino. Dado que pronto llegaremos, os voy a anticipar qué es lo que os vais a encontrar allí. Sé que vuestras abuelas os han advertido que debéis hacer lo que se os dice y, aunque no habéis seguido las instrucciones al pie de la letra, lo cierto es que, hasta ahora, habéis hecho un trabajo bastante decente. Sin embargo, como personas inteligentes que sois, entenderéis que, a partir de ahora, tendréis que hacer exactamente lo que se os diga. Con eso quiero decir que, si digo que no habléis, no hablaréis; y que, si digo que os tapéis los oídos, os taparéis los oídos *ipso facto*. –Había dicho todo aquello mientras continuaba adentrándose en la cueva, pero se dio la vuelta antes de preguntarles: –¿lo habéis entendido?

Mark, Theresa y Gabe se apresuraron a confirmar con un golpe de cabeza tan pronto como Maia se hubo dado la vuelta. Nora, por el contrario, decidió sostenerle la mirada a Maia unos segundos antes de atreverse a romper el silencio que se había impuesto entre todos ellos: –¿Puedo preguntar por qué tenemos que hacer lo que tú nos digas? Tiene que haber alguna razón por la que tengamos que hacerlo así. No es que yo…, –pero no pudo terminar la frase porque Maia le interrumpió.

–TAPAOS LOS OÍDOS, ¡AHORA! –había gritado Maia. Debido a la actitud arrogante que había mostrado desde que se había presentado a los adolescentes, su reacción quedó fuera de lugar. –¿NO OS HE DICHO QUE HAGÁIS LO QUE SE OS DIGA? –le gritó Maia a Nora cuando se dio cuenta de que ésta no había seguido sus indicaciones.

–¿POR QUÉ? –le gritó Nora de vuelta, mientras les decía a los demás, por gestos, que no debían taparse los oídos. –¡No pasa nada! Es solo una melodía. La misma que oí emitir a mi ejemplar en mi habitación, –añadió, más para sí misma que para los demás.

Nora no podía entender por qué sus amigos no confiaban en ella y seguían haciendo lo que se les había dicho que hicieran. Durante su aventura había demostrado tantas veces que había tenido razón, que aquella actitud por su parte le estaba resultando un tanto insultante. Pero el miedo que se mostraba en sus caras… su instinto le decía que tenía que haber algo más. Al fin y al cabo, ninguno de ellos había mostrado antes tan intencionadamente lo asustados que estaban.

Cansada de intentar convencerles de que se destaparan los oídos, decidió mirar para otro lado y escuchar atentamente la melodía. Ahora se oía mucho más alta que cuando la había escuchado saliendo de su ejemplar de *Todas las leyendas escocesas*, por lo que pudo darse cuenta de que era tremendamente repetitiva. Era como si los mismos acordes se repitieran una y otra vez. Cerró los ojos para únicamente percibir las notas musicales, y comenzó a mover los dedos como si estuviera tocando un piano invisible. Estuvo así durante unos minutos más, hasta que la melodía comenzó a sonar desde el principio de nuevo por sexta vez. Fue entonces cuando cayó en porqué aquellos acordes le resultaban tan familiares.

Desde que la había escuchado, no había podido dejar de darle vueltas, pero, al igual que había ocurrido cuando su nombre había sido escrito en el libro, nunca pensó que sentiría tanto miedo al escuchar aquella obra de nuevo. La última vez que la había escuchado, apenas era una niña. La había practicado miles de veces con el Profesor Ross, pero no la había vuelto a tocar desde su puesta en escena en la exhibición que había tenido lugar en el Teatro Globe de Shakespeare. Pero lo que le estaba haciendo sentir descompuesta no era esa coincidencia, sino el hecho de que la melodía estaba acompañada de letra. No sabía que aquella composición contara con un texto. Sin embargo, cuantas más veces escuchaba la letra, más sentido cobraba el hecho de que nunca la hubiera escuchado.

Alarmada, se dio la vuelta e intentó llamar la atención de sus amigos de nuevo; pero dio igual cuán alto intentó gritar. Ellos, simplemente, no hacían lo que ella tan vehementemente les estaba pidiendo que hicieran. Sintiendo una desagradable sensación de desesperación crecer dentro de ella, decidió cambiar de estrategia. *—Puede que no sean capaces de oírme, pero sí que podrán leer lo que les escriba,* —pensó Nora mientras dejaba su mochila en el suelo y se arrodillaba para buscar algo dentro de ella. Sacó su cuaderno de música y un bolígrafo, y se apresuró a escribir un pequeño mensaje:

He reconocido la melodía. Se trata de La sexta sinfonía de Beethoven. Pero la parte más importante no es esa, sino la letra de la canción. ¡Tenéis que destaparos los oídos para poder escucharlo por vosotros mismos!

Con manos sudorosas, arrancó la hoja del cuaderno y se colocó justo en frente de sus amigos para que ellos pudieran leer la nota que acababa de escribir.

—¿Te has vuelto loca? —gritó Mark cuando terminó de leer. —Beethoven no escribía letras para sus composiciones. Él estaba por encima de eso.

Mark mostrando su parte más honesta y molesta. Nora tuvo que respirar profundamente para aplacar su enfado, antes de arrodillarse de nuevo para escribir, a la vuelta de la hoja, una respuesta para él:

Soy consciente de que la leyenda data de mucho antes de que Beethoven naciera. Y en ningún momento he dicho que él fuera el autor de la letra. Es indudable que la melodía está acompañada de una voz, pero debido a que la letra que se canta es tan específica para nuestra situación, no puedo saber qué fue antes. Aun así, lo importante es que son las instrucciones para salir. ¡Tenéis que escucharlo!

Poniéndole el capuchón al bolígrafo antes de volvérselo a guardar en el bolsillo de sus vaqueros, se dio la vuelta de nuevo para enseñarle a Mark, y a quien quisiera leerlo, la hoja de papel.

–NORA, NO PODEMOS ESCUCHAR LA MELODÍA PORQUE NO LLEVAMOS TU COLGANTE. MÍRATE EL PECHO, –gritó Theresa antes de que Mark pudiera decir nada.

Nora bajó su mirada hacia el pecho y lo que vio, originó en ella sentimientos encontrados. Su colgante había, por fin, entrado en acción, lo que significaba que su momento había llegado. Y eso le hacía sentir emocionada y asustada a partes iguales. Estaba contenta de poder ser de utilidad para resolver el misterio, pero también se sentía asustada por la situación en sí. Theresa había sugerido que ella era la única que podía escuchar la letra, lo que, a fin de cuentas, significaba que el éxito de la expedición dependía de ella, y únicamente de ella. ¿Podría recibir ayuda de sus acompañantes? ¿Y por qué era ella la única persona capaz de entender las instrucciones para salir? ¿Se quedarían, al igual que Los Protagonistas, encerrados dentro de la cueva si no conseguían resultados satisfactorios? ¿Podría volver a ver a su abuela de nuevo?

18

—**P**orque fue Kla… Clarissa quien les sugirió que utilizaran esa canción. Está todo aquí, –dijo Eileen, volviendo hacia las cajas para coger la carta que había dejado tirada en el suelo. –Pero no seréis capaces de entenderla: está enteramente escrita en alemán. Si hablaba un perfecto inglés, ¿por qué narices escribía siempre en alemán? –Esa había sido una pregunta que no había tenido intención de pronunciar en voz alta, pero cuando se dio cuenta de lo que había hecho, ya era tarde.

–Puede que simplemente quisiera asegurarse de que nosotros nunca entendiéramos las cartas, si es que alguna vez las encontrábamos, –dijo Leagsaidh.

–Aun así. ¡Se cambió el nombre! ¿Hubieras sido capaz de saber quién era? –La situación estaba claramente sobrepasando a Eileen. Había muchas cosas que no estaba entendiendo, lo que provocaba que dijera las cosas en un tono mucho más fuerte de lo que ella quería sonar. Se dio cuenta de lo que había hecho cuando Alick la miró y le echó la bronca con un simple parpadeo de ojos. –Y para vuestra información, los hijos de Leon y Clarissa sí que vinieron a la boda. O esa fue la intención, al menos.

–¿Podemos calmarnos todos? –dijo Alick, recolocándose en su asiento. –Nadie ha asegurado que esos muchachos no vinieran a la boda. Había mucha gente a la que nosotros no habíamos visto nunca antes y que, por descontado, no hemos vuelto a ver desde entonces. Una boda es un día para los novios, y nadie más. Más allá de eso, estoy de acuerdo con tu abuela. Incluso aunque Clarissa se cambiara de nombre, todas sus cartas eran manuscritas, ¿o no? Además, ya te lo he dicho antes: tengo la impresión de que nunca fue del todo honesta con nuestra hija. ¿Hay algo más interesante en esa carta?

—Mmmm, sí, —dijo Eileen, colocándose la carta delante de sí. Volvió a leerla de nuevo antes de traducírsela a sus abuelos. —En primer lugar, les agradece a mis padres la invitación a la boda, y se disculpa porque no podrá asistir a la ceremonia; aunque les confirma que sus hijos sí que irán, y que ella les hará un regalo más allá de que ellos sí que vayan a personarse en la ceremonia. El regalo consiste en una recopilación de obras de Bach, Mozart y Beethoven. Al parecer, Leon estaba muy interesado en la música clásica, y fue quien hizo que Clarissa comenzara a escucharla también. Y la última parte, bueno, eso ya os lo he dicho, o al menos una parte: le sugiere a mi madre que entre al son de la famosa Sexta sinfonía de Beethoven. Esa era la obra favorita de ella y su marido, de manera que sugiere que esa podría ser la manera de que ellos participaran en la ceremonia sin estar físicamente en ella.

—¿¡En serio!? —exclamó Leagsaidh de repente. Su cara había pasado de la preocupación al escepticismo.

—Eso es lo que pone aquí. No me lo he inventado, —dijo Eileen, moviendo la carta enfrente de su abuela para que ella la mirara. —¿Hay algo más que quieras compartir con nosotros?

Por toda respuesta, Leagsaidh se levantó y caminó despacio hasta la estantería situada junto al reproductor de música. En ella había decenas de vinilos que habían escuchado en numerosas ocasiones para entretenerse durante las tardes lluviosas cuando Eileen era una niña. Allí había todo tipo de estilos musicales, desde Michael Jackson hasta Aretha Franklin, pasando por los Rolling Stones y los Beatles. También había discos de música clásica, pero aquellos rara vez los escuchaban, ya que no tenían letra y disfrutaban mucho más de las veladas cuando hacían karaokes improvisados. Pero Leagsaidh no buscó entre los vinilos que estaban colocados en la estantería, sino que utilizó su colgante para abrir la caja que estaba situada justo detrás del reproductor de música.

Eileen no podía entender nada de lo que estaba pasando. Para empezar, no tenía ni la menor idea de que el mueble en el que siempre se había encontrado el reproductor de música tuviera un cajón secreto. Pero últimamente ya había descubierto varias cosas sobre su propia familia que desconocía, por lo que no se sintió tan traicionada como cuando había descubierto que su abuela tenía una hermana. Se planteó acercarse hasta donde estaba su abuela para ayudarla, pero, tras mirar a su abuelo antes de levantarse, desestimó esa idea. Al igual que le había pasado a ella, su abuelo tampoco conocía la existencia de ese cajón, lo que le había dejado petrificado en su asiento.

Desconocedora del efecto que sus acciones habían tenido sobre su marido y su nieta, Leagsaidh introdujo la pequeña llave que había permanecido escondida tras su camisón, y tomó aire antes de abrir el cajón. No había abierto ese cajón desde hacía más de cincuenta años, a pesar de que había guardado la llave como un tesoro desde que en él había introducido sus secretos. Con una mano temblorosa, cogió el cuaderno que estaba dentro y asió fuertemente antes de decir: —No entiendo por qué mintió. Me cuesta creer que cambiara tanto.

Eileen miró a su abuelo, y con un gran pesar en el pecho debido a que él todavía no se había movido, decidió ser ella quien rompiera el silencio: —¿qué pasa, abuela?

—La sexta sinfonía de Beethoven era nuestra obra favorita. Y cuando digo NUESTRA, me refiero a Bhaltair y a mí, —dijo Leagsaidh, subiendo el tono de voz. —Ella siempre protestaba cuando mi hermano y yo escuchábamos o hablábamos sobre música clásica. Y, de repente, ¿se interesó por ello? ¿Se dio cuenta de que sus gustos no diferían tanto de los nuestros? ¡Maldito Leon!

El giro inesperado de los acontecimientos dejó a Eileen completamente sin palabras. No podía ver qué era lo que su abuela tenía tan fuertemente agarrado, pero sí que podía percibir que estaba temblando. ¿Qué podría haber escondido tan bien para que nadie lo encontrara? Estaba ansiosa por descubrirlo, pero no quería presionar a su abuela o, al menos, no en ese momento. Más tarde o más temprano, lo compartiría ella sola.

Leagsaidh continuó aferrándose al viejo cuaderno durante unos minutos más, luchando contra la respuesta de su cuerpo ante aquella situación de estrés. Y justo cuando Eileen estaba a punto de levantarse de su asiento para ayudarle a sentarse, pasó varias hojas hasta que encontró la que estaba buscando. A continuación, leyó el contenido en voz alta:

Escocia, 8 de febrero de 1934

Es el quinto día que no puedo ir a la escuela por culpa de la gripe. Ya me siento mucho mejor, pero todavía estoy débil. Padre dice que probablemente no pueda volver a clase en, al menos, cinco días más, lo que me rompe el corazón. Estoy al día porque Clarissa me está trayendo toda la tarea a casa, pero echo de menos pasar tiempo con mis amigos. Hace muchísimo frío en la calle, pero hasta eso echo de menos.

Y también siento pena por mi hermano. Dado que yo no puedo salir, él tiene que hacer la compra, además de encargarse de sus propias tareas. Esa es mi tarea, pero tenemos que seguir comiendo y alguien tiene que hacerlo por mí mientras yo estoy en cama. Pero bueno, desde que él va al mercado, se las está ingeniando para traer periódicos viejos, de manera que así tenemos otra cosa de la que hablar, más allá de mi gripe. Sin ir más lejos, el que ha traído hoy nos ha llevado a hablar sobre un tema muy interesante.

Después de cenar, Padre, Bhaltair, Clarissa y yo nos hemos sentado juntos para comentar las últimas noticias. No hemos hablado de las más recientes, puesto que siempre vamos unos días por detrás, pero nos ha importado poco. Aun así, hemos aprovechado el tiempo.

Normalmente vamos leyendo las noticias en voz alta por turnos, pero dado que yo me hubiera puesto a toser si hubiera intentado hablar durante mucho rato seguido, únicamente he estado escuchando. Hablaban de las últimas obras que habían llegado al teatro local, y de lo fuertes que habían sido las nevadas en el norte. También había noticias sobre política, aunque Bhaltair ha rehusado leerlas. Él dice que eso no son noticias para mujeres. Desafortunadamente es algo en lo que Padre está de acuerdo con él, por lo que, a pesar de que Clarissa se haya puesto hecha una furia, las noticias no se han leído. Pero eso no ha sido nada comparado con cómo se ha puesto cuando Bhaltair y yo (tanto como mis ataques de tos me han dejado) hemos empezado a hablar sobre Beethoven después de que él leyera una noticia en la que se mencionaba que había habido un memorial en su honor en el sur de Inglaterra.

Eileen había escuchado con interés la entrada del diario que su abuela les había leído. Cuando ésta terminó, no pudo evitar sentirse completamente perdida. Cada vez que descubrían algo nuevo, ya fuera sobre Nora o sobre Klara Herrmann, siempre se contradecía con lo que fuera que Leagsaidh hubiera dicho anteriormente. ¿Por qué había tantas diferencias en lo que simplemente deberían ser caras opuestas de una misma historia? ¿Por qué había mentido Klara? ¿Por qué les estaba resultando tan complicado encontrar la verdad?

XVIII

Nora continuó mirando alternativamente el colgante de su pecho y a sus amigos, mientras seguía escuchando la letra que unas extrañas voces estaban cantando. No tenía ni la menor idea de dónde provenía la música, pero la letra era muy clara: el tiempo se les estaba agotando.

–¡HAZ QUE PARE! –gritó Maia. La música no estaba muy alta, pero, el hecho de que aún tuviera los oídos tapados, hacía que subiera el tono de voz para poder oírse a sí misma.

Cuando oyó gritar a Maia, Nora fue consciente de nuevo de que Los Protagonistas estaban allí con ellos. Desde que se habían adentrado en el bosque, se había acostumbrado tanto a tener que hacer frente a diferentes retos, que se había olvidado de que ya no estaban solos. Pero el horror que se mostraba en la cara de Maia hizo que Nora se estremeciera. Ella también quería hacer que la melodía cesara, pero no tenía ni la más remota idea de cómo hacerlo. Y cuantas más veces se repetía la letra, tanto más ansiosa se sentía.

No sabía qué hacer. Mientras la canción continuase, no podría obtener ayuda de nadie, por lo que decidió sentarse para pensar con calma. Era consciente de que aquello probablemente haría que Maia se enfadara, pero alejó ese pensamiento de su mente. Necesitaba todo el espacio disponible para poder averiguar cómo gestionar la situación.

En primer lugar, pensó en coger el libro para ver si podría encontrar en él algo, pero declinó esa opción tan rápido como se le había ocurrido. Todo cuanto había aparecido en el libro siempre había sido firmado por Los Protagonistas, y esas personas estaban ahora delante de ella, con los oídos tapados. También se planteó tener una conversación con Theresa, puesto que siempre había parecido estar un paso por delante, pero aquella idea tampoco la convenció. Lo único que ella podría aportarle es lo que ya sabía: que ella era la única que podía entender la letra.

Aparentemente, su colgante estaba funcionando como una especie de amuleto que la estaba protegiendo de lo que fuera que la melodía les hubiera hecho a los demás si no se hubieran tapado los oídos, tal y como Maia les había ordenado que hicieran. Debido a que el efecto protector había funcionado desde el principio, ella no había experimentado nada fuera de lo normal. Pero el hecho de que sus amigos hubieran hecho lo que se les había pedido desde el principio, y, especialmente, por el miedo que se mostraba en la cara de Maia, consideró que las consecuencias de escuchar la melodía sin un hechizo protector deberían ser algo muy doloroso.

Y era precisamente aquello lo que no le ayudaba a despejar la mente. No dejaba de darle vueltas a qué podría ser lo que tuviera unas consecuencias tan peligrosas, y que, unido al mensaje demandante de la letra, hacía que sus niveles de ansiedad aumentaran a una velocidad como nunca antes lo había experimentado. Ni siquiera aquella noche en el Teatro Globe de Shakespeare.

Sacudiéndose la cabeza en aras de que el movimiento físico le ayudara de alguna manera, se volvió a mirar el pecho. Su colgante estaba emitiendo una luz tan brillante, que tuvo que parpadear varias veces para que sus ojos se acostumbraran a la intensidad luminosa. Y justo en el momento en el que pudo mirar el colgante sin que le dolieran los ojos, una bombilla se encendió en su cerebro. Todo lo que les había sido proporcionado les había resultado útil para lo que se traían entre manos. Ahora, simplemente, tenía que averiguar cómo sacar partido a su colgante.

Su esfera estaba decorada con los mismos dibujos de notas musicales que habían sido incluidos en su copia original del libro. Pero, en ese momento, tenían un aspecto diferente.

Y no era simplemente el hecho de que la luz se colara entre sus bordes, lo que indudablemente les daba una dimensión completamente diferente, sino que parecía que se estaban moviendo al son de la música. Y… ¿podría ser aquello posible? Se frotó los ojos y volvió a mirar con más detenimiento.

Las notas musicales se originaban en el punto exacto en el que la esfera se unía con el collar, y se movían en espiral hacia el punto opuesto de la circunferencia. En su camino hasta allí, parecía que estuvieran bailando al ritmo de la música y, justo cuando parecía que iban a desaparecer, se convertían en letras. La transformación era tan rápida y sutil, que Nora no creía que realmente lo estuviera viendo. Pero tenía que confiar en su instinto.

Dejando que la esfera le colgara libremente del cuello, se quitó la mochila y la abrió de nuevo. Introdujo una mano temblorosa en el compartimento principal y sacó su cuaderno de música y un lapicero. Después, esperó a que la melodía comenzara de nuevo antes de comenzar a transcribir la letra:[2]

If wise enough to discover it
And brave enough to come in
You might wish to play this
From beginning to end
From end to beginning.

No mistakes are allowed
Just one time to play it aloud

---

[2]*Suficientemente inteligente para descubrirlo/Suficientemente valiente para adentrarte/Desearás tocarlo/De principio a fin/De fin a principio.*
Sin errores permitidos/Una sola ocasión para tocar/Así que empieza ahora a practicar/Antes de que concluya el tiempo asignado.
No puede haber mano parada/Si sois multitud/Tratad de dividirlo/Pues la cuenta atrás ya no está en lo alto.
Si lo conseguís/Seréis libres/Pero si no lo hacéis/Nunca saldréis.
Así que no seáis pardillos/¡Y comenzad ya a practicar!

So practice now
Just before the end of the countdown.

No hand must be stopped
So if you are a lot
Try dividing it a lot
Because the countdown is not on the top.

If you succeed
You will be free
But if you don't
You will never go.

So don't be a foolish
And start practising now!

Y, tal y como había averiguado que sucedería, en el momento en que hubo transcrito la última de las letras, la melodía dejó de sonar. Sonriente tras una intervención exitosa, arrancó la hoja y les gritó a los demás que ya podían destaparse los oídos, que la melodía estaba ahora presa en el trozo de papel que tenía en la mano.

–Nora…, –dijo Gabe, con un brillo de orgullo en la mirada. Esperó a que ella le mirara y, justo cuando establecieron contacto visual, corrió hacia ella y la besó. Fue un beso tierno y rápido, que pilló a Nora completamente por sorpresa. Cuando Gabe se separó, ella no podía hablar, pero era consciente de que su cuerpo lo estaba haciendo por ella. Dejó caer el papel en el que había transcrito la letra, y se tapó la cara, completamente sonrojada. Aun así, fue capaz de oír lo que Gabe le susurró: –nunca dudé que lo conseguirías.

Clap, clap, clap. Maia aplaudió con sorna mientras hablaba: –todavía le queda mucho por hacer para liberarnos. Dejemos el romance para cuando volvamos a ver la luz del día.

–¡Eh, disculpe! –exclamó Theresa en un tono muy enfadado. Que su hermano hubiera besado a Nora la había cogido completamente por sorpresa, al igual que a todo el mundo en la sala, pero eso no significaba que fuera a permitir que Maia fuera así de borde con sus amigos. –He visto su cara de pánico mientras la melodía estaba sonando, lo que me lleva a pensar que nunca ha sido capaz de poder controlarla. ¿O me equivoco?

–¿Cómo te atreves a hablarme así? Sabes que podría maldecirte con un simple giro de muñeca…

–Pero no lo harás, porque nos necesitas, –dijo Theresa mientras se arrodillaba al lado de donde había caído el papel que Nora había arrancado de su cuaderno. Todavía no había leído la letra, pero ella siempre había estado un paso por delante de todos los demás. –Lo ves, lo pone aquí: no puede haber mano parada, si sois multitud, tratad de dividirlo – añadió, señalando con el dedo los versos que acababa de leer.

Theresa había agarrado la hoja de papel fuertemente mientras se la había enseñado a Maia, pues había esperado que ésta hiciera gala de su autoridad dentro del grupo e intentara quitársela. Pero, en lugar de ello, Maia se dio la vuelta para que nadie le viera la cara.

–No sabe leer, y eso hace que sienta un miedo atroz. Lo desconocido es siempre lo que más miedo nos da, –dijo Cynthia tras unos segundos de silencio.

–Si no sabe leer, eso significa que tampoco sabe escribir…, –pensó Mark en voz alta.

–Así es, Mark. Pero eso no es lo importante ahora mismo, porque Cynthia sí que sabe leer, –dijo Theresa. Este último comentario hizo que Nora se olvidara de su cara sonrojada. ¿Cómo podría Theresa haber averiguado aquello? ¿Lo habría hecho mientras ella estaba enfrascada en averiguar cómo hacer parar la melodía? Quería hacerle infinidad de preguntas a Theresa, pero cuando ésta retomó la palabra, decidió que tendrían tiempo para ello más tarde: —¿alguna vez habéis sido conocedores del texto de la melodía?

—No, nunca, —dijo Cynthia. Al igual que había sucedido mientras habían mantenido comunicación con Los Protagonistas libro mediante, parecía que no iban a darles mucha información de gratis.

—Eso significa que no tenéis el control absoluto de todo lo que pasa aquí, —dijo Theresa.

—No, no lo tenemos, —respondió Cynthia. Nora creyó ver un atisbo de sonrisa en la cara de Cynthia a pesar de las respuestas negativas.

—Pero vosotros habéis sido los responsables de escribir las cartas en el libro, así como de hacer aparecer las huellas, ¿no es así? —preguntó Theresa de nuevo.

—En efecto, así es, —respondió Cynthia. Y, esta vez, Nora estuvo segura de que había aparecido una sonrisa en la cara de Cynthia.

—De modo que, aunque habéis intentado hacernos creer que tenéis el control de todo, en realidad estáis tan perdidos como nosotros. ¿Por qué?

—En primer lugar, no estamos tan perdidos como vosotros. Estamos unos pasos por delante, para que quede claro, —dijo Cynthia. A pesar de haber sonado firme, había utilizado un tono suave de voz. —Y la razón por la que lo hemos hecho… ¿me creeríais si os dijera que no hemos tenido otra opción?

—Podríamos, pero eso no significa que lo vayamos a hacer. Puede que solo seamos unos adolescentes, pero no somos estúpidos. Siempre hay una razón para todo, más allá de que uno quiera o no quiera saber la verdad, —dijo Theresa. Había tratado de sonar tan firme y suave como Cynthia y, a juicio de Nora, lo había conseguido.

–Chica lista, –dijo Maia, dándose la vuelta. –Me gustas. Me has gustado desde el principio, de hecho. Pero Cynthia solamente ha dicho la verdad: no teníamos otra opción. Desde que nos quedamos encerrados aquí, se nos dio la capacidad de comunicarnos con el exterior a través del libro de leyendas. Yo no sé leer, y Nor tampoco, pero nosotros nos quedamos encerrados aquí mucho antes de que el libro existiera. Nosotros fuimos los primeros protagonistas. Andreas, Francesco y Cynthia fueron atraídos fruto de la curiosidad, y no han tenido más opción que esperar vuestra llegada.

–Pero ¿por qué nosotros? –preguntó Mark. Había seguido la conversación como quien ve un partido de tenis, por lo que, harto de mirar de interviniente a interviniente, había decidido expresar sus pensamientos en voz alta.

–Mi hermano y yo hemos intentado salir de esta cueva desde que nos quedamos encerrados. Hemos aprovechado cada oportunidad para atraer a lectores intrépidos. Pero creedme: cada vez que lo intentábamos, no sabíamos qué sucedería. Jugamos nuestras cartas, pero no fue hasta que os encontramos a vosotros cuatro que supimos que habíamos dado con nuestros salvadores, –dijo Maia.

–¿Y por qué sabíais que nosotros seríamos vuestros salvadores? –volvió a preguntar Mark.

–Por esto, –dijo Maia, señalando la pared que estaba más alejada de ellos.

Ninguno de los adolescentes le había prestado atención todavía a esa pared, de modo que no habían apreciado que, al contrario que el pasillo, la pared que había señalado Maia tenía un dibujo en ella. Era un dibujo a mayor escala del que Los Protagonistas habían dibujado al final de la carta con la advertencia que había aparecido tras la fusión de los libros: una cueva rodeada de árboles, a la que llegaba un camino simbolizado por huellas, y que estaba decorado con notas musicales.

19

Después de oír lo que Leagsaidh había escrito en su diario cuando apenas era una niña, tanto Eileen como su abuelo se quedaron sentados en sus asientos, completamente incapaces de expresar sus sentimientos. Ambos intentaron hacer varios intentos de hablar, pero todos murieron en sus gargantas, incapaces como eran de encontrar las palabras correctas para expresarse.

Frustrada por los repentinos y frecuentes cambios, Eileen decidió, tras varios minutos de intentos fallidos de expresarse, que el día, para ella, había tocado a su fin. Sin decirle nada a sus abuelos, se levantó y fue hasta donde estaban los álbumes de fotos para devolverlos al interior de las cajas. Se quedó consigo, no obstante, la última de las cartas de Klara Herrmann que había encontrado. Una vez hubo terminado, se fue en silencio.

De camino a su habitación escaleras arriba, apenas fue capaz de levantar los pies. Se había hecho la fuerte delante de sus abuelos, considerando que ellos ya habían tenido suficiente con el remolino de emociones de aquel día. Su abuela por fin se había abierto y había hablado de cosas que nunca les había contado, lo que ya era bastante por sí solo. Pero su periplo no había acabado ahí. Algunas de las cosas que habían descubierto, bien a través de la mano de Nora, bien a través de la de Klara, habían resultado contradictorias; o, mejor dicho, no habían coincidido por completo con la versión que Leagsaidh les había contado. Y eso había resultado tremendamente frustrante.

Una frustración que Eileen seguía sintiendo cuando llegó a su habitación. Tanto fue así que, cuando entró en su cuarto, cerró la puerta más fuerte de lo que le hubiera gustado. –¡Mierda! ¡Mierda! ¡Mierda! – exclamó mientras golpeaba la puerta desde el interior de su habitación. A continuación, se miró la mano izquierda, donde aún tenía la carta de Klara Herrmann, y dijo en voz alta: –no sé si te admiro o te odio. Te juro que no lo sé.

Sacudiendo la cabeza, soltó la carta, que planeó lentamente hasta el suelo, y se dirigió a su escritorio. Desde que tenía uso de razón, siempre había tenido una mente muy despierta y ocupada, y la única manera en la que había conseguido poner sus pensamientos en orden había sido mediante la escritura. Lo que no alcanzaba a recordar era si había encontrado el confort que buscaba a través de la escritura porque le gustaba, o porque era una manera indirecta de expresarse.

De niña, había escrito pequeñas historias, llegando incluso a ganar concursos locales. Pero también había escrito otras historias que nunca le había dejado leer a nadie. Ni siquiera a su abuelo. Y no era porque no estuviera orgullosa de ellas; más bien todo lo contrario. La cuestión principal con todas ellas era que contenían una gran carga emocional, pues habían sido escritas a consecuencia de sus batallas internas, de manera que el simple hecho de pensar que alguien podría leerlas, la hacía sentir inquieta.

Si bien no dejaba que nadie leyera esas historias privadas, éstas eran su refugio cuando se sentía sobresaturada de emociones, fueran cuales fueran sus razones. Para ella, sus historias privadas eran como fotografías de rayos X de su alma, a las que podía volver cuando lo necesitara. Y hacia ellas era, precisamente, hacia donde le había conducido su subconsciente después de todo lo sucedido.

En aquella ocasión, sin embargo, no estaba segura de que su desasosiego pudiera aliviarse con sus experiencias previas. Era cierto que ya se había visto en la posición de tener que percibir a las personas de una manera en la que, a priori, no podía. Si bien sus abuelos nunca le habían forzado a que quisiera a sus padres, siempre había tenido la sensación de que su abuela nunca había llevado tan bien como su abuelo el hecho de que, por mucho que lo intentara, no podía echar de menos a alguien a quien nunca había conocido.

Había preguntado en infinidad de ocasiones que cómo habían sido sus padres, que qué les había gustado y a qué se habían dedicado. De adolescente, había incluso preguntado que cómo la habían tratado sus padres. Y, a pesar de que podía recordar lo que le habían dicho, aquellos nunca habían sido sus recuerdos. O, al menos, ella nunca los había sentido como propios. Había conseguido crearse una historia de la que se había ido sintiendo más y más cómoda hablando; pero eso era todo lo que siempre había sido para ella: una historia.

Y el problema era que ella no era la autora de esa historia. Ella no la había creado, y no podía evitar sentirse, en cierta manera, como una intrusa. Si bien nunca se había sentido a gusto hablando de sus miedos, sus desencuentros amorosos, o incluso sus sueños, siempre había sentido que escribir mientras estaba sintiendo todo aquello le había resultado muy sanador. Y escribir lo que le naciera: desde una entrada en su diario hasta comenzar un relato desde cero.

Había comenzado a reescribir su relato sobre Nora desde su llegada a Pitlochry. El proceso le había resultado bastante interesante hasta la fecha, pero deseaba poder haberle dedicado más tiempo. Aun así, tenía que admitir que las emociones que estaba experimentando, junto con los descubrimientos que estaba haciendo, iban a llevar la historia hasta una nueva dimensión. A pesar de que la versión original llevara ya años terminada, se estaba permitiendo la licencia de dejarse llevar por su corazón. Era cierto que nunca había conocido a sus padres, pero quería rendirles tributo de alguna manera. Al fin y al cabo, les debía la vida.

Olvidándose de las razones por las que se estaba sintiendo como se estaba sintiendo, o al menos intentándolo, abrió en su portátil el documento titulado *Novela en progreso*, navegó por él hasta llegar al último párrafo que había modificado, y comenzó a trabajar de nuevo. Nunca había sido una persona que impusiera sus formas sobre las de los demás, pero disfrutaba la sensación de ser quien estuviera al mando de la situación. Siempre se había imaginado a sí misma detrás de cámaras, haciendo todo el trabajo que nadie parece tener en consideración, a menos que algo no vaya como está previsto.

Pero lo que más estaba disfrutando era el hecho de poder darle a sus personajes todas esas habilidades que ella siempre había soñado para sí misma. Con todo el respeto a los psicólogos de profesión, sentía que escribir y leer era toda la terapia que ella necesitaba. Y no era porque se sintiera infeliz con su vida, sino porque, al hacerlo, se permitía la licencia de verse desde la perspectiva de otra persona: su yo futuro solamente podría juzgar por el contexto que le hubiera proporcionado al personaje. Nada más, nada menos.

Ella era quien ponía las reglas, y también quien tenía que aceptarlas. Aunque mentiría si dijera que nunca le había resultado un proceso duro. Cada vez que había escrito uno de esos relatos cortos, siempre había tenido que dejar fuera todo aquello que no fuera esencial para la progresión de la historia. Pero en aquella ocasión, todo era diferente. En aquella ocasión no tenía que trabajar dentro de un marco preestablecido. En aquella ocasión, el cielo era el límite.

Pero eso no quería decir que todo hubiera resultado menos complicado. En ocasiones las palabras habían llegado a casi caérsele de las manos con tanta facilidad, que había incluso llegado a plantearse por qué había decidido ser científica en lugar de novelista, mientras que en otras ocasiones había sufrido con cada párrafo. Pero, aun así, no se había desesperado en ningún momento. Cuando la historia había parecido escribirse sola, había disfrutado de sus capacidades, y cuando no, se había focalizado en pensar en sus puntos fuertes. Su mantra siempre había sido: merece la pena luchar por lo que merece la pena tener.

Así, con toda la voluntad que fue capaz de encontrar dentro de sí misma, empujó a un lado todo lo que tuviera que ver con Klara Herrmann y el misterio que la rodeaba, y se centró en su proyecto. Escribió, borró y reescribió, y leyó y releyó a solas en su habitación durante horas. Y aunque al principio le costó concentrarse, para cuando quiso darse cuenta de todo lo que había escrito, afuera ya era muy de noche. Se sintió satisfecha con su trabajo y en paz consigo misma. Necesitaba aquello para hacer frente a lo que se le venía encima.

Bostezando, decidió concluir la sesión de escritura por aquel día. Guardó el archivo, le envió la actualización a su abuelo por correo electrónico y se fue a lavar los dientes para irse a la cama. Tanto al salir como al entrar en su habitación pasó junto a la carta de Klara Herrmann, pero no pareció ni verla ni acordarse de ella. Así de fuerte había sido la restricción para poder disfrutar del proceso de escritura.

- XIX -

Los cuatro adolescentes se quedaron contemplando el mural de la pared con la boca abierta. Incluso Theresa se quedó sorprendida de que Los Protagonistas hubieran sabido que iban a conocer a sus salvadores. Pero su asombro no duró mucho.

—Me encantaría abrumaros con miles de preguntas, pero debemos centrarnos en salir de aquí, —dijo Theresa, mirando a Los Protagonistas, quienes estaban todos juntos. —Para empezar, porque estamos en una cuenta regresiva, y para continuar, porque no me gustaría tener que esperar décadas porque nos hayamos quedado sin tiempo. La letra es muy explícita sobre lo que tenemos que hacer. ¿Hay algún instrumento por aquí?

—Si lo hay, nosotros no lo hemos visto nunca, —dijo Nor. Tenía una voz con un timbre muy profundo, pero no sonaba ni demandante ni seguro de sí mismo. De sonar de alguna manera, parecía que sonara cansado. Tan cansado, de hecho, que Nora comenzó a soñar despierta de nuevo para evitar caer en la desesperación.

Todavía sentía ansiedad por la situación en general. Había conseguido salir victoriosa de su primer reto sola, pero tal y como Maia había indicado tan acertadamente, todavía estaban a años luz de ser libres. Para empezar, tenían que tocar la melodía antes de que se acabara el tiempo, pero no sabían ni cuánto les quedaba, ni qué era lo que se suponía que tenían que tocar. Y para continuar, sus anfitriones no estaban resultando de mucha ayuda.

Las cartas que les habían escrito en el libro habían sido claras, pero nunca les habían revelado nada que no hubieran intuido ya. Eso era algo que Nora había sabido desde hacía un tiempo, pero esperaba poder recibir más ayuda cuando se enfrentaran al reto final. Para su sorpresa, sin embargo, había resultado que Los Protagonistas también eran prisioneros; lo que, en lugar de resolverle las dudas que tenía, hacía que tuviera aún más. Y, a pesar de que no quería desesperarse, cada vez encontraba todo más y más complicado.

Pero el problema era que, si dejaba de pensar en las probabilidades que tenían de salir de allí, lo otro que se le venía a la cabeza era el beso que Gabe le había dado. Había sido un movimiento tan repentino e inesperado por su parte, que ella aún no había tenido la oportunidad de poder dedicarle un tiempo a pensar en las consecuencias que ese acto podría tener. Siempre había estado muy centrada en trabajar para convertirse en una pianista de renombre mundial, por lo que no había tenido tiempo para poder preocuparse por su vida amorosa. Al igual que cualquier chica de su edad, se había sentido atraída por chicos a los que había conocido, pero nunca lo había convertido en una prioridad para ella. Su mantra siempre había sido: lo que tenga que pasar, pasará; aunque tarde un mes, un año o una década, pero pasará.

Aunque ello no implicaba que no hubiera imaginado cómo sería su primer beso. De lo que podía recordar de sus clases de ciencia, el contacto físico con otra persona desencadena en el cerebro una secreción de sustancias que reducen el ritmo cardíaco, haciendo que uno se sienta menos ansioso y menos preocupado por el ambiente. Pero había sentido justo todo lo contrario. Además, si recordaba el momento, apenas había habido contacto físico entre ellos.

Después de haber pronunciado su nombre, Gabe había acortado el espacio que les había separado, y le había plantado un beso suave y rápido en los labios. No sabía cuál había sido la razón por la cual él había reaccionado así, pero le hubiera gustado que no lo hubiera hecho delante de tanta gente. Su respuesta corporal al beso había sido inmediata tras el contacto de sus labios y, todavía minutos después, aún podía sentir las consecuencias.

Había sentido una conexión especial con Gabe desde el principio, pero había estado tan envuelta en tratar de resolver por qué se habían visto involucrados en esa historia tan rara, que no se había dado cuenta de que él había sentido esa misma conexión. Pero las respuestas que ella necesitaba tendrían que esperar a otro momento. Necesitaba centrarse en averiguar cómo salir de aquella cueva.

Miró a su alrededor para ver si había algún detalle que se le hubiera pasado desapercibido, y algo dentro de ella reaccionó al darse cuenta de que había perdido un tiempo precioso en pensar en cosas personales mientras los demás habían estado intentando ponerse de acuerdo sobre qué deberían hacer a continuación.

–A veces, simplemente, necesitamos poner nuestros pensamientos en orden antes de hacer algo con o para alguien, –dijo Francesco. Nora se giró, alarmada, pues no le había oído acercarse por su espalda. Cuando él se dio cuenta de que la había asustado, se disculpó y continuó hablando: –recuerdo cuando me quedé encerrado aquí como si hubiera ocurrido ayer. Podría haberme ido, pero decidí volver. Le he dado millones de vueltas desde entonces, y todavía no estoy seguro de que tomara la decisión correcta. El miedo lideró mis acciones, y no me avergüenza admitirlo.

Nora no podía entender nada de lo que Francesco le estaba diciendo, pero consideraba que preguntar directamente podría resultar un tanto maleducado. Por desgracia para ella, su habilidad no deseada de mostrar sus emociones en su cara habló por ella. Francesco pareció encontrar aquello bastante divertido, pues se rio ligeramente antes de continuar:

–¿Te acuerdas de la leyenda? Me refiero al texto original, no a las cartas.

–¿Te refieres a la del Monstruo Miedo? –le preguntó Nora de vuelta. Ante la respuesta afirmativa que Francesco le dio con la cabeza, ella se apresuró a añadir: –sí, claro. ¿Por qué?

–Porque yo soy el que *escapó* para pedir ayuda pero fue ignorado por completo. Mi hermano y yo estábamos huyendo de la justicia cuando el libro se cruzó en nuestro camino. Por descontado, en aquel momento no pensamos en las consecuencias que aquello podría tener para con nosotros. Lo único que nos importó fue el hecho de que, usando el libro, podríamos hacer que nuestros perseguidores perdieran nuestro rastro. Solamente habíamos robado un par de manzanas para dar de comer a nuestros hermanos pequeños, pero fuimos acusados del asesinato de un campesino cuyo cuerpo fue encontrado apenas unos minutos después de que nosotros hubiéramos cogido las manzanas, por lo que tuvimos que huir.

»Si no hubiera sido por las instrucciones que nos proporcionó el libro, no hubiéramos sobrevivido, así que imagino que esa fuera una de las razones por las que decidí volver al bosque después de que nadie me creyera. Eso, y el hecho de que mi hermano había sido engullido por la cueva. No recuerdo cuánto tiempo estuvimos caminando hasta que llegamos a la entrada, pero sí que recuerdo que, al hacerlo, la situación me dio muy mala espina. Tenía la impresión de que estábamos siendo observados y, aunque intenté disuadir a mi hermano de continuar, no lo conseguí. Discutimos fuertemente. Reconozco que dije cosas que no sentía verdaderamente, pero cuando me di la vuelta para disculparme… todo sucedió muy rápido. Introdujo su colgante en el orificio situado junto a la entrada y, en cuestión de segundos, las rocas se movieron como atraídas entre sí, y dejó de haber rastro de él.

»Grité su nombre hasta que me quedé sin voz, pero no me respondió. Corrí hacia las cuevas cuando éstas recuperaron su posición original, pero no lo pude encontrar. Intenté acceder a través de una de las entradas, pero cada vez que lo intentaba, una fuerza invisible me lo impedía. Estaba desesperado, de manera que decidí pedir ayuda. Era mi única alternativa para poder salvar a mi hermano, así que decidí acercarme al asentamiento más cercano. Intenté hablar con el menor número de personas posible, ya que desconocía si le habían puesto precio a nuestras cabezas; pero nadie me creyó.

»Sentí desesperación, tristeza, miedo, soledad… y cualquier otro sentimiento que se te ocurra que alguien pueda sentir en esa situación. Me llevó un tiempo poner en orden mis sentimientos. Durante mucho tiempo, caminé y pensé, y pensé y caminé, y la única conclusión a la que pude llegar fue que quería estar con mi hermano mayor. No podía volver con mi familia porque nadie en nuestro pueblo habría olvidado el incidente, y sabía que tampoco sería bienvenido en el pueblo más cercano al bosque. Podría haber decidido irme y asentarme en cualquier otro lugar. Esa hubiera sido la opción más sencilla. Pero sencillo no necesariamente significa que sea lo correcto.

»Es cierto que podría haber tenido una vida diferente, y te mentiría si te dijera que no me he imaginado cómo hubiera sido mi vida si hubiera decidido no volver. Pero si no hubiera tomado aquella decisión, no te habría conocido, no estaríamos teniendo esta conversación y no estaría dejando una huella en tu vida. Confié en ti incluso antes de que tuvieras el libro en tus manos. Así que aquí y ahora digo: brindemos por todas esas malas decisiones que nos llevan a conocer gente maravillosa, –dijo Francesco, alzando la mano como si estuviera cogiendo un vaso. Después, hizo como que brindaba con diferentes personas y, mientras hacía como que bebía, le guiñó un ojo a Nora.

Nora sintió cómo se le enrojecía la cara a consecuencia de las palabras que Francesco le había dedicado, por lo que apartó la mirada. Sin preguntarle, había compartido su historia con ella, lo que le hizo plantearse cómo todos pensamos que nuestros problemas son los más grandes y los peores. Más allá del hecho de que estuviera encerrada en una cueva, lo cual ya era un problema en sí mismo, las otras cosas por las que se había estado preocupando no se asemejaban, ni por asomo, a lo que Francesco había vivido. Junto con su hermano, había sido acusado de un asesinato que no habían cometido, lo que les había obligado a dejar todo y a todos atrás. No podía evitar no sentir pena por ellos.

Pero ¿por qué estaban todos tan convencidos de sus capacidades? Francesco, al igual que Gabe (pensar en este último hizo que se le escapara una sonrisilla), habían asegurado que sería ella quien conseguiría ponerlos de nuevo en libertad. Al contrario que ella, los demás no parecían tener ninguna duda al respecto, aunque comenzaba a entender por qué Francesco tenía esa impresión. Llevaba encerrado siglos, y la única esperanza que había albergado para salir de allí era encontrar a algún lector intrépido cuyas características coincidieran con las que estaban dibujadas en la pared de la habitación en la que se encontraban. Sin embargo, él había dicho que había creído en ella desde antes de que se le hubiera asignado un dibujo. ¿Lo había dicho únicamente para que creyera en sí misma? ¿Estaba jugando con ella, para conseguir que les pusiera en libertad?

Sintiéndose mal por pensar así de Francesco después de las bonitas palabras que le había dedicado, se echó la bronca a sí misma y volvió a apartar la mirada. Como resultado de haber hecho ese gesto en dos ocasiones, terminó mirando fijamente el dibujo que estaba en la pared. Era majestuoso. A pesar de haber sido hecho sobre piedra, todos los detalles eran nítidos y precisos. Y cuánto más lo miraba, tanto más le intrigaba el hecho de que ella hubiera sido la elegida. Sus amigos habían sugerido que había sido la escogida por las cualidades inherentes a su persona, pero ella dudaba que fuera aquello. Tenía que haber algo más, como el hecho, o eso creía ella, de que sus abuelas hubieran estado relacionadas, de alguna manera, con la leyenda.

Continuó observando el dibujo un par de minutos más, hasta que se percató de algo que no había visto antes. Frunciendo el ceño, miró en rededor para ver qué estaban haciendo los demás y, tras confirmar que nadie le estaba prestando atención, se levantó y caminó hacia la pared. Los cuatro dibujos de ella y sus amigos eran los que tenían los trazos más vivos, pero no eran los únicos. Había también unas líneas más tenues que creaban otros dibujos. Antes de darse la vuelta y preguntar, identificó un total de cinco, lo que le hizo sonreír:

—Corregidme si me equivoco, pero ¿están vuestros colgantes decorados con una ardilla, un pájaro, un ciervo, un lobo y una flor?

—¿Cómo lo has averiguado? —preguntó Maia, claramente asustada por el hecho de que hubiera descubierto algo sin preguntar.

—De la misma manera en la que vosotros encontrasteis las razones para creer que nosotros somos vuestros salvadores, —dijo Nora, señalando el dibujo de la pared.

Theresa le sonrió ampliamente antes de preguntarles: —¿Por qué creéis que todos los dibujos están juntos, formando uno más grande?

—Bueno, no sé si lo que Maia ha dicho antes lo ha dicho con conocimiento de causa, o si simplemente ha tenido suerte, pero nuestros colgantes nos han permitido la entrada, y serán también los que nos permitan salir de aquí. No me había percatado de los orificios hasta que me he acercado porque son menos pronunciados que los de fuera, pero los hay. Tenemos que introducir nuestros colgantes en ellos para poder atravesar esta pared. No creo que veamos la luz del sol tras hacerlo, pero estoy segura de que este es el siguiente paso.

Los demás se acercaron al dibujo cuando Nora terminó de hablar y comenzaron a buscar los orificios. Al darse cuenta de que estaban yendo en la dirección correcta, comenzaron a escucharse risas, y a verse lágrimas y abrazos de emoción. Todos a una, se quitaron los collares y los dejaron libres.

Los colgantes volaron hasta colocarse enfrente de sus respectivos orificios y, una vez todos estuvieron alineados, se insertaron solos en los orificios como movidos por una fuerza invisible. En sus caras quedó patente que ninguno se sorprendió ni sintió miedo al percibir la potente luz brillante que se comenzó a emitir acto seguido. Todos estaban ya comenzando a saborear la libertad, de manera que se vieron con capacidad de aplacar cualquier sentimiento negativo.

A pesar de no haber puesto ninguna alarma antes de echarse la noche anterior, Eileen se levantó pronto a la mañana siguiente. Se había quedado dormida con las cortinas sin echar, por lo que la luz del día había invadido todos los rincones de su habitación tan pronto como los árboles que se encontraban enfrente de la ventana la habían dejado pasar. No obstante, había dormido tan bien, que no se sintió para nada cansada.

Parpadeó un par de veces para acostumbrar sus pupilas a la intensidad luminosa de la mañana antes de levantarse de la cama, abrir la ventana y, apoyándose en el marco, dejar que la brisa mañanera le diera los buenos días.

La carta de Klara Herrmann estaba todavía tirada en el suelo de su habitación, junto a la puerta. La había traído consigo por instinto, sin tener una idea clara de qué era lo que podía hacer con ella. Ya la había leído y, aunque no parecía que tuviese información escondida, se la había llevado consigo igualmente. La había estado ignorando de manera consciente, esperando que, cuando volviese a leérsela, pudiera hacerlo con ideas frescas.

Se dio la vuelta, se apoyó en el marco de la ventana y se quedó mirando la carta. Su tía abuela le generaba sentimientos encontrados. Sentía curiosidad por conocer su historia y descubrir las razones que le habían llevado a dejar todo atrás, pero el hecho de que no hubiera sido del todo honesta con sus seres queridos le daba que pensar.

Aunque se conocía tan bien, que sabía que la única manera en la que su mente dejaría de darle vueltas era llegando hasta el final. Sin embargo, cuánto más pensaba en qué podría hacer a continuación, menos cosas se le ocurrían que no hubieran hecho ya. Descubrir que su madre había incluido una breve descripción para todas y cada una de las fotografías había sido un hallazgo en sí mismo, pero dado que solamente tenían las cartas que Nora había recibido, no podían sino imaginarse qué era lo que ella podría haber sabido.

Estaba claro que si lo que quería era encontrar la verdad, la única opción que les quedaba era preguntarle directamente a la propia Klara Herrmann. Su único y principal problema era, no obstante, que no sabían cómo podrían hacerlo. Las cartas no habían sido guardadas en sus sobres originales, por lo que no tenían su dirección postal. Y, además, estaba el hecho de que sabían que había vivido en varios países, lo que ampliaba mucho más el rango de búsqueda.

Sintiéndose frustrada y con una imperante necesidad de hablar con su abuelo, cogió algo de ropa limpia y se fue al baño para darse una más que necesaria ducha. Antes de verbalizar sus pensamientos, tenía que ponerlos en orden. Una vez duchada, bajó las escaleras y fue a desayunar.

Cuando entró en la cocina descubrió que su abuela estaba, en silencio, desayunando unos huevos con beicon. Le había dicho en infinidad de ocasiones que no debía desayunar cosas tan grasientas si no iba a hacer nada de ejercicio después, pero consideró que aquel no era un buen día para volver a discutir sobre aquello.

–Buenos días, abuela. ¿Qué tal estás hoy? –le preguntó Eileen mientras abría la puerta de la nevera para coger la leche.

–Bien, cariño, bien, –dijo Leagsaidh. –Aunque estoy algo cansada. Tu abuelo y yo estuvimos despiertos hasta tarde.

–¿Y eso? –dijo Eileen, sorprendida por la confesión.

–Estuvimos hablando sobre todo lo que habíamos descubierto acerca de Clarissa. Después de todos estos años, nunca pensé que volvería a hablar de ella. Y…, –pero se le rompió la voz. Eileen sabía que aquello precedía a que iba a decir algo que le despertaba profundos sentimientos, por lo que decidió esperar a que estuviera lista para continuar hablando: –me disculpé de nuevo por haberle ocultado información acerca de mi pasado. No se merece las medias verdades que le había contado. Mejor tarde que nunca, ya sabes.

–Así es, abuela, así es, –dijo Eileen, poniendo su mano sobre la de su abuela para reconfortarla. Utilizando la otra mano para llevarse a la boca el último trago de leche que le quedaba en la taza, preguntó: –¿y dónde está ahora el abuelo? Me gustaría hablar con él.

–Está en el jardín trasero, atendiendo el huerto. Puede que haya sopa de verduras para cenar hoy.

–Oh, sí, ¡por favor! Hace ya bastante desde la última vez que comí sopa de verduras. Voy a ir a hablar con el abuelo ahora, y luego vendré a ayudarte, –dijo Eileen. Después, limpió el trozo de la mesa en el que había estado desayunando y, antes de salir de la cocina, le dio un beso en la frente a su abuela.

Al ir creciendo, Eileen había ido percibiendo el jardín trasero como un lugar cada vez más pequeño, aunque era consciente de que todo era una cuestión de perspectiva. Había heredado la altura de la familia de su padre, por lo que era más alta que la media. Nunca había percibido aquello como algo negativo, aunque sí que, en ocasiones, se había visto observada y señalada por ello.

La cama elástica que había ocupado la mayor parte del jardín trasero hacía años que ya no estaba allí. En su lugar había ahora un huerto que cada año parecía más grande. Y su antigua casa del árbol, la cual nunca había estado entre las ramas del árbol, sino justo debajo de éstas, su abuelo la había reconvertido en un cobertizo para guardar sus aperos.

–Buenos días, cielo, –dijo Alick, saludándola con la mano izquierda. A continuación, recorrió los pocos pasos que lo separaban del grifo para poder rellenar la regadera que llevaba en la mano derecha. Tras colocarla debajo del grifo, retomó la palabra: –esta mañana he leído lo nuevo que me habías enviado. El relato mejora por momentos. Ya hay algunas partes que me han gustado mucho, pero tengo la sensación de que lo mejor está por llegar. En cualquier caso: menudo giro de los acontecimientos. Si no fuera porque los personajes tienen los mismos nombres que en el relato original, no diría que la historia es la misma. Me siento especial por ser el primero en leerlo.

–Oooh, gracias, abuelo. A pesar de que hacía muuuucho que no escribía, –dijo Eileen, haciendo especial hincapié en la u de mucho, –cuando empecé este proyecto comencé a sentir de nuevo todo lo que sentía cuando escribía de pequeña. Me he permitido el lujo de ver la vida a través de los ojos de mi yo del pasado. Creo que es bueno para mi salud mental hacerlo de vez en cuando, pero…

–Pero no has venido a hablar de tu novela, –dijo Alick. Mientras Eileen hablaba, había cerrado el grifo y había llevado la regadera hasta el huerto para comenzar a regar las plantas, parando en seco cuando notó que su nieta estaba intentando cambiar de tema. –Déjame terminar con esto, y ahora hablamos. –Después, continuó regando las plantas.

Eileen se dio la vuelta y fue hacia el banco que su abuelo había hecho a mano cuando ella apenas tenía diez años. Estaba hecho de madera, y tenía talladas las siluetas de sus jugadores de rugby favoritos, aunque el sol, y especialmente la lluvia, habían borrado la mayor parte de los meticulosos detalles que Alick había añadido. Antes de sentarse, Eileen se sacó la carta de Klara Herrmann del bolsillo trasero del pantalón y comenzó a leerla de nuevo.

—No entiendo el alemán, pero no creo que haya ningún mensaje encriptado en esa carta, —dijo Alick, tomando asiento junto a ella.

—La abuela me ha dicho que estuvisteis despiertos hasta tarde. Ha dicho que se volvió a disculpar contigo por haber mantenido tantos secretos. Y todo ello es por mi culpa, —dijo Eileen, levantando la mirada para mirar a su abuelo. En su rostro solamente se veía reflejada la tristeza que sentía. —Nada de esto hubiera sucedido si no hubiera roto ese marco. Estamos en un callejón sin salida. He alborotado el avispero… ¡para nada!

—No seas tan dura contigo misma. La verdad siempre encuentra la manera de salir a flote. Además, yo no estoy enfadado con tu abuela. Todas esas cosas sucedieron antes de que nos conociéramos. Y aunque forman parte de su pasado, yo nunca le he exigido que me contara cosas con las que no se sentía cómoda hablando. Confié en ella desde el minuto uno, y esa ha sido precisamente la razón por la cual ha terminado por contármelo. Podría haber decidido seguir callada y no decirnos nada y, sin embargo, ha decidido compartir su historia con nosotros. Por mucho que pensemos que conocemos a alguien, ni estamos en su cabeza para ver la vida con sus ojos, ni somos capaces de entender cuánto pueden limitarle sus inseguridades.

»Sin embargo, entiendo que quieras llegar al fondo de todo esto. Es comprensible y, si te soy sincero, yo también quiero. Yo también siento curiosidad por conocer las razones por las cuales Clarissa hizo lo que hizo, pero no me lo perdonaría si algo de todo esto hiriera de alguna manera a mi mujer. Ella ya ha sufrido bastante. —Alick había pronunciado esas últimas palabras mirando fijamente hacia la ventana de la cocina, a través de la cual podía ver a su mujer.

Eileen paseó la mirada desde su abuelo hasta la ventana a través de la cual podía verse a Leagsaidh. Sabía que Alick la apoyaría en todo cuanto hiciera, pero entendía el miedo que le generaba exponer a su mujer de esa manera. No quería dar pasos en falso; aunque su verdadero problema era que no podía dar ningún paso en absoluto.

Sintiéndose perdida, se descubrió contemplando la carta de nuevo. La releyó por sexta vez desde que la había encontrado, y justo cuando estaba a punto de doblarla para comenzar a olvidarla, sintió las marcas que quedan cuando se escribe a mano sobre el papel. Aquello no le hubiera llamado la atención si no hubiera sido porque esas marcas estaban en una zona que no contenía texto ninguno. Pasó los dedos de nuevo por ambas caras del papel antes de acercárselo a los ojos. Acto seguido, saltó del banco y corrió hacia casa. Estaba tan concentrada en su último descubrimiento que no se percató de que su abuelo le estaba preguntando a gritos que qué era lo que había encontrado.

No dejó de correr hasta que llegó a su habitación. Una vez allí, abrió todos los cajones de su escritorio hasta que encontró un lápiz, el cual utilizó para pintar sobre la zona con el relieve. No se sorprendió cuando un número de teléfono con prefijo de Alemania quedó al descubierto. Sin pensar en el sobrecoste que le supondría una llamada internacional, cogió el teléfono y marcó el número.

Su ritmo cardíaco fue aumentando con cada tono, alcanzando unos límites insospechados cuando finalmente respondieron a la llamada telefónica.

−Frau Herrmann hier. Hallo?[3] −dijo una voz de mujer al otro lado de la línea.

−Haa… hallo. Ist es Klara Herrmann?[4] −dijo Eileen. No podía dejar de temblar.

---

[3] *Señora Herrmann al habla. ¿Hola?*
[4] *Hoo… hola. ¿Estoy hablando con Klara Herrmann?*

–Ja, genau. Das bin ich. Wer ist da?[5] –dijo una muy contradicha Klara.

–Ich bin die Tochter von Nora und Aksel[6], –dijo Eileen. –Aber dafür rufe ich dich nicht an. Ich rufe an, weil meine Großmutter deine Schwester ist. Sie heißt Leagsaidh[7].

Eileen oyó el sonido producido por el teléfono de Klara Herrmann al chocar con el suelo. También oyó cómo ésta comenzaba a llorar.

---

[5] *Sí, soy yo. ¿Con quién hablo?*
[6] *Soy la hija de Nora y Aksel.*
[7] *Pero no te llamo por eso. Te llamo porque mi abuela es tu hermana. Su nombre es Leagsaidh.*

XX

Cuando Nora volvió a sentir el collar colgando de su cuello, supo con certeza que la pared que contenía los dibujos había desaparecido. No habían escuchado nada que indicara que hubiera habido ningún movimiento, pero estaba segura de que cuando volviera a abrir los ojos, lo que vería sería completamente diferente.

Tuvo que pestañear varias veces para permitir que sus pupilas se adaptaran a la nueva intensidad luminosa y así poder mantener los ojos abiertos sin que le dolieran. Ver con claridad lo que estaba delante de ella le llevó un par de segundos más. Cuando vio lo que había permanecido oculto detrás de la pared, no pudo evitar reír nerviosamente.

Todavía excavada en la piedra, la nueva habitación que tenían delante era el doble de grande que en la que estaban y, a excepción del objeto que estaba en el medio, estaba completamente vacía. Mientras los demás hablaban, Nora comenzó a pensar qué podría ser aquello.

–¿Vamos a estar pasando de habitación en habitación por toda la eternidad? –exclamó Mark. –El único pasillo que sale de esta habitación es por el que hemos venido, y no hay ningún dibujo que sugiera que haya ninguna puerta oculta…

–Es la primera vez que vemos esta parte de la cueva. No tengo ni idea de cómo de grande es, pero me estoy planteando que apenas hayamos conocido una pequeña parte, –dijo Nor. Señalando el objeto situado en el medio de la sala, cubierto por una manta negra, añadió: –eso no está ahí por azar. ¿Creéis que sea seguro destaparlo?

–Espero que lo sea, porque voy a destaparlo ahora mismo, –dijo Andreas, caminando decidido hacia el objeto. Excepto cuando Los Protagonistas les habían saludado,

Andreas no había vuelto a abrir la boca, por lo que su repentina predisposición por hacer algo cogió a Nora completamente por sorpresa.

Y justo cuando estaba a punto de retirar la manta, Maia gritó: –¡NO LO HAGAS! Podrías conseguir que nos mataran.

–Estoy dispuesto a asumir ese riesgo, créeme. Estoy harto de estar encerrado en esta cueva. He perdido la noción del tiempo. Ya no sé cuánto tiempo llevo aquí. Solamente tengo permitido alejarme un kilómetro y medio. ¿No quieres llegar hasta el final? ¿No quieres ser libre de nuevo? –le preguntó Andreas.

–¡Por supuesto que quiero! Pero no a cualquier precio –dijo Maia. Por primera vez, Nora percibió preocupación en su voz. –Además, no creo que un par de horas vayan a marcar ninguna diferencia comparado con los siglos que llevamos aquí encerrados. Por una vez, me gustaría hacer las cosas bien.

Nora se preguntó que a qué podría haberse referido Maia con sus últimas palabras, pero decidió apartar esos pensamientos para poder concentrarse en lo que se traían entre manos. No se había sorprendido al descubrir que aún no podrían salir de la cueva. Al fin y al cabo, todavía no habían conseguido lo que tan claramente se les indicaba que hicieran en la letra que acompañaba a la melodía. Pero el hecho de que no tuvieran una manera de saber cuánto tiempo les quedaba hacía que no pudiera estar del todo tranquila.

A pesar de la determinación que Andreas había mostrado con respecto al objeto, éste se había parado en seco tras el grito de Maia. Nora le había escuchado emplear tonos de voz más imponentes que aquel; pero era cierto que, aunque ella apenas había pasado unas pocas horas en su compañía, tenía que admitir que Maia intimidaba. Pensando en qué podrían hacer a continuación, buscó ayuda en Theresa.

–¿Crees que todavía quedan muchas más habitaciones? –le susurró Nora a Theresa en el oído.

–No, no lo creo, –le respondió Theresa. –Y… para serte honesta, creo que tenemos que destapar eso, –añadió, señalando al centro de la sala. –Sabes que soy una de esas personas que primero piensan y luego actúan, pero el tiempo se nos agota. Desconozco cuánto tiempo nos ha sido asignado, pero nos ha llevado un buen rato llegar hasta aquí. Y cuanto más dudemos ahora, de tanto menos tiempo dispondremos después. Pero tenemos que convencer a Ma…

–O podríamos hacerlo sin pedir permiso, –le interrumpió Gabe. Le dedicó una rápida mirada a Nora antes de coger las manos de su hermana entre las suyas y añadir: –hermanita, ahora mismo, ellos saben lo mismo que nosotros. Si no fuera por nosotros, no habrían llegado hasta aquí.

–Nosotros tampoco estaríamos aquí sin ellos, –puntualizó Theresa.

–Cierto es. Pero, si nos quedamos sin tiempo, nos quedaremos encerrados aquí para siempre. No hay ninguna pintura de la que poder intuir la existencia de futuros salvadores. Es ahora o nunca. –Gabe soltó las manos de su hermana y, escondiendo sus intenciones hasta que fue demasiado tarde para poner ninguna solución, caminó hasta el centro de la sala y retiró la manta.

Maia, Nor y Mark gritaron y se abrazaron a sí mismos, como esperando protegerse de una explosión. Andreas se asustó por el repentino movimiento de la manta, mientras que su hermano no pudo dejar de pasear la mirada entre Gabe, y Theresa y Nora, quienes se habían quedado petrificadas. Al contrario que los demás, ellas sí que habían sabido lo que iba a hacer Gabe, pero habían mantenido el aliento hasta que el objeto había quedado completamente al descubierto. Y, cuando finalmente lo estuvo, no fueron capaces de recuperarlo de inmediato. Ni por asomo Nora se hubiera imaginado nunca que se asustaría tanto al ver un piano.

En el momento en el que sus ojos reconocieron el objeto, algo dentro de ella se contrajo. Comenzó a tener visión túnel, y los oídos comenzaron a pitarle. Ni siquiera a día de hoy es capaz de saber cuánto tiempo estuvo en esa situación, pero sí que es capaz de recordar vívidamente la incomodidad que le ocasionó. Lo que más nerviosa le puso no fue el hecho de que tuvieran que tocar el piano para poder volver a conseguir la libertad. De alguna manera, lo había encontrado hasta coherente. Lo que había creado en ella ese sentimiento de miedo había sido el reloj de arena que estaba colocado justo encima del piano. Era consciente de que la arena llevaba cayendo ya un buen rato, pero no contaba con tener tan poco tiempo restante.

–Sin errores permitidos. No puede haber mano parada. Sin errores permitidos. No puede haber mano parada, –murmuró entre dientes, aún con la vista fijada en el reloj de arena. Había escuchado la letra un número suficiente de veces como para que se le hubiera quedado grabada. Y, en un estado de nerviosismo tal, los versos que más miedo le habían provocado fueron los primeros que se le habían venido a la cabeza.

–¡MIRA LO QUE HAS HECHO! ¡HAS CONSEGUIDO QUE QUEDE HECHIZADA! –le gritó Maia a Gabe cuando consiguió recuperar el resuello.

–¡Por el amor de Dios! –exclamó Gabe. –No está hechizada. Simplemente tiene miedo. ¿Qué sugieres que tendría que haber hecho?

–Yo hubiera… yo hubiera…

–Déjame ayudarte, –dijo Theresa, de repente. Dadas las circunstancias, sonaba insultantemente calmada. –El hecho de que una vez tomaras una mala decisión no quiere decir que cada nueva decisión que tomes vaya a ser un desastre. No pasa nada por cometer errores, o por tener suerte –añadió, mirando a su hermano. Gabe se sonrojó, pero Theresa no pudo verlo, pues ya se había dado la vuelta hacia Maia para retomar la palabra. –Entiendo que te arrepientas de sea lo que sea que hicieras para haber acabado aquí, pero tienes que dejarlo estar. Está claro que nuestro pasado es la esencia de lo que somos, pero no podemos permitir que defina nuestro presente. Tenemos derecho a ser lo que queramos ser. Y yo sé que tú quieres ser libre. Vamos a salir de esta cueva, y lo vamos a hacer juntos.

Theresa le ofreció su mano a Maia y, para su sorpresa, los demás se le unieron. Incluso Nora, quien había salido de su trance. Ninguno se percató de que algo extraordinario sucedió en el momento en el que sus manos entraron en contacto: en el preciso instante en el todos decidieron hacerse cargo de la situación, el reloj de arena se agrandó un par de centímetros.

–No es que quiera romper este momento tan mágico, pero ese piano no se va a tocar solo, –dijo Mark, señalando con el pulgar hacia su espalda, donde se encontraba el piano. Su intervención hizo que todos se rieran, lo que les ayudó a aliviar tensión.

–Cierto. Sí, tienes razón, Mark, –dijo Nora, rascándose la cabeza con nerviosismo. Sabía que los otros estaban esperando que ella tomara las riendas de la situación, por lo que se vio buscando la mejor manera de dar las órdenes. –Sabéis lo que dice la letra: tenemos que tocar la melodía entre todos. Puedo transcribir la partitura y repartirla para nueve personas. No debería llevarme más de media hora, a lo sumo. Mark, –dijo, centrándose en él, –dado que tú también sabes tocar el piano, coge un par de hojas de mi cuaderno y explícales lo básico. Después, dibuja un teclado. Por descontado, tú y yo seremos quienes toquemos las partes más complicadas, pero ellos también tienen que participar, –dijo, señalando a los demás con ambas manos. Acto seguido, añadió: –y, en cuanto a vosotros… no os preocupéis. Seremos capaces de mantener la situación bajo control.

Nora les dedicó a todos y cada uno de ellos una mirada de reafirmación, dejando deliberadamente a Gabe para el último lugar. Deseó que él fuera capaz de entender todo lo que quería decirle; después, se dio la vuelta y caminó hacia su mochila. Pasó las hojas rápidamente hasta que llegó a las que estaban vacías, y arrancó unas cuantas. Le entregó la mayoría a Mark, quedándose ella únicamente con una para escribir la partitura. Ya había tocado La sexta sinfonía de Beethoven, por lo que se sentía con confianza para el proceso de transcripción. No le convencía mucho que los otros tuvieran que tocar también, pero decidió renunciar a ese pensamiento. La negatividad no la iba a llevar a buen puerto.

Tal y como había predicho, apenas una media hora después de haber comenzado, consiguió terminar de escribir la última de las notas, quedando en disposición de poder comenzar a practicar. Mientras había estado rellenando los pentagramas, había escuchado con atención cómo Mark les había estado explicando todo a los demás. Y no pudo evitar admitir que se le veía en su hábitat natural. Le habían bombardeado con preguntas, y en ninguna ocasión había elevado el tono de voz. Estaba hecho para ello. Al igual que ella estaba hecha para dirigir sus próximos pasos.

En silencio, se unió al semicírculo que Theresa, Gabe, Maia, Andreas, Francesco y Cynthia habían formado en torno a Mark, y esperó a que este terminara su explicación. Después, le entregó la partitura.

Ninguno fue testigo de que cuando Mark cogió la hoja de papel entre sus manos, el reloj de arena comenzó a andar de nuevo. Había permanecido parado durante todo el tiempo durante el cual se habían estado preparando para cuando llegara el momento de practicar propiamente dicho. A pesar de estar encerrados en una cueva, la suerte estaba de su parte.

Eileen esperó con el teléfono en la oreja durante unos minutos. Había decidido que, independientemente de quién respondiera al teléfono, se dirigiría a él en alemán para poder contar con el factor sorpresa de su parte. Esa había sido la forma en la que había conseguido demostrar que había analizado correctamente las evidencias.

Aunque muy levemente, fue capaz de oír cómo Klara Herrmann lloraba y se sonaba la nariz constantemente. También pudo oír cómo hablaba con alguien, pero dado que el teléfono parecía no estar muy cerca de ella, no fue capaz de entender qué era lo que estaban diciendo. Sí que pudo intuir que la otra persona era una mujer, y no tuvo que esperar mucho para descubrir a quién pertenecía aquella voz.

–Hallo? Wer ist da?[8] –dijo la voz de mujer al otro lado de la línea. Eileen se sintió comenzar a temblar de pies a cabeza. La mano con la que sujetaba el teléfono le comenzó a sudar, y fue incapaz de pronunciar palabra. –Wer ist da? – repitió la voz desconocida.

–Haa… hallo. Ich heiße Eileen. Ich muss mit Klara Herrmann jetzt sprechen. Können Sie ihr bitte das Telefon geben?[9]

–Entschuldigen Sie, aber meine Mama kannst du jetzt nicht sprechen. Warum rufst du an?[10] –dijo Sandra Herrmann. Eileen no necesitó que le dijera su nombre, ya que sabía que Klara únicamente había tenido una hija.

---

[8] *¿Hola? ¿Con quién hablo?*
[9] *Hoo… hola. Soy Eileen. Necesito hablar con Klara Herrmann. ¿Podría pasarle el teléfono?*
[10] *Lo siento mucho, pero ahora mismo no puedes hablar con mi madre. ¿Por qué llamas en cualquier caso?*

—Sandra…

—Warte! Woher kennst du meinem Namen?[11] —dijo Sandra, claramente nerviosa por haber sido interpelada por su nombre.

—Sandra ich… wir kennen uns nicht. Naja, ich denke schon. Ich bin die Tochter von Nora und Aksel. Ich muss wirklich mit deiner Mama sprechen. Bitte.[12] —Aunque no podía ver a Sandra, sabía que la mención de sus padres había hecho que se estremeciera. De todas las personas que podrían haber telefoneado a su madre, alguien emparentado con aquella maltrecha pareja era lo último que se había esperado.

—Warum musst du mit ihr sprechen?[13] —Iba a ser una interlocutora dura pero, a pesar de la presión a la que quería someterla, Eileen era consciente de que tenía que ser cautelosa. De lo contrario, podría cortarle la llamada.

—Ich habe einige Fragen, die nur sie beantworten kann. Sie und meine Mama… naja, sie haben eine gemeinsame Vergangenheit. Und… ich glaube du weißt das kann ich nicht meine Mama fragen. Bitte, gib ihr das Telefon.[14]

Justo cuando terminó de pronunciar su súplica, la puerta de su habitación se abrió de repente, tras la cual aparecieron sus abuelos. Ambos tenían cara de consternación. A Eileen no le cabía ninguna duda de que su abuelo le habría mencionado a su abuela cómo, repentinamente, se había ido tras descubrir algo en la carta. También estaba segura de que la habían estado escuchando hablar alemán.

---

[11] *¡¡Perdón!? ¿Por qué sabes cómo me llamo?*
[12] *Sandra yo… en verdad no nos conocemos. Bueno, o eso creo. Soy la hija de Nora y Aksel. Necesito hablar con tu madre. Por favor.*
[13] *¿Por qué esa necesidad de hablar con ella?*
[14] *Tengo algunas preguntas que solo ella puede responderme. Ella y mi madre… cómo decirlo, tienen un pasado en común. E imagino que sabes que yo no puedo preguntárselo a mi madre. Por favor, pásale el teléfono.*

Los miró, en parte pidiéndoles disculpas, en parte emocionada por el último de sus descubrimientos. Al fin y al cabo, había sido capaz de contactar con la persona con la que tan ansiosamente quería hablar. Era consciente de que tendría muchas cosas que explicar, pero no tuvo mucho tiempo para darle vueltas a aquello, ya que comenzó a oír ruidos al otro lado de la línea.

–Eileen? Bist du da?[15] –preguntó Klara Herrmann.

–Ja,[16] –dijo Eileen.

–Und meine Schwester, ist sie mit dir?[17]

–Ja, –dijo Eileen de nuevo.

–Gut,[18] –dijo Klara, aunque no sonó muy convincente. –Und macht es dir etwas aus, den Lautsprecher aufzudrehen?[19]

Eileen miró a sus abuelos con un atisbo de sonrisa en la cara. Después, tapó el micrófono en su teléfono móvil antes de añadir: –creo que ya habéis adivinado con quién estoy hablando. Me ha pedido que ponga la llamada en altavoz. ¿Estáis de acuerdo en que lo haga? –Fue testigo de cómo su abuelo le agarró de la mano a Leagsaidh y se mantuvo quieto hasta que ella asintió con la cabeza. Eileen le asintió de vuelta, destapó el micrófono, clicó en el icono del altavoz y dijo: –Klara, he activado el altavoz. Espero que entiendas la necesidad de hablar en inglés de ahora en adelante. Mis abuelos están aquí conmigo, y ninguno de los dos habla alemán. –Eileen pensó en cuál sería la mejor manera de dirigir la situación. Tras unos segundos considerando qué decir y, sobre todo, cómo decirlo, retomó la palabra: –Eemmm… hace ya un par de días que queríamos ponernos en contacto

---

15 *¿Eileen? ¿Sigues ahí?*
16 *Sí.*
17 *Y mi hermana, ¿está contigo?*
18 *Bien.*
19 *¿Y podría ser que activaras el altavoz?*

contigo. Siéndote honesta, nunca pensé que lo conseguiríamos en tan poco tiempo. Pero bueno, más allá de la elevada cantidad de preguntas que queremos hacerte, te agradecería si pudieras darnos un adelanto. Imagino que sepas por qué te estamos llamando, ¿o me equivoco?

–En absoluto, –dijo Klara. –Yo… yo… yo no sé si me creerás, Leagsaidh, pero siento mucho todo lo que te he hecho. Entenderé perfectamente si, en cualquier momento, quieres colgar la llamada. Sin embargo, espero que escuches todo lo que tengo que decir. Puede que no sea ni lo que tú quieres escuchar, ni lo que yo quiero contar, pero voy a ser fiel a la verdad.

»Imagino que todo se remonta a cuando éramos pequeñas. No nacimos en la mejor época para las mujeres. Padre era un hombre muy tradicional, y tristemente enseñó de la misma manera a nuestro hermano. Desde muy joven me sentí reprimida y, a pesar de que te tenía a ti para desahogarme, yo necesitaba más. Teníamos una conexión especial, pero detestaba cuando te ponías de acuerdo con Bhaltair en algunas cosas. Teníamos un acuerdo firmado en el que se incluía lo que haríamos, pero en el fondo sentía que tú nunca te irías de casa y contradecirías lo que dijera nuestro padre. Supongo que tú eras la responsable de las dos.

»Yo comencé a sentirme como una intrusa. No sé de dónde me venía la rabia, ni tampoco cuándo empezó, pero lo cierto es que así era como me sentía. Y sé que me comporté mal contigo sin razón. También sé que nunca lo dije, pero no era capaz de controlarme. Y fue mientras estaba en esa montaña rusa de emociones cuando conocí a Leon. Él era tan diferente a Padre y a Bhaltair, que me enamoré a primera vista. Había huido de las tradiciones ridículas que estaban aflorando en su país. Se sentía tremendamente orgulloso de los compatriotas que no apoyaban el régimen del gobierno. Según él, ellos eran la parte verdaderamente valiente de la nación. Y, a pesar de que tenía fuertes sentimientos para con todo aquello, y de que en ningún momento escondió su posición al respecto, consiguió que yo lo viera todo como él.

»Es cierto que nos fuimos sin despedirnos, pero, al contrario de lo que puedas pensar, la idea no fue suya, si no mía. Podría decirse que estuvimos saliendo en torno a un año en Escocia, pero nadie se enteró hasta un par de semanas antes de que nos fuéramos. Por aquel entonces ya no me importaba lo que la gente pensara de mí. Incluso podría decirse que dejé que la gente lo descubriera a propósito.

»Leon me enseñó alemán, y la historia de Alemania, y muchas otras cosas que Padre nunca hubiera permitido que se mencionaran en casa. Con él me sentía libre. A él sí que le importaba mi opinión, y eso, junto con el dulce sabor a rebelión, fue demasiado para mí.

»Primero nos mudamos a la frontera de Austria con Alemania. Sabíamos que la guerra no podría durar para siempre, y nuestra esperanza era poder, en algún momento, mudarnos a su ciudad natal, como finalmente hicimos. Y en aquella época… no estoy orgullosa de ello, pero estaba tan ocupada en pensar en mí que no os dediqué a Padre, Bhaltair ni a ti ni un solo momento. Vosotros representabais algo que quería olvidar con tantas ganas, que el simple hecho de pensar en vosotros me ponía de mala leche. Es cierto que tuve que dejar todo atrás, pero fue la única manera que encontré de ser libre. Dejé de usar mi nombre inglés de la noche a la mañana, y me enfadaba sobremanera cuando alguien hacía la menor mención al respecto. Y, como último acto de rebelión, dejé de utilizar mi lengua materna.

»Vivimos en Alemania durante mucho tiempo. Mis tres hijos nacieron allí, y es allí donde me siento en casa. Por el trabajo de Leon tuvimos que mudarnos a Austria. A mí me llevó bastante encontrar trabajo. Apenas llevaba un par de meses dando clases en el colegio cuando Aksel comenzó a ir allí. Era un niño muy travieso, por lo que frecuentemente tenía que reunirme con su madre. Tenía que ir tan a menudo, de hecho, que al final acabamos por hacernos amigas. Y nuestros hijos también.

»Los años fueron pasando, y nuestros hijos tomaron caminos diferentes. Pero las familias siguieron estando muy unidas. Mi marido fue un ingeniero civil muy bueno, por lo que aconsejó a Aksel qué asignaturas debía escoger. También le sugirió que se fuera un año a estudiar a Alemania. En ningún momento nos planteamos que allí pudiera encontrar al amor de su vida, ni que ella estaría emparentada conmigo.

»La primera vez que Aksel trajo a Nora a casa de sus padres, me quedé impresionada por lo mucho que se parecía a mí cuando era joven. Y, a pesar de que nunca lo mencioné, ni Leon hizo nunca amago de comentar nada al respecto, lo cierto es que yo tenía muchas sospechas. Es cierto que las coincidencias pueden darse. Sin embargo, cuando empezamos a hablar, me despejó todas las dudas. Por lo que sí, desde el principio supe que Nora era mi sobrina, pero nunca se lo dije. No tenía ningún derecho para hacerlo. Renuncié a ello cuando me fui sin despedirme. Y, a pesar de que quería mantener una relación cercana con ella y formar parte de su vida, no podía decidir sobre qué sabía. Me tuve que conformar con el hecho de que hubiera aparecido en mi vida.

»Cuando recibimos la invitación para su boda, lloré durante semanas. Sabía que significaba mucho tanto para Nora como para Aksel que Leon y yo fuéramos a la boda, pero yo no podía hacerlo. No podía hacerte eso a ti, Leagsaidh. Me sentí culpable, y miserable, y todo lo que debería haber sentido cuando me fui de Escocia. La realidad me golpeó en la cara de repente, y no tuve más alternativa que aceptarlo. No me había disculpado contigo, por lo que hubiera sido demasiado ruin por mi parte el hacerlo justo antes de la boda, simplemente para que pudiéramos asistir. Así que sí, si soy honesta contigo, aquella fue la primera vez en mi vida en la que me sentí avergonzada de mis actos.

»Nora y yo mantuvimos contacto a través de correo postal, y fue a través de esas cartas que me enteraba de cómo estabas. Puede que no me creas, pero me alegraba saber que estabas bien. Soñaba con tener esta conversación contigo, pero nunca creí que fuera posible que sucediera. Me había alejado de ti, así que tenía lo que me merecía.

Eileen, Alick y Leagsaidh habían mantenido la concentración en todo cuanto Klara había ido diciendo. Les había advertido que iba a contarles cosas que ninguno de ellos querría escuchar, pero Eileen nunca creyó que fuera a ser tan honesta como lo había sido.

—Klara, aprecio tu colaboración, y te doy las gracias por ello. No te conozco, pero creo que has conseguido liberarte de la carga que te habías impuesto. Estoy segura de que pronto te sentirás aliviada, —dijo Eileen después de unos segundos. Dejó escapar todo el aire que tenía en los pulmones y los volvió a llenar plenamente antes de continuar hablando: —imagino que te estés preguntando que cómo he sido capaz de hacerme con tu teléfono, ¿no es así?

—No te voy a negar que me causa interés, no, —dijo Klara, sonando mucho más relajada de lo que lo había hecho cuando había comenzado a hablar.

—Yo…, estoy de vacaciones en casa de mis abuelos. Dado que me he criado con ellos, la habitación en la que he crecido está en su casa. Y, bueno, resumiendo, he roto el marco que contenía una foto en la que salíamos mis padres y yo, y por eso pude encontrar una carta tuya. A raíz de ello, mi abuela nos ha contado a mi abuelo y a mí todo lo relacionado con tu historia. Ni él ni yo habíamos escuchado ni una sola palabra acerca de tu existencia, pero entre los tres decidimos que íbamos a llegar al final de este asunto. Hemos estado buscando entre las cosas de mis padres, y hemos ido haciendo descubrimientos encadenados hasta que me he hecho con tu número de teléfono y te he llamado.

–Entiendo, –dijo Klara. Eileen se preguntaba cómo había sido su reacción facial tras escucharle contar su historia, pero no tuvo mucho tiempo para poder pensar en ello, ya que Klara volvió a tomar la palabra: –yo… ¿Leagsaidh?

–¿S… sí? –fue todo lo que Leagsaidh pudo decir. Había esperado tantos años para poder hablar de nuevo con su hermana, que ahora que el momento había llegado, no sabía cómo reaccionar.

–Cuando le sugerí a Nora que caminara hacia el altar al son de La sexta sinfonía de Beethoven, lo hice porque sabía que era tu canción favorita. Es cierto que me aficioné a escuchar música clásica a raíz de mi relación con Leon, pero el que esa composición fuera tan especial para mí no era por él, sino porque me recordaba a ti. Pensé que sería una bonita y simbólica manera de que Bhaltair, tú y yo acompañáramos a tu hija en un momento tan especial de su vida. No sé si hice lo correcto, pero sentía que te lo debí…

–A mí no me debes nada, –dijo Leagsaidh, interrumpiendo a su hermana. No sonó enfadada, o al menos no lo enfadada que cabría esperar que estuviera, pero sí que sonó firme. –Deberías haber estado aquí cuando la guerra me quitó a mis seres queridos. Me quedé sola. Me sentí devastada y miserable. Me llevó años volver a confiar en la gente de nuevo. Te agradezco que nunca le contaras a Nora quién eras en realidad, pero ya está. Espero que puedas comprender que no puedo hacer como si no hubiera sucedido nada. El hecho de que mi hija decidiera caminar hacia el altar al son de mi obra favorita fue algo muy emocionante, pero me niego a darte las gracias por ello. Simplemente, no puedo fiarme de ti.

Y, después, se hizo el silencio. Leagsaidh había fijado la mirada en el teléfono de Eileen, colocado boca arriba encima de la cama. No había parpadeado ni una sola vez mientras había estado hablando, pero, en cuanto hubo terminado, rompió a llorar. Se giró de medio lado y se inclinó sobre su marido para esconder la cara en su pecho. Lloró tan alto, que Klara tuvo que interpelarles en varias ocasiones antes de que fueran conscientes de que lo estaba haciendo.

—Soy consciente de que lo que voy a decir ahora no va a cambiar nada, pero quiero que sepas que, aunque he dicho que evitaba pensar en vosotros cuando me fui de Escocia, lo cierto es que eso fue solo al principio. Me enteré de la muerte de Bhaltair y de Padre, y sí, saberlo me dejó devastada. No sé cómo Leon se enteró de aquello, pero cuando me lo dijo, algo dentro de mí cambió para siempre. Me propuse sustituir la rabia interna que sentía por esperanza, y fue precisamente esa determinación la que me llevó a ponerles a mis hijos vuestros nombres.

—¿A qué te refieres? ¿Tus hijos no se llaman Matthias, Lukas y Sandra? —preguntó Eileen, contrariada.

—Sí. Pero los tres tienen nombres compuestos —dijo Klara, conteniendo las lágrimas. —Leon y yo estuvimos de acuerdo en llamarles Matthias Duncan, Lukas Bhaltair y Sandra Leagsaidh.

XXI

Nora, sus amigos y Los Protagonistas practicaron y practicaron sobre el teclado hecho con papel. Al principio les resultó sumamente complicado coordinar los movimientos. Incluso tuvieron que inventarse una especie de coreografía para evitar que la melodía tuviera pausas innecesarias, lo que les llevó a tener un par de discusiones que amenazaron con poner en jaque la viabilidad de su misión. No obstante, sus yos internos más resilientes salieron a flote cuando más los necesitaban.

Aunque ninguno se atrevía a expresar sus sentimientos en voz alta, sus caras hablaban por ellos. Sus miradas de preocupación y concentración sugerían que, a pesar del miedo que sentían, su deseo de ser libres de nuevo era un sentimiento mucho más fuerte.

—¿Crees que ya estamos lo suficientemente preparados como para intentarlo? —preguntó Mark, pasando la mirada del reloj de arena que se encontraba encima del piano a Nora.

—Espero que sí. No nos queda mucho más tiempo, —dijo Nora, abrazándose las piernas. Tanto Mark como ella se habían hecho a un lado para que los demás pudieran practicar sus partes. Necesitaban que todos estuvieran lo más relajados posible ya que, de lo contrario, su misión podría fallar estrepitosamente. —Aunque, siéndote honesta… ¿no te da la sensación de que la arena cae cada vez más despacio?

—Puede que solamente sea un truco para que nos confiemos y nos relajemos, —dijo Mark, sonando mucho más seguro de sí mismo de lo que nunca lo había hecho. —Aunque yo no me preocuparía por eso ahora mismo. Tenemos una única oportunidad para tocar la melodía y, de ahora en adelante, el riesgo de fallar es el mismo decidamos tocar cuando decidamos tocar.

–¿Realmente lo crees? –preguntó Nora. Un Mark serio y pensativo era algo que no había visto hasta entonces, pero le gustaba.

–Sí, –dijo Mark, riéndose de la cara que había puesto Nora. Para variar, su cuerpo había hablado sin que ella se hubiera dado cuenta, pero, en lugar de tomárselo a la defensiva, Mark había decidido sacar una parte positiva de todo aquello: ¡por fin había conseguido impresionar a la líder del grupo! –Es cierto que, si hubiéramos decidido tocar la melodía de buenas a primeras, nos hubiéramos caído con todo el equipo. Pero lo mismo podría sucedernos si consumimos el tiempo en su totalidad. Lo que estoy intentando decir es que todos llegamos a un punto a partir del cual ya no podemos mejorar más o, al menos, no en un espacio de tiempo tan corto. El proceso de aprendizaje siempre funciona de la misma manera.

»Al principio nos sentimos súper emocionados por todo. Sentimos curiosidad, todo nos impresiona, y… bueno, ya sabes. Es la sensación de salir de la zona de confort lo que pone a trabajar la maquinaria. Pero como seres humanos, tenemos una capacidad de aprendizaje limitada, y eso puede deberse a varias razones. Puede que quedemos abrumados por la avalancha de información, o puede que perdamos la curiosidad porque resulta que no es lo que esperábamos. O puede que, simplemente, encontremos algo que, de repente, nos resulta mucho más interesante.

»En definitiva, pronto empezarán a perder la emoción con la que me escucharon al principio. Ahora todos ellos están pensando en cómo conseguir hacer su parte lo mejor posible, pero cuanto más tiempo pase, tanto más confiados se van a volver, de manera que dejarán de pensar en lo que están haciendo para ponerse a pensar en los temidos *y si*.

»Así que, volviendo a tu pregunta, sí, creo que ya hemos alcanzado el punto en el que han comenzado a perder la concentración, por lo que el riesgo no hará más que aumentar de ahora en adelante.

Nora escuchó con suma atención a Mark mientras el grupo seguía practicando con el piano de papel. Por mucho que quisiera no aceptar la idea de que ya habían alcanzado el punto en el que el riesgo de error era el mínimo, era completamente incapaz de encontrar ningún argumento que defendiera su postura. Mark había unido los razonamientos tan bien, que era imposible encontrar ni una sola fisura que sugiriera que su teoría era incorrecta. Tras decidir quién iba a tocar qué parte, habían sido capaces de memorizar completamente todos los movimientos, de modo que el entrenamiento al que se habían sometido había ido como la seda. Pero tal y como Mark había sugerido, su concentración estaba empezando a fallar.

Nora miró a Mark para reafirmarse, y la mirada que él le devolvió la animó a hacerse cargo de la situación. Era cierto que ella nunca había expresado ninguna voluntad de encontrarse en esa situación, pero no podía negar que se le veía como pez en el agua siendo la líder del grupo.

–¡Chicos! –gritó Nora mientras se levantaba. –¡Chicos, escuchad! Mark y yo creemos que ya estamos listos para continuar. Ya no nos queda mucho tiempo, así que lo mejor es que lo hagamos ahora. –Desde el momento en el que había decidido dirigirse al grupo, había sido consciente de que el cambio de rumbo les haría ponerse nerviosos. Si bien sabían que el momento de la verdad iba a terminar por llegar, el hecho de hacerse a la idea de ello hizo que comenzaran a dudar de sus capacidades. Pero Nora ya había previsto aquello, y se había preparado una pequeña charla: –Sé que esta situación os genera miedo. Estáis a punto de enfrentaros a un reto en mayúsculas, del cual, además, depende vuestra libertad. Pero yo confío en vosotros, tal y como vosotros habéis confiado en mí durante todo este viaje. Aunque no lo haya hecho patente, yo también he dudado de mis capacidades. Pero es precisamente el hacer frente a lo desconocido lo que consigue que crezcamos. Saldremos de esto más listos y más fuertes. Confiad en mí: lo conseguiremos.

»Así que, ahora…, listos como estamos, ¿hacemos que empiece el espectáculo? –añadió Nora mientras tomaba la iniciativa de caminar hacia el centro de la sala.

Mientras se ponía en el papel de una versión más fuerte de sí misma, Nora miró a todos y cada uno de los componentes del grupo a los ojos en su camino hacia el piano. Intentó transmitirles todo el coraje y la calma que pudo a través de esa mirada, esperando que aquello fuera suficiente para ellos y que no tuviera que animarlos uno a uno. Si cualquiera de ellos se pusiera realmente nervioso, podría llegar a entorpecer la misión en su conjunto.

Como todo buen profesor, Mark guio a Maia, Nor, Andreas, Francesco, Cynthia, Theresa y Gabe hasta el piano. A todos ellos les dedicó unas suaves palmaditas en la espalda y unas palabras de ánimo. De todos ellos, era precisamente él quien mejor sabía que apoyarse en los amigos en las situaciones más difíciles puede hacer que se muestre la mejor versión de uno mismo. Y, justo en ese momento, era el momento de sacar a relucir las mejores versiones de sí mismos.

Una vez se hubieron reunido en torno al piano, todos dedicaron un par de segundos para respirar tranquila y profundamente para bajar las pulsaciones antes de colocarse en sus posiciones de partida. Practicaron la coreografía una vez más delante del piano de verdad antes de jugársela todo a una.

–Empezaré a tocar en tres…, dos…, uno…, ¡AHORA! –dijo Nora.

Nora tocó los primeros acordes antes de cederle su sitio a Mark. En la letra no se mencionaba ni una sola vez que todos tuvieran que tocar una parte proporcional de la melodía, por lo que habían decidido que Nora y Mark no solamente tocarían las partes más complicadas, sino que también serían quienes tocarían el mayor número de acordes. Por descontado, el momento de la verdad llegó cuando uno de los otros tuvo que entrar en acción. Gabe fue quien rompió el hielo para todos ellos. Estaba claramente nervioso, pero, a pesar de lo que le temblaban las manos, fue capaz de tocar su parte sin complicaciones. Después, continuó con los pasos de la coreografía para hacerse a un lado y cederle el puesto a su hermana. Theresa temblaba tanto como su hermano, si no más, pero también fue capaz de tocar su parte sin un solo error.

La tensión en la sala parecía aumentar cada vez que había un cambio de persona. Pero estaban tan concentrados en su tarea, que ninguno lo notaba hasta después de haber terminado de tocar. Porque, a pesar de lo mucho que habían aborrecido ese momento, lo cierto es que duró mucho menos de lo que habían pensado. Tanto fue así que cuando Nora terminó de tocar los últimos acordes empezando por el final, todos se quedaron en silencio, expectantes por lo que pasaría. Todos querían alegrarse por su actuación, pero nada parecía haber cambiado. Todo estaba igual: seguían encerrados.

—Pero… ¿no se suponía que…? —dijo Nor, girando en rededor, incapaz de comprender nada de lo que estaba sucediendo.

—¿Pero la letra no decía…? —dijo Gabe, sonando tan perdido como Nor.

—¿Te estás quedando con nosotros? —interrumpió Maia, muy enfadada.

—¡Perdona! —exclamó Nora. —¿Por qué querría yo hacer algo así?

–Para impresionar a este muchacho de aquí, por ejemplo, –dijo Maia, agarrando a Gabe por el codo. –No podéis negar que hay algo entre vosotros…

Pero no pudo terminar la frase, ya que en una de las paredes apareció una grieta enorme, lo que provocó un estruendo tan grande, que todos se vieron obligados a cubrirse los oídos. Fueron testigos de cómo la grieta fue haciéndose más y más grande, y de cómo muchas otras fueron apareciendo para acompañarla. Daba la sensación de que la cueva colapsaría en cualquier momento, pero mirasen para donde mirasen, no veían ningún sitio en el que pudieran esconderse. No tenían escapatoria.

Sin dejar que las circunstancias tomaran el control de la situación, Nora sacó fuerzas de flaqueza y recorrió el espacio que la separaba de Gabe. Y, por primera vez en su vida, no pensó en las consecuencias de lo que iba a hacer, sino que, simplemente, se dejó llevar.

–¡Gabe! –gritó Nora mientras le daba unos toquecitos en la espalda. Él se asustó al sentir que le tocaban, pero al darse cuenta de que era ella, no pudo reprimir una sonrisa. A pesar de la situación, tenerla tan cerca creaba un mundo complemente nuevo delante de él. Un mundo donde nada podía hacerle daño. –Yo… sé que no es el mejor momento, pero te debo algo. Yo… bueno, esto es complicado para mí… ya sabes. Lo cierto es que… yo… –Pero no pudo terminar la frase pues Gabe, de nuevo, le había plantado un beso en los labios.

Un beso al que, esta vez, Nora sí que respondió. Y es que, a pesar de lo mucho que siempre lo había detestado, en esa ocasión estuvo muy agradecida de que su cuerpo estuviera expresando por ella la cascada de emociones que la estaba recorriendo por dentro.

Siguieron besándose en el centro de la sala, como si el tiempo se hubiera detenido allí y entonces; solo para ellos dos. Pero su realidad no era la realidad que estaban experimentando sus compañeros.

En el preciso momento en el que Nora había respondido al beso, las grietas habían comenzado a hacerse más y más pequeñas, hasta llegar a desaparecer. Una vez todas hubieron dejado paso a una pared lisa, las rocas que les habían mantenido encerrados desde que habían entrado en la cueva, desaparecieron. Así, sin más.

–Enhorabuena, habéis conseguido lo que nosotras no fuimos capaces de conseguir hace mucho tiempo, –dijo una voz de mujer. A todos les resultó tremendamente familiar, pero no fue hasta que la persona que había hablado salió del bosque que dejaron de temblar. Y, al verla, la sorpresa hizo que todos perdieran la palabra. Tras unos minutos de silencio incómodo, la mujer retomó la palabra: –Nora Elisabeth, Gabriel Aksel, vuestro amor puro y verdadero ha sido capaz de deshacer el hechizo que ha gobernado este bosque desde que tenemos uso de razón. Nadie sabe desde cuándo ese hechizo ha estado activo aquí, ni por qué, pero lo cierto es que hemos intentado, durante toda nuestra vida, deshacernos de él.

»Sabemos y entendemos por todo por lo que habéis tenido que pasar. Nosotras también hemos sentido la misma rabia, desesperación, miedo, y cualquier otro sentimiento que hayáis experimentado. Nosotras también tuvimos que enfrentarnos a ello en nuestra juventud. Y, aunque entonces no fuimos capaces de conseguir los resultados deseados, ahora sí. Ninguna lo entendimos entonces, pero el tiempo nos ha enseñado que cada uno de nosotros llega a su cénit en un momento diferente. En aquel entonces nos sentimos vacías y decepcionadas con nosotras mismas, pero todo se debió a que no fuimos capaces de comprender verdaderamente la situación. La humanidad ha podido evolucionar porque cada generación ha ido aprendiendo de la anterior. Y eso es, precisamente, lo que ha sucedido aquí. Nosotras no éramos quienes estábamos destinadas a deshacer el encanto; nosotras estábamos destinadas a guiaros a vosotros a conseguirlo, –dijo Mary. Continuó, junto a sus amigas, caminando hacia lo que había sido el centro de la cueva hasta quedar cara a cara con sus nietos.

–¿Mary? ¿Eres tú? –preguntó Cynthia cuando consiguió recomponerse.

–La misma, –dijo Mary, conteniéndose las lágrimas.

–¿Os conocéis? –dijo Mark, sorprendido.

–Sí, claro que nos conocemos. Ella es mi hermana, –dijo Mary, como si aquello fuera lo más normal que se pudiera decir en esa situación. Después, caminó hacia una emocionada Cynthia tan rápido como sus piernas de persona mayor le permitieron, y la abrazó fuertemente. Llevaban décadas separadas y, aunque ya no eran las mismas personas que conocían, un hermano es un hermano de por vida. – Cuando tu abuela y yo decidimos investigar esta leyenda, no fuimos capaces de deshacernos del encanto, por lo que tuvimos que dejar a alguien atrás. Obviamente, intentamos baipasear ese requerimiento, pero lo que tiene que ser, es. No obstante, me pregunto… ¿cómo lo habéis hecho? Nosotras fuimos capaces de llegar al interior de la cueva, pero, llegados a punto, no pudimos avanzar más. Recuerdo una voz muy extraña, una voz que no parecía decir nada en absoluto. Y lo siguiente que recuerdo es sentirme muy somnolienta y estar fuera de la cueva.

–Ha sido Nora quien lo ha hecho, –dijo Theresa. Se atrevió a hablar por su amiga, quien estaba completamente colorada y en estado de *shock*. –Su colgante no era un colgante al uso, sino una especie de amuleto. Desde el principio fue capaz de entenderlo todo. Porque, por mucho que os cueste creerlo, el ruido que recordáis eran las mismísimas instrucciones para salir de la cueva. El matiz era que tenían que ser escuchadas por la persona correcta, –añadió

Theresa, girándose para dejar de mirar a Mary y a Cynthia y mirar a su hermano y a Nora.

–Entiendo…, –dijo Mary, pensativa. –No obstante, me alegro de que todo haya terminado por fin. Tengo muchas cosas de las que ponerme al día con esta pequeña –añadió, secándole las lágrimas que le mojaban las mejillas a su hermana. Una vez hubo terminado, levantó la cabeza para mirar a Nora y añadió: –y tú tienes que preparar tus cosas para volverte a Londres. Tus padres llegarán en cualquier momento.

–¿Qué quieres decir con que mis padres llegarán en cualquier momento? –dijo Nora, dejándose ir de Gabe. –Si se fueron ayer a Glasgow.

–Dentro de la cueva, el tiempo no avanzaba. No habéis envejecido ni un solo minuto desde que entrasteis. Pero claro, vosotros apenas habéis pasado tiempo dentro, así que no podéis observarlo en vosotros mismos. Pero miradlos a ellos. Mi hermana tiene mi edad y, sin embargo, tiene el aspecto de una adolescente, –dijo Mary, levantándose y ayudando a su hermana a hacer lo propio. –Pero bueno, basta de cháchara. Tenemos que volver.

Y, tan pronto hubo terminado de pronunciar la última de las palabras, se dio la vuelta y comenzó a andar para salir de El bosque encantado. No se molestó en girarse ni una sola vez para comprobar si los demás la seguían, pues confiaba en que todos lo harían. Para ella, lo peor que se puede hacer para que alguien confíe es obligar a que hagan algo en contra de su voluntad. Habrá quienes entiendan las circunstancias en el momento en el que ocurran, y quienes necesiten minutos, horas, o incluso años para hacerlo. Pero lo cierto es que, pase el tiempo que pase, todos somos capaces de encontrar la verdad dentro de nosotros mismos.

Epílogo

Eileen terminó de meter en la maleta la última de las prendas de vestir justo en el momento en el que comenzó a sonar la alarma. Aquella noche había tenido un sueño muy ligero, de manera que los primeros rayos de sol que habían entrado al amanecer la habían despertado. Tras apagar la alarma, se puso las zapatillas y bajó a la cocina para desayunar con sus abuelos por última vez aquel verano.

—¡Buenos días! —dijo Alick cuando Eileen entró en la cocina. —¿Tostadas? —preguntó, levantando la bolsa de pan que tenía en las manos.

—Por favor, —fue todo lo que Eileen dijo por respuesta. Tras ello, abrió el cajón de la cubertería y le preguntó si su abuela había desayunado ya. Pero antes de que Alick pudiera responderle, vio a su abuela a través de la ventana de la cocina, sentada en el banco del jardín trasero. La montaña rusa de emociones que le había ocasionado el hablar con Klara Herrmann había sido tal, que ni Eileen ni su abuelo sabían qué podían hacer para ayudarla. Tal era el caso, que habían decidido que lo mejor sería darle tiempo y espacio.

—Terminará por… pasársele, —dijo Alick, sentándose a la mesa. —Pero, cambiemos de tema… ¡vaya obra maestra que has escrito! Me gusta. Me gusta mucho, de hecho. Cuando empezaste a reescribirla, ¿sabías que acabaría terminando así?

—En verdad, no. Me he dejado llevar por el momento. Siéndote honesta, al escribir es más fácil coger cosas que te han pasado a ti, o que le han pasado a alguien que conoces, y moldearlas de tal manera que encajen con lo que tú quieres contar. De esa manear es mucho más fácil hacer que la historia parezca real, incluso cuando se trata de una historia fantástica. Al hacerlo así, se pueden dar muchos más detalles para conseguir que el sentimiento salte del papel y embriague al lector, –dijo Eileen, sentándose también a la mesa.

–Entiendo. Y… una cosa más. Cuando escribiste la historia original ¿supiste desde el principio el final que querías darle?

–Sí y no, –dijo Eileen, riéndose. –Sé que puede sonar confuso, pero nosotros, los escritores, nunca dejamos de tener ideas. Y sí, me he referido a mí misma como una escritora – añadió, señalándose con ambas manos y sonriendo ampliamente. –Lo que puede que nos cree más problemas es el camino a recorrer para llegar hasta donde queremos llegar. Pero a mí me gusta escribir, y esa es la única razón por la cual lo hago. De pequeña nunca le dejaba leer mis historias a nadie hasta que no estuvieran terminadas, pero, por aquel entonces, no era capaz de escribir cosas muy largas. Aunque lo que importa es el proceso de creación en sí mismo. Tiene sus más y sus menos, pero, una vez que tienes el producto final en tus manos, parece que los únicos momentos que recuerdas son los buenos.

–¿Puedes darme algún ejemplo?

–Pues, no sé… para empezar, recuerdo que cuando tecleé la última de las palabras, me sentí súper orgullosa de mí misma. Hacía mucho que soñaba con escribir una novela, ¡y finalmente lo había conseguido! Si es la primera de muchas, solo el tiempo lo dirá. Pero haber recorrido ese camino me ha enseñado mucho; tanto, de hecho, que creo que ahora soy una persona diferente.

–Bueno, al final has descubierto cosas de ti misma que antes desconocías, y no estoy hablando únicamente de tu capacidad de escribir una novela.

–¿Sabes qué? Creo que todo el tema este de Klara-Clarissa no ha hecho más que empujarme a seguir. Ahora entiendo lo mucho que le importaba a la abuela, y lo difícil que le tiene que haber resultado lidiar con ello toda la vida.

Yo nunca conocí a mis padres, pero quería hacerles un homenaje y demostrarle a la abuela que todos tenemos que luchar nuestras propias batallas. Ambas hemos descubierto que la mejor manera de solucionar un problema es hablando. Tenemos el don de la palabra por algo.

–¿Y te has dado el lujo de sorprenderte a ti misma durante el proceso de escritura?

–¡Constantemente! –exclamó Eileen entre risas. Su abuelo estaba siendo un interlocutor mucho más demandante de lo que le habría cabido esperar. –Cuando llegué, te dije que tenía otros planes completamente distintos para este verano. Mi objetivo era escribir una historia desde cero, y al final he terminado reescribiendo una que ya había escrito. Y no me malinterpretes: no, no estoy decepcionada con el resultado. Digamos que creo que dejaré que el destino haga su trabajo, si es que en realidad existe.

–Entiendo. Pero no te acomodes. Este anciano necesita muchas más historias, –añadió Alick antes de terminarse el último trozo de tostada que le quedaba.

AGRADECIMIENTOS

Me gustaría agradecer a

> Ainara E. el ser el conejillo de indias de mis finales en suspense. Esperó pacientemente la entrega de nuevos capítulos, a sabiendas de que, de uno a otro, podían pasar días (si no semanas). Sus capturas de pantalla y comentarios ayudaron a escribir esta novela mucho más de lo que ella se imagina.

> Christina B. su ojo crítico. Ella también tuvo la oportunidad de leer parte del manuscrito original, para el que sugirió cambios que no me había planteado, pero que realmente le añadieron un valor adicional a la historia. Soy muy afortunada de que fuera capaz de encontrar lo que la historia necesitaba sin yo pedírselo.

> Till, der Mann mit dem durchsichtigen Regenmantel. Vielen Dank, dass du mir mit den deutsche Sätzen geholfen hast. Ich muss nicht bekannt sein, um mich bei dir für deine Hilfe zu bedanken.

> Mi compañera de piso, Clara C., por su paciencia conmigo durante el confinamiento por la COVID–19, cuando me dio por correr por casa y convertir la cocina en una panadería. Escribir una novela requiere de rutas de escape para el autor que pueden resultar muy molestas para quienes están alrededor. Como nosotras solemos decir: el destino nos juntó porque somos igual de torpes, ¡y qué suerte que lo hizo!

Mi madre, Eva, quien me compró mi primer ejemplar de Harry Potter. Como buena *millennial*, esa saga me marcó para siempre. Y aunque cuando empecé a escribir no conseguía pasar de las 15 páginas, nunca cejé en mi empeño de, algún día, poder escribir una historia tan apasionante como las que ha escrito JK Rowling.

Mi padre, Juan Carlos, por instaurar en mí el amor por el deporte. La mayor parte de la gente únicamente te verá en acción el día de partido, desconocedores de todo lo que hay detrás. Pero un mal partido no define quién eres. Solamente el entrenamiento te llevará a la gloria.

Mi hermano, Adrián, por jugar conmigo cuando éramos pequeños. Nosotros éramos entonces quiénes lo controlábamos todo; quiénes nos inventábamos las reglas.

El resto de familia, simplemente, por ser y estar. Uno no puede elegir a su familia, pero si pudiera haberlo hecho, no dudaría en absoluto en elegiros a todos vosotros.

Y a ti. Solo por llegar a esta página te mereces una gran ovación.

GIOVANNA DE LA HOZ (Navarra, España 1995) es graduada en Biología, con máster en Evaluación y Desarrollo de Medicamentos, ambos por la Universidad de Salamanca. Actualmente trabaja en el Departamento de Desarrollo de Procesos de una empresa biotecnológica. Se enamoró de la escritura en la adolescencia y ¡esta es su novela debut! La mayor parte de esta historia es fruto del confinamiento obligatorio de 2020 debido a la COVID-19.

Ptss, Giovanna al aparato. Y lo digo así, como que no hubiera sido yo quien hubiera rellenado todas las páginas anteriores jeje. Bromas aparte, me paso por aquí para decirte que tengo una dirección de email a través de la cual puedes ponerte en contacto conmigo. Porque sí, ¡me encantaría leer cualquier cosa que tengas que decir al respecto de este libro!

Escríbeme a <u>the6thsymphony@gmail.com</u>. Hablo un porrón de idiomas (español, inglés, francés, catalán y alemán), y entiendo bastante de algunos otros (portugués e italiano, por ejemplo), así que siéntete libre de escribirme en cualquiera de ellos.

¡Gracias!	Danke!
Thank you!	Obrigada!
Merci!	Grazie!
Graciès!	

¡Oh! Y en el caso de que te lo estuvieras planteado: sí, la foto que he elegido tiene un porqué. Esto solo tiene sentido para la versión en inglés, pero te lo traduzco para que no te pierdas nada con respecto al original:

¿Es mi idioma materno el inglés? No, no lo es. ¿He conseguido escribir una novela de principio a fin enterita en inglés? Sí, lo he conseguido. ¿Dicha versión en inglés tiene errores? Me sorprendería que no los tuviera, la verdad. Pero es mi perfectamente imperfecta primera novela, así que con orgullo puedo decir *¡Oops, lo he hecho!*